LE TRAÎTRE

MAX ALLAN COLLINS

LE TRAÎTRE

D'après la série télévisée créée
par James Cameron et Charles H. Eglee

Fleuve Noir

Titre original :
Skin Game

Traduit de l'américain par
Isabelle Troin

This translation published by arrangement with
The Ballantine Publishing Group,
a division of Random House, Inc.

ISBN : 2-265-07489-6

« Nous commencerons par un règne de terreur. Quelques meurtres ici et là. »

Docteur Jack Griffin (Claude Rains)
L'Homme invisible (1933)

CHAPITRE PREMIER

L'IMAGEUR AVANT TOUT

Secteur Trois, 23 h 00
Mardi 2 mars 2021

La pluie martelait Seattle comme un boxeur infatigable. Elle avait commencé par un crachin, comme une série de petits crochets, puis était passée à de grosses gouttes – du genre directs et uppercuts – ponctuées par le grondement sinistre du tonnerre et la lumière blafarde des éclairs.

Une voiture noire s'arrêta dans une ruelle infestée de rats du Secteur Trois. La pluie crépitait sur le toit métallique comme les détonations d'une mitrailleuse. Deux hommes en costume sombre sortirent du véhicule et furent aussitôt trempés de la tête aux pieds. Mais ni l'un ni l'autre ne s'en soucièrent.

Ils étaient équipés d'une oreillette radio et d'un micro à tige flexible placé devant leur bouche.

Sage Thompson – sorti du côté du passager – se réjouit que leurs casques soient étanches. Dans la poche de leurs pardessus, son collègue et lui avaient fourré un nouvel imageur thermique portable inclus dans l'équipement standard depuis le début de la semaine.

L'eau coulait dans la ruelle, torrent qui finissait par

dégouliner entre les barreaux d'une grille rouillée, dix mètres devant eux. Thompson dut sauter par-dessus. Quand ses pieds touchèrent le sol de l'autre côté, il glissa et heurta trois poubelles, produisant un vacarme qui couvrit momentanément celui de l'orage. Il battit des bras pour retrouver son équilibre, puis palpa anxieusement sa poche pour s'assurer que l'imageur y était toujours et que son pistolet se trouvait bien dans son holster de ceinture.

Cal Hankins – le grand costaud qui conduisait – braqua le faisceau de sa lampe torche sur le visage de son partenaire, grogna et contourna une poubelle qui n'avait pas été vidée depuis l'Impulsion. Les deux hommes avancèrent lentement, balayant de leurs lampes la façade de brique qui se dressait devant eux, et s'arrêtèrent près de ce qui avait été autrefois une fenêtre à meneaux.

Le bâtiment de six étages – un entrepôt abandonné, supposa Thompson – ressemblait à un trou noir près de les engloutir.

— Tu es sûr que c'est ici ? demanda Hankins.

Sa voix ne trahissait aucune peur : la seule chose qu'il redoutait, c'était de perdre son temps. A quarante ans, il avait des cheveux blonds en brosse où on distinguait à peine une ou deux mèches grises. Sa tête carrée semblait reposer directement sur ses épaules. Il mesurait un mètre quatre-vingt-sept et, selon Thompson, devait peser dans les cent dix kilos. Avec une petite partie de lard.

Pourtant, leur patron – Ames White, un type totalement dépourvu de scrupules et de conscience – ne cessait de le harceler sur son poids. Même si Thompson n'osait pas le dire à voix haute, il n'avait jamais bossé pour quelqu'un de plus pénible, ce qui n'était pas peu dire. White était malin, ça ne faisait pas de doute. Mais il aimait engueuler ses subordonnés ou les écraser de son ironie. Bref, il avait un caractère exécrable que Thompson connaissait assez pour s'être persuadé de garder la tête basse et la bouche fermée.

— Certain, dit-il. D'après le standard, l'équipe d'imagerie thermique a repéré un transgénique au marché du Secteur Quatre.

— Nous sommes dans le Secteur Trois.

— Je sais. Les gars l'ont suivi, et ils l'ont perdu ici.

Hankins secoua la tête, l'air dégoûté.

— Alors pourquoi c'est pas à eux de le retrouver ? Qui a décidé que nous devions finir le boulot de ces connards ?

Ces questions étaient purement rhétoriques – et Thompson connaissait la réponse. Ames White ! Hankins passait le plus clair de son temps à lui casser du sucre sur le dos, mais ils savaient tous les deux que White finirait par trouver un moyen de se débarrasser de lui. Alors, Thompson devrait former un nouveau partenaire, quelqu'un de plus jeune que lui. Il deviendrait le vétéran de son binôme. Cette seule idée le faisait frémir.

A vingt-sept ans, Thompson n'était plus vraiment un bleu. Plus petit et plus maigre que Hankins, il ressemblait à une bouteille de bière longue et fine alors que son partenaire évoquait plutôt un tonneau.

Il en était l'antithèse, socialement et physiquement. Thompson avait épousé Mélanie, sa petite amie de fac, qui venait d'accoucher. Hankins, divorcé deux fois, avait trois ou quatre gamins qu'il ne voyait jamais et dont il ne se souciait apparemment pas.

Pas une association de rêve, mais qui pouvait deviner ce qui se passait dans l'esprit tordu de White ? Thompson ne savait toujours pas si avoir Hankins comme partenaire était une récompense – White le préparant à prendre la place de son collègue – ou une punition, parce que Hankins était un vrai bouledogue, souvent difficile à supporter.

A force de garder profil bas et de lécher le cul de leur patron, Thompson se demandait parfois s'il n'en faisait pas trop. White aurait-il vu au-delà de sa servilité et découvert le mépris qu'il éprouvait pour lui ?

Hankins fit quelques pas sur la droite. Il sortit l'imageur de sa poche, le mit en marche et scanna les environs, à la recherche du transgénique.

Les nouveaux imageurs thermiques ressemblaient à une version miniaturisée des pistolets-radars pré-Impulsion que Thompson avait vus en photos sur le Net, quand il était étudiant en histoire. La plus grosse différence ? L'écran où des nombres rouges indiquaient autrefois la vitesse avait été remplacé par un minuscule moniteur qui affichait une image infrarouge de toute source de chaleur sur laquelle était pointé l'instrument.

Les deux hommes cherchaient une créature ayant une température de 39,7 °C : la moyenne chez les transgéniques – et trois degrés de plus que les humains.

— Et merde ! grogna Hankins, la pluie dégoulinant sur son visage. On dirait qu'il va falloir entrer.

— On dirait, fit Thompson.

— On va se séparer.

— Mais nous serons plus vulnérables.

Hankins émit un obscène bruit de baiser.

— Tu es toujours vulnérable, même quand Papa Ours est là pour veiller sur toi. Plus vite nous en aurons fini avec ce putain de boulot, plus tôt nous pourrons nous mettre à l'abri de cette saloperie de mousson.

— Tu as raison, admit calmement son partenaire, bien que son estomac soit remonté dans sa gorge.

Sage Thompson n'était pas spécialement poltron. Même selon les critères post-Impulsion, Seattle restait une ville plutôt agitée, où les flics et tous ceux qui bossaient dans la sécurité n'avaient pas une longue espérance de vie. Le jeune homme s'était souvent retrouvé dans des situations craignos, et il avait su gérer sa peur et son stress.

Hankins et lui ne pouvaient pas affronter seuls un transgénique en colère. Ces créatures n'étaient pas des humains, mais des monstres. Thompson avait vu beaucoup de films d'horreur, et il savait ce qui arrivait quand les gens se séparaient, dans ces cas-là.

Bien sûr, il aurait pu se dire que c'était la réalité, pas du cinéma. Mais depuis quelques années, Seattle était devenue une ville plus effrayante que tout ce qu'aurait pu imaginer un scénariste.

— Quand nous trouverons l'escalier, je monterai au dernier étage et je fouillerai le bâtiment en descendant, dit Hankins. Toi, tu resteras en bas et tu fouilleras en montant. Nous nous rejoindrons au milieu, nous constaterons que nous n'avons rien trouvé, et nous tirerons nos culs trempés d'ici.

— Comme tu voudras, dit Thompson en haussant les épaules.

Il essuya la pluie qui lui coulait dans les yeux et fit deux pas en avant.

Des centaines de bâtiments décrépits dans le genre de celui-là – l'équivalent architectural des clochards – étaient éparpillés dans la Cité d'Emeraude. Du temps de leur construction, dans les années 1940 et 1950, ils abritaient probablement des usines qui fabriquaient des marchandises, les empaquetaient et les expédiaient aux quatre coins du monde.

Puis l'économie en avait pris un coup dans l'aile, et l'Impulsion lui avait porté le coup de grâce. Au fil du temps, la plupart des édifices avaient été abandonnés, alors que d'autres étaient devenus des entrepôts, des bureaux ou des squats plus ou moins sinistres. Bref, les deux hommes n'avaient aucun moyen de deviner ce qui les attendait dedans.

— Tu es prêt ? demanda Hankins.

— Prêt ! lança Thompson en s'efforçant de mettre de l'assurance dans sa voix.

Son partenaire se tourna vers lui et, une fois encore, lui braqua le faisceau de sa lampe en pleine figure.

— Ça va aller, petit ?

— Ouais.

— Tu en es sûr ?

— Dès que tu cesseras de m'aveugler.

Hankins se concentra sur le bâtiment.

Ils s'étaient arrêtés devant une porte massive qui aurait constitué un sacré obstacle si elle avait été verrouillée plutôt qu'à demi arrachée de ses gonds. Les deux hommes dégainèrent leur Glock 9 mm, et Thompson engagea une balle dans le canon du sien. Il savait que l'arme de Hankins était déjà chargée, le cran de sûreté probablement enlevé.

Hankins franchit la porte. Thompson le regarda balayer l'air devant lui avec sa lampe et son flingue. Puis il entra. Il avait du mal à respirer, mais il se réjouissait de ne plus être exposé à la pluie battante qu'il entendait mitrailler le toit du bâtiment, très haut au-dessus de sa tête.

Alors qu'il se déplaçait sur la droite, il entendit la respiration laborieuse de Hankins et comprit soudain que, malgré sa grande gueule, son partenaire luttait aussi contre l'anxiété qui menaçait de le paralyser.

Sur leur gauche, un petit bruit métallique retentit. Ils se tournèrent d'un même mouvement. Leurs lampes éclairèrent une canette de soda qu'un gros rat brun avait bousculée. Le rongeur s'immobilisa dans la lumière, mais ses yeux noirs et brillants ne semblaient pas le moins du monde intimidés.

— Tu crois que cette bestiole est transgénique ? plaisanta Hankins.

Thompson aurait bien poussé un gloussement nerveux, mais sa gorge était beaucoup trop sèche. Il expira à fond et entreprit d'examiner le reste de la pièce.

Il avança prudemment, augmenta la distance qui le séparait de Hankins, mais resta assez près pour le couvrir en cas de besoin. Au milieu du hall, ils découvrirent un escalier qui montait vers les étages. Hankins éclaira les marches, pistolet en appui sur son poignet gauche.

— Je monte, annonça-t-il en tournant à demi la tête vers Thompson.

— D'accord. Je me mets au boulot ici.

— Si tu trouves quelque chose, appelle.

— Pareil pour toi.

Thompson espéra que son casque dégoulinant était assez puissant pour envoyer un signal six étages plus haut.

Hankins s'engagea dans l'escalier obscur. Les marches craquèrent sous ses pieds, mais leurs protestations furent bientôt étouffées par le martèlement de la pluie. Thompson le regarda disparaître, ne laissant derrière lui que des empreintes mouillées.

Soudain, le jeune homme se sentit très seul.

Quelque chose fila sur le plancher juste derrière lui. Il se retourna, sa lampe et son flingue décrivant un arc-de-cercle. Le faisceau lumineux éclaira le même rat que tout à l'heure. Cette fois, il était assis sur son arrière-train et semblait sourire en découvrant ses petites dents jaunes et pointues.

Thompson réprima une furieuse envie de lui tirer dessus : pas seulement pour évacuer sa nervosité et la colère qu'il éprouvait contre Hankins et White, mais parce que sa concentration serait meilleure s'il n'était pas distrait par le raffut du rongeur.

Mais si la lumière de leurs lampes n'avait pas prévenu le transgénique de leur présence, un coup de feu y pourvoirait sûrement. Et Dieu seul savait ce que penserait Hankins s'il entendait tirer, quelques secondes après s'être engagé dans l'escalier.

Renonçant à infliger la peine capitale au rat, Thompson recommença à fouiller le rez-de-chaussée. Il se déplaçait prudemment, faisant de son mieux pour rester silencieux. Par deux fois, il coinça sa lampe sous son aisselle pour sonder des coins sombres avec son imageur thermique.

— Hankins, chuchota-t-il dans son micro.

Pas de réponse.

Thompson sentit une goutte de sueur rouler le long de sa tempe et venir se mêler à l'eau de pluie, sur ses joues. Par réflexe, il se plaqua contre un mur avant de répéter un peu plus fort :

— Hankins.

Cette fois, la réponse fut immédiate.

— Tu devrais gueuler un peu plus fort : il y a un transgénique, à Portland, qui ne t'a pas entendu. Si tu n'as pas de problème – et je ne crois pas que ce soit le cas –, tu la boucles.

Le visage du jeune homme s'embrasa. Il se sentit rougir dans l'obscurité. A chaque patrouille avec Hankins, il trouvait une raison supplémentaire de le haïr. Il se fit une promesse : dès qu'ils seraient sortis de ce fichu bâtiment, il demanderait un nouveau partenaire à White. Et si son patron refusait, il réclamerait son transfert dans une autre unité.

Cette histoire de transgénique le troublait. Thompson faisait partie du programme depuis assez longtemps pour savoir qu'ils étaient considérés comme une menace pour la sécurité nationale. Mais à l'origine, les transgéniques avaient été conçus pour défendre le pays. Donc son boulot consistait à traquer et à neutraliser ce qu'il aurait pu considérer comme des défenseurs des Etats-Unis. Il s'efforçait de ne pas voir ça sous cet angle, mais parfois, il avait du mal. Surtout quand il s'autorisait à trop réfléchir, ou quand l'hypocrisie de sa vie le tenait éveillé des nuits entières.

D'un geste rageur, il essuya la sueur qui lui coulait dans les yeux et s'enfonça plus profondément dans les ténèbres à peine percées par le pinceau de sa lampe. Au fond du hall, il découvrit trois bureaux. Les portes des deux premiers avaient disparu ; celle du troisième, la vitre brisée, pendait à un seul gond comme une dent cariée qui refuse obstinément de tomber.

Thompson sortit son imageur thermique et scanna lentement les bureaux, sans rien trouver. Puis il fit un tour complet sur lui-même, éclairant une nouvelle fois le rez-de-chaussée pour s'assurer qu'aucune créature ne s'était glissée derrière lui. Mais à part quelques rats de plus – et le plus gros rongeur de la création, ou un chat de gouttière –, son moniteur ne lui montra rien.

Il ne lui restait qu'une chose à faire. Comme l'imageur thermique ne « voyait » pas à travers le bois, il devait entrer dans tous les bureaux pour les fouiller un par un.

Thompson expira à fond et avança vers l'ouverture de gauche, lampe et pistolet brandis. Il balaya rapidement la pièce. Un grand bureau métallique, des murs à la peinture écaillée, des morceaux de verre sur le parquet… Mais pas âme qui vive. Il ne vit pas d'empreintes mouillées sur le sol, et même la poussière qui recouvrait le bureau ne semblait pas avoir été touchée. Par acquit de conscience, il contourna le meuble et pointa son flingue sur le plancher.

Rien.

Thompson soupira de soulagement. Un peu ragaillardi, il continua son inspection. Mais son cœur continuait à battre la chamade et la peur ne le quittait pas.

Il passa au bureau du milieu. Il n'avait plus de porte et les meubles qu'il aurait dû contenir avaient eux aussi disparu. Thompson ne vit ni table, ni chaises, ni classeurs verticaux : juste des débris de verre et des lambeaux de revêtement mural jonchant le sol, comme si un gang de motards avait organisé une petite sauterie dans la pièce.

Là non plus, pas de transgénique.

L'oreille collée à la porte du dernier bureau, Thompson n'entendait que son propre pouls résonner à ses oreilles. Tout le bâtiment dégageait une odeur de pourriture et de décomposition aggravée par l'humidité ambiante, mais cette pièce semblait être la source de la puanteur.

Le battant craqua quand il le poussa.

Il se retrouva face à une table de travail renversée dont les pieds étaient pointés vers lui, le plateau orienté vers le mur du fond. De la main gauche, il imprima une violente poussée à la porte, au cas où quelqu'un… ou quelque chose… se serait caché derrière. Mais le battant heurta le mur sans rencontrer de résistance.

Thompson se retourna et balaya le sol avec le faisceau de sa lampe. Là encore, il ne vit que des morceaux de verre et des détritus. Il contourna lentement le bureau et dirigea sa lumière vers l'espace compris entre le meuble et le mur du fond.

Une masse grotesque gisait sur le sol. On aurait dit la carcasse écorchée d'un animal. Elle devait être là depuis un moment – même les insectes s'en étaient désintéressés. Entre l'obscurité et la décomposition, Thompson ne put deviner ce que c'était exactement. A en juger par sa taille, peut-être un très gros chien ou un daim qui s'était aventuré dans la ville.

Quand il l'examina de plus près, il s'aperçut que ce qu'il avait découvert n'était ni un chien, ni un daim.

Un cadavre humain !

— Hankins, appela-t-il, luttant pour conserver son calme. J'ai trouvé quelque chose.

Pas de réponse.

La puanteur le saisit à la gorge et incita son dîner à remonter vers la sortie de secours.

— Hankins !

Enfin, son partenaire répondit :

— Quoi encore ?

— J'ai un corps.

— Le transgénique ?

— Je… Je ne crois pas…

— Et merde. Je me doutais bien qu'on n'aurait pas autant de bol. Parle-moi de ta prise du jour.

— Dans un bureau, au rez-de-chaussée. Celui du milieu. Derrière une table renversée.

— Je préférerais un détail intéressant, grogna Hankins. C'est un homme ? Une femme ? Un enfant ? Un extraterrestre ?

Thompson pinça les lèvres pour s'empêcher de proférer l'obscénité qui lui brûlait la langue. Sa discipline était tout ce qui le différenciait de Hankins. Il ne laisserait pas le mot en P se glisser dans sa réponse, malgré tout le mal qu'il avait à le ravaler. Il prit une grande inspiration avant de reprendre la parole.

— Franchement, j'ai du mal à voir son sexe. D'après la taille, ça doit être un adulte… Et je dirais qu'il a été écorché.

— Quoi ?

— Tu m'as bien entendu. Ecorché. C'est un cadavre sans peau.

— Putain de bordel ! jura Hankins. Depuis combien de temps ?

Qu'est-ce que tu veux que j'en sache ? faillit répliquer Thompson.

— Longtemps. Même les vers se sont carapatés.

Hankins soupira dans son oreillette.

— Dans ce cas, laisse tomber. Reprends la fouille.

— Tu ne crois pas qu'un cadavre est un détail important ?

— Bien sûr que si. A long terme. Pour le moment, nous cherchons un transgénique.

— C'est peut-être une de ses victimes.

— Exact ! Mais ce sera à l'équipe d'investigation de le déterminer, mon petit Sage. Dans l'état où il est, il ne peut pas nous servir, et ça ne le dérangera pas d'attendre un peu que quelqu'un s'occupe de lui.

Quelqu'un d'autre que nous, pensa Thompson.

Il détestait l'admettre, mais son partenaire avait raison. Il se força à se détourner et à sortir du bureau, puis monta au premier étage.

Encore plus sombre que le rez-de-chaussée, il était divisé en plusieurs petites pièces alignées des deux côtés d'un couloir central. Thompson ne vit ni détritus ni morceaux de verre dans la poussière qui couvrait le sol. Il allait reprendre l'escalier pour monter au second quand il décida de regarder encore une fois.

Il balaya le sol avec le faisceau de sa lampe. Il ne les avait pas repérées du premier coup, mais maintenant, il distinguait des empreintes humides le long du mur de droite. Celles de Hankins ? Non. Son partenaire était monté directement au dernier étage et ses pieds étaient plus grands et plus larges.

Les traces conduisaient à la troisième porte sur la gauche. De l'acide bouillonna dans l'estomac de Thompson quand il s'imagina en train de se colleter avec un transgénique. Ces créatures avaient une force, des capacités et des faiblesses variables, selon la quantité et la nature de l'ADN animal mélangé à leur cocktail génétique. Certaines avaient un corps humain, parfois très beau. D'autres étaient de grotesques combinaisons d'être humain et d'animal.

— Hankins, murmura Thompson dans son micro.

— Ouais, répondit son collègue sur un ton résigné et vaguement irrité.

— J'ai des empreintes au premier. Elles sont encore fraîches.

Tout scepticisme disparut aussitôt de la voix de Hankins.

— Que dit l'imageur ?

Thompson rengaina son Glock et sortit son imageur. Alors qu'il le pointait sur le couloir, il se sentit tout à coup très nu, sans son flingue. Et quand une tache rouge apparut sur le minuscule écran, il faillit bien le lâcher, tant il était impatient de récupérer son arme.

— Tu es toujours avec moi, petit ? appela Hankins.

Malgré lui, Thompson sursauta.

— J'ai un corps chaud, mais sa température est inférieure à trente-neuf degrés.

— Probablement pas un transgénique, dit Hankins. Mais on ne sait jamais. Ne bouge pas : j'arrive.

Thompson se sentit légèrement rassuré.

— Ça va aller. Je m'en occupe.

— Tu es sûr ? insista Hankins.

Thompson fourra l'imageur dans sa poche et saisit son Glock. Il avait toujours l'estomac noué, mais c'était son boulot, et il allait le faire.

— Ouais, je suis sûr.

— Raconte-moi quand tu auras trouvé quelque chose. Et si tu as besoin de moi, tu n'as qu'un mot à dire, ajouta Hankins sur un ton tout professionnel.

Thompson eut une rare bouffée d'affection pour son partenaire.

— Bien reçu.

Avec sa prudence habituelle, il éclaira toutes les pièces devant lesquelles il passa en suivant les empreintes. Il ne les fouilla pas vraiment : il y avait quelqu'un ou quelque chose à cet étage, et selon la procédure, il devait rester concentré dessus. Mais l'imageur ne montra rien de particulier, et un rapide balayage des bureaux à la lampe torche lui apprit que son nouveau gadget n'était pas tombé en carafe.

Devant la troisième porte de gauche, il s'immobilisa, le temps de calmer sa respiration. Quand il se sentit prêt, il fonça les bras tendus devant lui, et tourna sur lui-même.

Il avait fait un quart de tour quand il entendit un sifflement, sur sa gauche.

Dans la pénombre, il vit un panneau de revêtement mural voler vers lui. Il n'eut pas le temps de réagir : la planche s'écrasa sur ses bras. Sa lampe et son pistolet volèrent dans des directions opposées et heurtèrent le sol. La lampe s'éteignit, plongeant la pièce dans une obscurité totale. Par chance, le Glock ne fit pas feu. Thompson crut l'entendre glisser vers sa gauche et heurter un mur.

Sa vision vira au blanc, puis au noir, alors que la douleur déferlait comme une vague dans son corps. Il entendit la planche siffler dans les airs une deuxième fois et tenta de s'écarter de sa trajectoire. Puis son bras gauche se brisa sous l'impact et il grogna avant de s'écrouler.

Thompson vit son agresseur brandir la planche pour lui flanquer un nouveau coup qui lui ferait éclater le crâne. Un coup qui rendrait Mélanie veuve et leur fille orpheline.

D'instinct, il roula vers son agresseur et parvint à réduire suffisamment la distance qui les séparait pour que la planche rate sa tête. La seconde d'après, il faucha les jambes de l'inconnu et le déséquilibra.

Pendant que l'homme reculait en titubant, avec sa main valide, Thompson tâtonna à la recherche de son flingue. Derrière lui, il entendit son agresseur jurer entre ses dents, alors qu'il luttait pour se relever dans l'obscurité. Il rampa, et étouffa un éternuement quand la poussière qu'il soulevait sur son passage lui chatouilla les narines.

La voix de Hankins résonna dans son casque.

— Tu as trouvé quelque chose, petit ?

Non, c'est quelque chose qui m'a trouvé, pensa Thompson. Mais il se tut, ne voulant pas révéler sa position à son adversaire. Il continua de ramper, sa main droite balayant le sol, le bras gauche si douloureux qu'il aurait voulu s'offrir le luxe de s'évanouir.

— Le fils de pute débarque chez moi sans prévenir, grogna son agresseur derrière lui.

Là !

Ses doigts venaient d'effleurer quelque chose de froid et de dur. Le Glock. Il referma la main sur la crosse, se redressa et se retourna en levant son arme.

Thompson tira trois fois à l'aveuglette. Une balle vers la droite, une autre devant et la dernière vers la gauche, histoire de couvrir toute la zone.

Il entendit le bruit caractéristique d'un projectile pénétrant dans un corps.

Son agresseur émit un gargouillis et se tut.

— J'arrive, petit ! J'arrive ! cria Hankins dans son casque.

Le Glock toujours pointé devant lui, Thompson se releva, fit quelques pas dans le noir, trouva le corps immobile et lui flanqua quelques coups de pied.

Pas de réaction.

— Tout va bien, dit-il dans son micro. Je viens d'abattre un type. Et j'ai un bras cassé. Il me faut un médecin.

— J'arrive, petit ! répéta Hankins, dont la voix résonnait comme s'il était sous l'eau.

Il devait courir : autrement dit, avec sa surcharge pondérale, il risquait la crise cardiaque.

— J'ai dit : tout va bien, insista Thompson. J'ai la situation sous contrôle.

Du bout du pied, il sonda le plancher et finit par retrouver sa lampe. Il la ramassa, la secoua et fut presque étonné de la voir se rallumer.

Luttant pour tenir son flingue et la lampe dans une seule main, histoire de ménager son bras blessé, il revint vers son agresseur et braqua le faisceau lumineux sur lui.

Un vieil homme blanc avec des cheveux neigeux, une bouche ouverte et quasi édentée, des yeux bleus voilés par la cataracte qui ne cillaient plus. Ce n'était pas un transgénique, simplement un pauvre SDF. Il avait protégé l'endroit qu'il squattait. Et Thompson l'avait tué pour ça.

De nouveau, il sentit son estomac s'emplir d'acide. Cette fois, ce n'était pas de la peur, mais quelque chose de pire. La honte. La culpabilité.

Depuis qu'il avait rejoint l'unité de White, Thompson avait fait des trucs dont il n'était pas fier, mais il n'avait jamais tué un innocent. Pas jusque-là. Il savait qu'il ne s'en remettrait pas.

Des larmes roulèrent sur ses joues, où elles se mêlèrent à la pluie et à sa transpiration. Thompson secoua la tête. Cette fois, il démissionnerait. Qu'Ames White aille se faire foutre. Il allait finir ici avec Hankins, retourner au bureau et faire son rapport.

Puis il rentrerait chez lui. Il prendrait sa femme dans

les bras, et ils décideraient ensemble de l'endroit où ils déménageraient pour laisser cette horrible nuit derrière eux. Dans le monde post-Impulsion, il devait quand même exister une vie meilleure que celle-là.

A cet instant, un hurlement lui déchira le tympan.

— Hankins ! cria Thompson.

Pas de réponse.

— Hankins, parle-moi !

Toujours rien.

Thompson changea de fréquence et lança un appel d'urgence au QG pour demander des renforts, puis un second qui rameuterait les flics et une ambulance. Cela fait, il tenta de rappeler Hankins.

Seul le silence lui répondit.

Thompson arracha sa cravate et s'en servit pour fixer sa lampe torche à son avant-bras blessé. Ainsi, la lumière semblait jaillir de sa main. Puis il engagea un nouveau chargeur dans son Glock et se lança dans l'escalier comme s'il avait toutes les hordes de l'enfer à ses trousses.

Mais il ne fut pas assez rapide.

Il découvrit le corps de son partenaire au quatrième étage, où il avait été traîné à partir de la cage d'escalier. Il sut que c'était lui, bien qu'il n'y ait aucun moyen d'identifier ses os blancs et nus ou ses muscles exposés et brillants de sang écarlate.

Tout ce qu'on aurait pu dire, c'était qu'il s'agissait d'un adulte écorché.

Très frais, cette fois.

Le cri suivant qui résonna aux oreilles de Thompson fut le sien.

Une silhouette mince mais musclée, des cheveux bruns si courts qu'ils se dressaient en épi sur son crâne, des yeux bleus glaciaux et toute la compassion d'un requin, Ames White pressa la paume de sa main gauche sur son front.

Il ne savait pas s'il devait éclater de colère ou de rire. Alors, il se contenta de faire la grimace. Il savait que Hankins et Thompson n'étaient pas les plus grands génies de son unité. Il les soupçonnait même d'être de parfaits abrutis. Mais il ne les aurait pas crus incompétents à ce point.

Cela ne l'étonnait guère. Il était chargé d'une mission vitale qu'il tentait de mener à bien dans une ville en ruine, pour un pays qui valait tout juste qu'on se donne la peine de le gouverner. Et malgré toutes ses responsabilités, il était entouré d'imbéciles et de bons à rien.

C'est typique.

Ces jours-ci, il semblait à Ames White qu'il était sans cesse au bord d'une victoire éclatante ou d'une défaite humiliante. Il se demanda dans quelle colonne finirait cette histoire.

Le bon côté des choses – à supposer qu'il y en ait un –, c'était d'être débarrassé des deux clowns. Hankins était évidemment mort. White regarda le corps écorché. Quel gâchis répugnant…

Recroquevillé dans un coin, une couverture sur ses épaules, Thompson serrait son bras blessé contre lui. Il semblait incapable de détacher ses yeux du cadavre grotesque de son partenaire.

White savait déjà que le gamin était lessivé ; il le lisait sur son visage. Que Thompson ait pratiquement été assommé par un SDF aussi vieux que Mathusalem aggravait son échec.

Le mauvais côté des choses ? L'incompétence du binôme rejaillirait sur lui ! Secouant la tête, White se tourna vers son associé, Otto Gottlieb.

Doté d'un physique de latino qui contrastait avec son

nom, Gottlieb avait des cheveux noirs, des yeux sombres et une peau olivâtre. Il ignorait tout des plans secrets de l'agent White. En fait, sa plus grande qualité – aux yeux de ce même White – était d'obéir sans poser de questions.

Jusqu'ici, Gottlieb avait résisté à l'envie de se faire pousser un cerveau et de commencer à penser par lui-même. Mais White craignait que ça ne dure pas toujours. Le moment venu, il savait que son associé lui manquerait. Non qu'il l'appréciât vraiment : White n'aimait personne, et se flattait de n'être affligé d'aucune faiblesse sentimentale. Mais il s'était habitué à sa présence. Il la trouvait apaisante.

Même si – ou peut-être parce que – Gottlieb était un abruti.

White fit un geste vers les deux partenaires (un mort et un vivant) et ordonna :

— Sors-le d'ici, Otto. Il me dégoûte. Sors-le d'ici.

— Le corps ? On ne devrait pas attendre que… ?

— Non. C'est une preuve. Je voulais parler de Thompson.

Gottlieb comprit enfin. Il hocha la tête et marcha vers l'autre agent. Il l'aida à se relever, puis le conduisit vers la sortie.

Alors qu'ils passaient devant White, Thompson dévisagea son patron avec des yeux gros comme des balles de golf et murmura :

— Ce transgénique l'a écorché à une telle vitesse… Si vous aviez vu ça…

— Tu as merdé. Une perte inacceptable.

Des larmes montèrent aux yeux de Thompson.

— J'ai essayé de l'atteindre, dit-il. J'ai essayé de l'aider. Je…

Un rictus s'afficha sur les lèvres de White, qui secoua lentement la tête.

— Tu ne comprends vraiment rien, pas vrai ?

L'expression de Thompson lui indiqua qu'il avait vu juste.

— Je ne parle pas de Hankins. Ce transgénique m'a épargné la peine de licencier son gros cul.

— Vous avez dit… que c'était une perte inacceptable…

— Et ça l'est. Le transgénique s'est emparé de l'imageur thermique. (White saisit les revers trempés du pardessus de Thompson.) A ton avis, combien de temps lui faudra-t-il pour comprendre à quoi ça sert ?

Il relâcha le jeune agent, qui balbutia, la lèvre inférieure tremblante :

— Vous… Vous êtes un monstre.

— Non. Ce sont eux les monstres. Toi, tu es viré. Sors-le d'ici, Otto.

Gottlieb prit le jeune homme par le bras et obéit.

Resté seul avec le corps, White lança son poing dans un mur de béton, qui s'enfonça légèrement sous l'impact.

— Je n'arrive pas à croire que tu aies laissé un putain de transgénique prendre un imageur thermique, dit-il au cadavre écarlate et luisant.

Hankins ne répondit pas. Il se contenta de sourire d'un air stupide, ses dents bien visibles sur le masque sanguinolent qui lui servait de visage.

CHAPITRE II

UNE NATION DE MONSTRES

Service de messagerie Jam Pony, 23 h 50
Vendredi 7 mai 2021

Le cœur battant à tout rompre, la transgénique que le public connaissait sous le numéro 452 se prépara à sortir de Jam Pony par une nuit fraîche que les lumières des voitures de police piquetaient de rouge et de bleu.

Certains de ses amis les plus proches et elle – les frères et sœurs qui la soutenaient dans son combat pour la liberté – semblaient avoir été capturés par un Groupe d'Intervention. Ses longs cheveux noirs s'étaient détachés, et son pantalon de treillis était maculé de boue : le résultat d'une mêlée vicieuse avec une équipe dirigée par Ames White. Mais 452 – Max, pour ses proches – n'avait pas courbé l'échine, ni versé une goutte de sang. Ses adversaires ne pouvaient pas en dire autant.

La prise d'otages, à Jam Pony, avait commencé accidentellement – au sens littéral du terme. Un peu avant le coucher du soleil, l'homme-lézard surnommé Taupe – courageux, mais impulsif – et son ami Joshua – un colosse à qui les journaux à scandale donnaient le sobriquet de Toutou – avaient ramassé deux transgéniques qui marchaient vers Terminal City, le quartier contaminé où les parias engendrés par le Projet Manticore avaient élu résidence.

Ces squatters-là pouvaient survivre au milieu d'une pollution qui aurait rendu malades – voire tué – des humains normaux. Tous les transgéniques, les spécimens physiquement splendides, comme Max et Alec et les « monstres » comme Taupe et Toutou, étaient immunisés contre ce genre de poison. Ça leur faisait au moins une caractéristique dont ils pouvaient remercier Manticore.

Accompagnée d'un adolescent nommé Dalton, la jeune femme, Gem – une X5 – était sur le point d'accoucher. Taupe était donc pressé de la conduire dans le pitoyable sanctuaire de Terminal City. Ils avaient longé moins de deux blocs quand un camion rempli de détritus avait reculé dans leurs pattes. Et ce qui aurait dû être un incident mineur s'était transformé en désastre.

Forcés de s'enfuir en courant pour échapper à une foule d'antimutants, Taupe, Joshua et les deux nouveaux avaient trouvé refuge au service de « messagerie à vélo » où travaillaient Max et deux autres transgéniques, Alec et CiCi.

Mais les flics étaient déjà sur leurs talons. Alec et CiCi s'étaient fait passer pour des otages, comme les humains ordinaires devenus prisonniers des transgéniques. Mais Alec avait perdu son flegme habituel et révélé sa véritable nature en se portant au secours de Max pendant le combat qui avait suivi.

Au départ, la jeune femme n'était même pas sur les lieux, et Taupe avait terrifié ses amis. A son arrivée, elle avait pris les choses en main. Et les otages avaient très vite compris que leurs « geôliers » et eux étaient confrontés au même défi : rester en vie.

Quelques minutes avant, Max et le négociateur du département de police, l'inspecteur Ramon Clemente, avaient conclu un accord. En échange de la moitié des otages, les transgéniques recevraient une camionnette pour s'enfuir. Les hommes postés sur les toits voisins avaient reculé, comme promis. Mais Ames White – un agent de la NSA secrètement déterminé à tuer tous les transgéniques – avait fait signe à ses propres tireurs d'élite.

Max et les autres n'arrivèrent jamais jusqu'à la camionnette. Si Logan Cale n'avait pas bondi à leur secours, mitraillant les snipers pour les forcer à battre en retraite, ils n'auraient même pas regagné le bâtiment. Mais ils avaient réussi, et s'étaient tous regroupés dans les locaux de Jam Pony. Tous, sauf CiCi, tombée sous le feu des assassins.

C'était une perte terrible, mais ils avaient survécu à beaucoup de choses, ce jour-là. Et ils devraient survivre à beaucoup d'autres avant de pouvoir s'estimer en sécurité. Si un seul flic remarquait que les types du Groupe d'Intervention n'étaient pas ce qu'ils semblaient être, le massacre recommencerait.

Mais si Max et Logan Cale devaient mourir, au moins, ils mourraient ensemble.

Elle aimait cet homme qui avait jadis risqué sa vie pour elle et pour sa cause. Pour le protéger, elle lui avait affirmé le contraire, tentant de se convaincre qu'elle pouvait vivre sans lui. Mais sous la lumière des projecteurs que la police et les médias avaient braqués sur eux, elle savait qu'elle se leurrait.

Logan Cale. Grand, les yeux bleus, les cheveux blonds hérissés comme les piquants d'un porc-épic et un sourire timide. Combien de fois s'était-elle retenue de l'embrasser, de lui dire ce qu'elle ressentait vraiment ? A présent, c'était impossible. Cette salope de Renfro avait pris toutes les dispositions nécessaires.

Les installations du Projet Manticore avaient brûlé. Mais les savants fous qui avaient créé Max, Alec,

Joshua et beaucoup d'autres pauvres créatures perdues continuaient de lui gâcher la vie. Feu Renfro – que Dieu ne garde surtout pas son âme ! – lui avait inoculé un virus bien spécifique, auquel il n'existait aucun remède connu. Si la chair de Max touchait celle de Logan, son bien-aimé mourrait.

Malgré tous les problèmes qu'elle lui avait causés, et tout le chagrin qu'elle lui avait fait, Logan était une fois encore venu à son secours. Il avait tiré sur les snipers, aidant Taupe à les tenir à distance pendant que les autres se repliaient dans le bâtiment. Il était même resté près de Max pour la couvrir pendant qu'elle traînait CiCi, gravement blessée. Hélas, sa sœur avait succombé quelques instants plus tard.

Les deux camps s'étaient observés sans bouger, jusqu'à ce que White fasse intervenir son équipe. Ce souvenir fit sourire Max. Ces agents étaient coriaces, mais ses frères et sœurs n'avaient eu aucun mal à en venir à bout. Surtout que certains otages, acquis à leur cause, s'étaient joints aux transgéniques.

Max s'était donné du mal pour ne tuer personne. Joshua s'était trouvé face à Ames White, qui avait assassiné une de ses amies. Il l'aurait volontiers brisé en deux comme une brindille. Mais il ne devait pas y avoir de victime ; Max avait été très claire là-dessus. Sous l'impulsion de White et d'autres hommes influents, les médias s'acharnaient déjà assez sur les transgéniques. Ils avaient réussi à convaincre la plupart des gens que ces créatures étaient des monstres méritant qu'on les abatte sans sommation.

A présent, Max et ses amis avaient une occasion de s'échapper et de se fondre dans la nuit. Mais il leur restait un dernier obstacle à franchir…

Vêtu d'un uniforme du Groupe d'Intervention, coiffé

d'un casque en kevlar et le visage caché par des lunettes teintées, Logan ouvrit la porte de devant et cria :

— Baissez vos armes ! Ne tirez pas ! L'équipe va sortir !

Puis il précéda les autres dans la fraîcheur nocturne. La foule massée derrière les barrières de sécurité se pressa pour mieux voir, et un cri haineux monta de dizaines de gorges.

— Mort aux monstres ! Tuez-les tous !

Max se demanda s'ils pourraient un jour faire comprendre à ces gens qu'ils voulaient vivre en paix. Les « monstres » désiraient s'adapter à leur environnement, et ne pas être craints ou jugés à cause de leur apparence. N'était-ce pas le mythe fondateur des Etats-Unis ? Les frères et sœurs de Max étaient nés sur le sol américain, même s'ils avaient été conçus dans une éprouvette pour devenir les super-soldats d'une nation qui, désormais, semblait résolue à se débarrasser d'eux par tous les moyens.

Alors que Logan et les autres marchaient dans la rue, les flics durent se concentrer sur la foule. Occupés à la contenir, ils regardèrent distraitement les Fédéraux avant de reculer pour les laisser avancer vers la fourgonnette de police qui les attendait.

Alec, affublé du même costume que Logan, surveillait Max. Sketchy – avec sa silhouette efflanquée, il faisait un flic d'élite assez peu crédible – escortait Taupe et Joshua. L'homme-lézard continuait à mâchouiller son sempiternel cigare ; Joshua, avec ses longs cheveux bruns, ses yeux expressifs et ses traits semi-canins, ressemblait plus que jamais à un chien battu.

— Agents fédéraux ! annonça Logan, autoritaire. Il faut que vous reculiez. Nous avons peut-être un risque biologique sur les bras. Bougez-vous !

Tous les flics obéirent sauf Clemente, l'inspecteur

plein de bon sens qui avait fait office de négociateur jusqu'à ce qu'Ames White prenne sa place.

Clemente était un Afro-Américain mince et nerveux, d'une quarantaine d'années, mais qui devait se sentir beaucoup plus vieux à cet instant précis. Pourtant, ses yeux bruns intelligents restaient en alerte. Il portait un blouson de sport gris froissé par-dessus son gilet de kevlar, sa cravate bleue et sa chemise blanche. Visiblement, il mourait d'envie de réclamer des explications. Mais quand l'équipe de Logan passa près de lui, il se tut, son pistolet pointé vers le sol.

Logan se tourna vers lui.

— L'agent White veut que vos gars bouclent le périmètre du crime. Et que ça saute.

Clemente ne fit pas un geste, ses yeux plissés trahissant son scepticisme alors que Logan ouvrait la porte arrière de la fourgonnette. Alec fit monter Max devant lui ; Sketchy donna une bourrade à Taupe et à Joshua pour les faire avancer.

— Nous allons devoir réquisitionner cette ambulance, ajouta Logan, très professionnel.

Sketchy aida Gem – la X5 qui avait donné naissance à un bébé pendant le siège – à monter dans l'ambulance garée près de la fourgonnette. Dalton, le jeune X5 blond qui voyageait avec elle, fut « autorisé » à l'accompagner. Original Cindy, la jolie Noire qui était la meilleure amie de Max à Seattle et, comme elle, coursière à vélo chez Jam Pony, vint compléter le groupe.

Logan se tourna vers Clemente et lança avec une pointe d'ironie :

— L'agent White n'aime pas qu'on le fasse attendre.

Le conducteur de l'ambulance descendit à contrecœur de son siège.

— Nous prenons le relais, dit Sketchy, qui jouait son rôle de gros dur à la perfection malgré un physique peu impressionnant. Sauf si vous voulez vous payer une douche de décontamination pendant six heures.

Le conducteur n'y tenant pas vraiment, il recula pour laisser Sketchy s'installer derrière le volant.

Sans attendre que Clemente se décide à bouger, Logan claqua la porte arrière de la fourgonnette et sauta sur le siège du conducteur. Pendant qu'il démarrait, Max et les autres se débarrassèrent rapidement de leurs menottes non verrouillées.

— Ecartez-moi ça ! cria-t-il par la vitre, en montrant les barrières qui tenaient la foule à distance.

— Tuez les monstres ! beuglèrent les antimutants que ses phares baignaient d'une lueur spectrale.

Logan passa la première et accéléra.

— Voilà, l'encouragea Max. Doucement.

La fourgonnette fendit la populace sous les huées.

— Ce sont des monstres !

— Abattez-les !

Par la vitre arrière, Max vit Clemente se fondre dans la foule, puis la foule se fondre dans la nuit, alors que les deux véhicules s'éloignaient dans les ténèbres. Peu à peu, la tension se dissipa. La crise était passée.

Avant de soupirer de soulagement, Max s'assura que personne ne les suivait.

— Tirés d'affaire, diagnostiqua-t-elle.

Des cris de joie résonnèrent dans la fourgonnette alors que Taupe et Joshua se tapaient le poing.

— Ça, c'était du beau boulot ! rugit l'homme-lézard.

— Ouais, pas mal, dit Alec.

Un sourire éclaira son visage d'ordinaire impassible.

Logan leva les yeux vers le rétroviseur et leur fit une grimace.

— Pour ton information, cette rousse te bottait le cul.

Il faisait allusion à une fille particulièrement baraquée,

membre de l'équipe d'Ames White, qui les avait attaqués à Jam Pony.

Le sourire d'Alec disparut.

— Je la tenais. Je m'amusais juste avant de l'achever.

Tout le monde éclata de rire.

— Et maintenant, dit Max à voix basse, pour leur rappeler qu'ils n'étaient pas encore en sécurité, cap sur Terminal City !

Quelque chose préoccupait Clemente. Il n'aurait pas su dire quoi. Mais il entra dans les locaux de Jam Pony, les deux bras tendus, poignets croisés, une lampe torche dans la main gauche et son flingue dans la droite, par prudence.

Derrière lui, quatre flics d'élite – du département de police, pas de l'équipe d'Ames White – se déployèrent dès la porte franchie. Le courant était toujours coupé, et les ombres avaient envahi l'entrepôt étrangement calme après l'agitation de la journée. Comme si le bâtiment aussi avait besoin de se reposer…

Clemente aperçut trois personnes assises sur un banc, qui semblaient attendre l'arrivée des flics. Une jeune femme d'une vingtaine d'années, avec de petites couettes brunes, un sweat beige à capuche et un treillis. Un grand type musclé avec des lunettes à monture noire, une brosse blonde, un T-shirt bleu et un jean. Et un petit chauve en chemise de flanelle. Tous étaient très calmes. Un peu trop calmes, pour des otages qu'on venait de relâcher.

— Quelqu'un est blessé ? demanda Clemente en braquant sa lampe vers eux – mais en évitant de leur mettre la lumière dans les yeux.

— Non, dit la fille. Nous, on va bien. Mais vous feriez mieux d'aller regarder en haut.

Il crut déceler de l'ironie dans sa voix.

Clemente avança lentement vers l'escalier, les yeux fixés sur la porte, au sommet. Arrivé sur le palier, il n'hésita qu'une seconde avant d'entrer dans la pièce, pistolet devant lui. L'équipe de flics d'élite le suivit de près.

Une bataille féroce avait eu lieu dans cet endroit. Presque toutes les fenêtres et les vitres qui constituaient la moitié supérieure du mur séparant l'espace de stockage des bureaux gisaient en miettes sur le plancher poussiéreux. Les étagères étaient renversées, les meubles brisés... Un vrai bordel.

Clemente balaya la pièce avec sa lampe. Le faisceau lumineux éclaira d'abord une rousse musclée, bâillonnée et ligotée à un pilier en ciment avec du chatterton, comme si elle attendait d'être livrée par un coursier à vélo.

Un peu plus loin, trois hommes étaient pareillement saucissonnés. Ils n'avaient plus qu'un slip et un maillot de corps. Clemente comprit aussitôt que les flics qui avaient emmené 452 et les autres étaient des imposteurs, vêtus de l'uniforme des agents qu'ils avaient vaincus. Et il savait qu'il aurait dû s'en indigner, mais...

Il ne put s'empêcher d'afficher un large sourire.

— Agent spécial White ! lança-t-il.

L'agent du gouvernement, d'ordinaire si suffisant, marmonna quelque chose d'indistinct à travers le chatterton scotché sur sa bouche. Contrairement à ses hommes, il n'avait pas été dépouillé de sa tenue. Juste de sa dignité.

— Qu'est-ce que vous avez dit ? demanda Clemente, une main en cornet autour de son oreille. Les transgéniques vous ont attachés et ont pris vos uniformes ?

Un autre grognement sortit de la bouche de White alors qu'il luttait vainement pour arracher ses liens.

— Non ? J'ai du mal à y croire, gloussa Clemente.

Les yeux de White s'écarquillèrent de colère, et il cria quelque chose de probablement obscène qui fut une fois de plus étouffé par le chatterton.

— Et vous voulez que je me lance à leur poursuite ? insista Clemente, comme pour s'assurer qu'il avait bien compris.

Sur son visage tuméfié, le regard froid de l'agent spécial exprima toute la colère et la haine que le scotch ne l'autorisait pas à cracher.

— Ça, c'est une putain de bonne idée, dit Clemente.

Il fit demi-tour et gagna la porte, ses hommes sur les talons. Aucun ne fit le moindre geste pour détacher White et les autres.

Alors qu'il sortait sur le palier, l'inspecteur entendit un gargouillis qui ressemblait beaucoup à « Fils de pute ». Il s'accorda quelques secondes pour savourer ce moment, puis rejoignit sa voiture au pas de course.

White n'était pas le seul à s'être fait berner par les transgéniques. Même s'il avait pris beaucoup de plaisir à le voir humilié, Clemente n'oubliait pas son devoir. Pas question de laisser les fuyards s'en tirer ainsi ! Il allait les retrouver, et réussir là où White avait échoué.

Pour une fois, le seul sourire suffisant qui conclurait cette affaire serait le sien.

Le silence était enfin retombé dans la fourgonnette. Alors que la tension baissait, la fatigue de la journée rattrapa les fuyards. Ils avaient tous l'air au bout du rouleau.

Max était fière de sa famille et de ses amis. La prise d'otages aurait pu se terminer dans un bain de sang, comme le souhaitait White. Si quelqu'un d'autre que CiCi – une des leurs – avait péri pendant l'assaut, cette mort aurait causé un tort irréparable à la cause des transgéniques. Elle aurait sonné le glas de l'espoir que les humains les acceptent un jour comme des égaux.

Max commençait à peine à se détendre à l'arrière du véhicule quand elle entendit la première sirène. Elle se tourna pour voir par la vitre arrière alors que Logan regardait dans son rétroviseur.

— Nous avons de la compagnie, annonça-t-il.

La voix de Clemente sortit du haut-parleur placé sur le toit de la voiture de tête.

— Arrêtez-vous, ou nous devrons ouvrir le feu !

Logan l'ignora.

— Je répète : arrêtez-vous, ou nous serons obligés d'ouvrir le feu !

— Ne l'écoute pas, ordonna Max.

Logan continua de rouler au milieu de la rue, sans accélérer ni ralentir. Derrière lui, Sketchy – qui conduisait l'ambulance – l'imita. Les voitures de police se rapprochèrent, mais aucune ne tenta de les dépasser pour leur bloquer la route.

Max eut l'impression que le trajet jusqu'à Terminal City prenait des heures au lieu de quelques minutes. Enfin, ils arrivèrent en vue du no man's land où s'étaient installés les transgéniques. Le long de la clôture qui délimitait son périmètre, des pancartes proclamaient : « Interdiction d'entrer » ou « Risque biologique. Inadapté à la vie humaine ».

— Fonce ! lança Max.

Logan n'hésita pas. La fourgonnette prit de la vitesse alors qu'elle approchait du portail fermé.

— Accrochez-vous, conseilla-t-il à ses passagers.

Ils défoncèrent le portail. L'ambulance s'engouffra à leur suite dans la zone interdite, pare-chocs contre pare-chocs.

— Première à droite, première à gauche, et tu prends la rampe qui monte.

Tel un pilote de course, Logan suivit les instructions de Max.

— Et maintenant, droit à travers le bâtiment.

De nouveau, le jeune homme obéit, slalomant dans le labyrinthe de béton aussi vite que le lui permettait son véhicule.

Peu après, ils atteignirent une barrière d'immondices qui les empêchait de continuer et qui leur barrait également la route sur la gauche et la droite.

— Terminus, dit Logan en freinant.

Sketchy arrêta l'ambulance près de la fourgonnette. Les voitures de police, qui les avaient suivis en file indienne, formèrent rapidement un demi-cercle derrière les deux véhicules pour les empêcher de faire demi-tour. Leurs lumières coloraient la scène de rouge et de bleu.

Une vingtaine de flics mirent pied à terre et dégainèrent leurs flingues.

— Lâchez vos armes et levez les mains ! cria Clemente dans le haut-parleur. Tout de suite !

Taupe se retourna vers Max.

— Et maintenant, quel est ton plan ? cracha-t-il.

— Les mains en l'air ! brailla Clemente.

Paniqué, Joshua appela sur un ton plaintif :

— Max ?

Cette fois, il ressemblait à un petit garçon effrayé, et plus du tout à un puissant homme-chien.

— Lâchez vos armes ! répéta Clemente.

Sur le visage de ses compagnons, Max lut la défaite et le désespoir. Mais elle refusa de les accepter.

La jeune femme prit sa décision.

— Vous l'avez entendu.

— Ça craint, grogna Taupe.

Logan ouvrit la portière du conducteur et jeta son pistolet dehors. L'arme heurta le ciment avec un bruit sec.

— J'ai combattu la loi, et la loi a gagné, fit Alec sur un ton résigné.

Max se traîna jusqu'à la porte arrière de la fourgonnette, l'entrouvrit et jeta le pistolet d'Alec.

— Sortez des véhicules les mains en l'air !

Sans cesser de maugréer, Taupe passa son arme à Max, qui lui fit suivre le même chemin que les autres.

— J'ai dit : sortez des véhicules, les mains en l'air !

Toujours vêtue de sa tenue de flic, Original Cindy se débarrassa de son pistolet et de celui de Sketchy.

Max sortit la première, suivie de Taupe. Original Cindy l'imita, puis ce fut le tour de Gem et de son bébé, de Sketchy, qui avait retiré son casque, et enfin du jeune Dalton.

Alors que Clemente et ses hommes les tenaient en joue, Max écarta les armes les plus proches d'un coup de pied pour éviter que les flics pensent qu'ils mijotaient un mauvais coup. Joshua aida Alec à descendre ; le jeune homme avait reçu une balle dans l'épaule gauche au début du siège, et son bras lui faisait encore mal. Logan se laissa glisser à terre et rejoignit ses compagnons à l'arrière de la fourgonnette.

— Ecartez-vous des véhicules, ordonna Clemente. A genoux, les mains croisées sur la tête !

Sketchy fut le premier à obéir, comme s'il avait été pris d'une subite envie de prier. Lentement, les autres l'imitèrent : Taupe, Alec, Logan, Original Cindy, Dalton et Gem. Mais la jeune femme ne croisa pas les mains sur sa tête, car elle serrait son bébé dans ses bras.

Max resta debout, les bras le long du corps, son visage ne trahissant ni colère ni déception. Pourtant, son refus de se soumettre faisait d'elle un symbole de la rébellion.

— A genoux ! cria Clemente, qui avait laissé son micro dans la voiture.

Max fit deux pas vers lui.

— J'ai dit : à genoux !

Ignorant l'inspecteur, la jeune femme avança et s'arrêta à deux mètres des policiers, baignée dans la lumière blanche de leurs casques.

— 452 ? lança Clemente, les sourcils froncés.

Max lui avait dit de l'appeler comme ça pendant leurs négociations. Mais pourquoi se cacher plus longtemps ?

— Mon nom est Max.

Clemente prit une inspiration.

— Je crois que vous devriez vous mettre à genoux.

— Et moi, je crois que vous devriez partir.

L'expression de Clemente se durcit.

— Je ne vous le répéterai pas.

— Moi non plus, fit Max.

Luke et Dix – deux des transgéniques qui avaient fondé la colonie dans le parc industriel abandonné rebaptisé Terminal City – sortirent de l'ombre en armant leurs fusils à pompe.

Face à Max, les flics braquèrent leurs flingues sur eux.

D'autres transgéniques émergèrent des ténèbres sur les toits des bâtiments voisins. Leurs silhouettes étranges – la lumière bleue et rouge accentuait leur difformité – firent hésiter les policiers.

Le temps qu'ils se reprennent, ils furent encerclés par une centaine de transgéniques qui les tenaient en joue. Max lut sur le visage de Clemente qu'il comprenait : la partie était perdue pour lui et pour ses hommes.

— Vous pouvez essayer de nous arrêter tous, proposa-t-elle en désignant ses camarades. Mais vous pouvez aussi décider que vous tenez à la vie, et aller boire une bonne bière.

Clemente eut besoin d'une seconde pour percuter.

— Reculez ! On fiche le camp, les gars ! Vous m'avez entendu ?

Les flics le dévisagèrent, puis se regardèrent, perplexes.

— Tout de suite ! cria leur chef.

Ils rengainèrent leurs armes et rentrèrent dans leurs véhicules. Bientôt, des voitures de police zigzaguèrent dans les rues, cherchant le moyen le plus rapide de quitter Terminal City. Clemente les regarda rouler vers le portail. Puis il remit son pistolet dans son holster et approcha de Max.

— Vous avez empêché que la prise d'otages tourne au carnage, et je vous respecte pour ça, dit-il.

— Vous avez bien agi aussi…

— Mais vous n'avez pas gagné. Les choses risquent de très mal tourner pour vous. La prochaine fois, je ne pourrai rien faire pour éviter le massacre. La vie de tous ces gens dépendra de vos décisions.

Leurs regards se croisèrent.

— Et je prie pour que vous preniez les bonnes… Max, ajouta Clemente.

L'orgueil gonfla le cœur de la jeune femme. Pourtant, il avait seulement prononcé son nom. Pourquoi n'y avait-il pas plus d'humains ordinaires comme lui ? Certes, ils étaient adversaires. Ils avaient choisi leur camp depuis longtemps. Mais au ton de sa voix, Max comprit qu'ils n'étaient pas des ennemis.

Clemente fit demi-tour, remonta dans sa voiture, passa la marche arrière et sortit du bâtiment. La lumière de ses phares n'avait pas encore disparu quand Taupe – l'éternel activiste – se mit au travail.

— Manœuvre d'évasion, cria-t-il. Répartissez-vous, dispersez-vous et planquez-vous jusqu'à nouvel ordre.

Max fut surprise de s'entendre crier :

— Non ! On reste ici !

Taupe se tourna vers elle.

— Dans deux heures, le périmètre sera bouclé, dit-il d'une voix dure. Les tanks, la Garde Nationale, tous les flics à cent kilomètres à la ronde vont rappliquer pour nous débusquer comme des lapins.

Dix fit un pas en avant. Son visage couvert de bosses ressemblait à de la bouillie de céréales, et il portait un monocle sur son œil valide.

— Nous creuserions nos propres tombes, fit-il.

— Taupe a raison, dit Luke, un transgénique chauve avec des poches rouges sous les yeux et de minuscules oreilles cachées sous de grands replis de peau. Si nous bougeons maintenant, ils ne pourront pas tous nous rattraper.

— Et que ferez-vous ensuite ? lança Max. Je ne peux pas vous empêcher de partir. Mais j'en ai assez de courir, de me cacher et d'avoir peur. (Elle tourna lentement sur elle-même pour regarder la foule de « monstres ».) Je refuse de vivre ainsi plus longtemps. N'en avez-vous pas assez de vous terrer dans les ténèbres ?

Elle vit quelques hochements de tête et entendit quelques murmures approbateurs.

— N'avez-vous pas envie de sentir le soleil sur votre visage ? D'avoir un endroit bien à vous, où vous pourrez marcher dans les rues sans craindre personne ?

Les transgéniques grognèrent.

— Ils nous ont fabriqués et entraînés pour défendre ce pays. Il est temps qu'ils nous affrontent et qu'ils assument leurs responsabilités, au lieu de vouloir nous jeter comme des détritus. Nous sommes nés aux Etats-Unis. Et nous n'irons nulle part.

— Bien dit ! lança Original Cindy.

— Ils nous traitent de monstres ? D'accord. Aujourd'hui, je suis fière d'être un monstre. Et nous allons nous battre pour nos droits. Ici même.

Max étudia les visages qui l'entouraient. Elle ne les connaissait pas tous, mais dans son cœur, ces gens étaient tous des membres de sa famille.

— Qui est avec moi ? demanda-t-elle en levant le poing.

Joshua l'imita aussitôt. Puis ce fut le tour d'Original Cindy, de Logan, d'Alec et de tous les autres, y compris Dix et Luke. Un acte de solidarité sans précédent, comme ils n'en avaient jamais accompli, même à Manticore. Ils étaient ensemble, fiers et droits.

Seul Taupe resta les bras ballants. Max le vit sonder la foule, et elle comprit qu'il le sentait aussi. Il y avait de la fraternité dans l'air. *Et de la sororité*, ajouta-t-elle mentalement à l'attention d'Original Cindy.

Lentement, l'homme-lézard leva le poing.

— Oh, et puis merde…

Max sentit l'espoir couler dans ses veines comme de l'adrénaline. Elle repensa à la phrase de l'ancien philosophe chinois Lao-tseu : « Un voyage d'un millier de kilomètres commence par un seul pas. »

Elle souhaita qu'ils soient partis du bon pied.

Les quarante-huit heures suivantes, les transgéniques fortifièrent leur position tout en surveillant la police et la Garde Nationale qui, conformément aux prédictions de Taupe, avaient bouclé le périmètre de Terminal City.

Une sorte de hiérarchie commençait à s'établir. Alec et Taupe supervisaient l'amélioration de la sécurité ; Dix et Luke suivaient les infos à la télé, car les caméras leur permettaient de voir tous les mouvements ennemis derrière la clôture. Joshua s'était autoproclamé garde du corps de Max, qui élaborait leur stratégie avec Logan.

Il était déjà très tard, la deuxième nuit, quand Dix leur demanda de le rejoindre au centre de communications improvisé de Terminal City. Des bulletins d'informations locaux et nationaux défilaient sur une dizaine d'écrans. Les autres moniteurs contrôlaient le système de sécurité que les transgéniques avaient installé à leur arrivée, et qu'ils n'avaient jamais cessé d'améliorer.

— Que se passe-t-il ? demanda Max.

Dix désigna un écran. Une X5 rousse, qui devait avoir l'âge de Max, monta le volume.

Un journaliste interviewait Normal devant Jam Pony.

— Les preneurs d'otages… A quoi ces créatures ressemblaient-elles ? Est-il vrai que vous avez aidé une transgénique à accoucher ?

Normal rayonnait autant que s'il avait été l'heureux papa.

— Oui, une magnifique petite fille.

— Donc, pour vous, ce ne sont pas des monstres ?

— Des monstres ? répéta Normal en secouant la tête, comme si une telle idée ne lui avait jamais effleuré l'esprit. Pas plus que vous et moi.

Sur ces mots, il regarda autour de lui. Quand il vit que deux de ses coursiers ne se remuaient pas assez vite à son goût, il leur lança :

— Hé, Sparky, on n'est pas au Country Club ! Bouge-toi. Bip, bip, bip.

Les deux traîne-la-patte enfourchèrent leur vélo et partirent chacun de leur côté, en pédalant comme des fous pour s'éloigner le plus vite possible de Normal.

Max regarda Logan.

— Qu'est-ce que tu en penses ?

— On dirait que tu as encore fait un converti !

— Normal ? insista Max, perplexe.

— Il pourrait être utile d'avoir un ami de plus dehors, fit Logan en haussant les épaules.

— C'est vrai. Ça ne fait jamais de mal d'avoir un ami de plus. (Max se tourna vers Dix.) Autre chose ?

— Non. Tu devrais aller te reposer.

La jeune femme étouffa un bâillement.

— Tu as peut-être raison.

Comme tous les autres, Logan et elle n'avaient pas dormi depuis deux jours. Une petite sieste ne serait pas du luxe, et elle savait que Logan en avait encore plus besoin qu'elle.

— Tu peux demander à quelqu'un de nous réveiller à l'aube ?

— Oui, et prenez ma chambre, proposa Dix en désignant une porte sur la droite.

Max fit quelques pas, puis s'arrêta pour attendre Logan.

— Tu viens ?

Un sourire flotta sur les lèvres du jeune homme.

— J'arrive.

La chambre de Dix était à mille lieues du luxueux appartement où Logan vivait naguère, et même de l'immeuble condamné que squattait Max. Mais elle ferait l'affaire.

Guère plus grande qu'une salle de bains, éclairée par une ampoule nue pendue au plafond, elle était meublée d'un matelas posé à même le sol, d'une étagère où reposaient quelques livres, d'une minuscule table ronde entourée par deux chaises, et d'un vieux fauteuil inclinable récupéré Dieu seul savait où.

— Prends le lit. Je dormirai là, dit Max en tapotant le dossier du fauteuil.

— Non. Toi, prends le lit.

— Quand as-tu dormi pour la dernière fois ?

Logan haussa les épaules.

— Tu ne pourrais pas me laisser jouer les gentlemen ?

Max lui agita un index sous le nez.

— Qui de nous deux est une machine à tuer génétiquement optimisée capable d'enchaîner plusieurs nuits blanches ?

— Toi, admit Logan.

Sans autre protestation, il se laissa tomber sur le lit, enleva ses lunettes et s'assoupit aussitôt. Il n'avait même pas enlevé son exosquelette, la machine fixée à la moitié inférieure de son corps qui lui permettait de marcher. Sa chaise roulante, où il avait passé tellement de temps les deux dernières années, gisait dans la pile de gravats qui était son appartement avant que les agents de White le saccagent.

Après tout, Logan Cale était le Veilleur, le cyber-journaliste combattant de la liberté, même s'il s'efforçait de tenir sa double identité secrète. Les autorités le considéraient comme un terroriste. Héritier d'une riche famille, il utilisait son argent pour aider les gens moins fortunés que lui. Les transgéniques, par exemple. Ses efforts lui avaient valu de recevoir une balle, et d'être privé de l'usage de ses jambes.

Max inclina le fauteuil, s'y allongea et écouta Logan ronfler doucement. Elle tira sur la ficelle du plafonnier pour éteindre, puis regarda l'homme qu'elle aimait et qui dormait dans le noir.

— Je t'aime, dit-elle doucement.

Soudain, elle comprit que cet instant était tout ce qu'ils désiraient : un peu de paix et de silence dans ce monde de bruit et de fureur.

Les ronflements de Logan augmentèrent. Max décida que la paix, même sans le silence, lui suffisait. Fermant les yeux, elle se sentit partir à la dérive sur un nuage d'espoir qui l'emporta au pays des rêves.

Une bénédiction en soi, puisque la plupart de ses journées ressemblaient à des cauchemars éveillés.

CHAPITRE III

LE SIÈGE

Terminal City, 07 h 35
Samedi 8 mai 2021

Le lendemain matin, Max et Logan rejoignirent les transgéniques qui avaient veillé toute la nuit au centre de communications. Les nouvelles du matin passaient sur KIPR. La caméra montrait une dizaine de voitures de police déployées devant l'entrée principale de Terminal City, et des flics armés jusqu'aux dents qui s'affairaient derrière les barrières de sécurité.

L'objectif se braqua sur une journaliste au rouge à lèvres trop voyant.

— Alors que l'aube se lève sur le siège de Terminal City, la situation reste tendue. Des centaines de transgéniques sont toujours barricadés dans la zone interdite. La police et la Garde Nationale continuent de surveiller le périmètre. On dirait que chaque camp attend de voir ce que va faire l'autre.

— Sans blague ! railla Max.

— Tu crois qu'ils attaqueront ? demanda Logan.

— Je doute qu'ils soient aussi stupides.

— Et White ?

Ils échangèrent un regard inquiet. Ni l'un ni l'autre ne

considéraient Ames White comme quelqu'un de stupide. Mais ils le savaient impitoyable et peu préoccupé par le danger… Au moins, tant qu'il n'était pas concerné personnellement. Si le siège tournait au carnage, c'était lui qui avait le plus à gagner. Quel que soit le camp qui se fasse massacrer.

A cette idée, le visage de Max s'assombrit, et une épithète peu flatteuse se forma sur ses jolies lèvres. A l'instant où elle allait la cracher, la silhouette massive de Joshua apparut dans la pièce.

— Tout le monde sur le toit ! cria-t-il, les yeux brillants d'excitation.

— Qu'est-ce qui se passe ? demanda Dix.

Trop tard : Joshua était déjà reparti d'un pas bondissant. Ils l'entendirent monter quatre à quatre les marches de l'escalier.

— Mieux vaut aller voir, dit Max.

Elle avait beaucoup d'affection pour Joshua, qui avait gardé une âme d'enfant, et souhaitait lui faire plaisir malgré les circonstances.

Logan, Dix, Luke et Taupe lui emboîtèrent le pas alors qu'elle sortait du centre de communications et montait rapidement les trois étages. Quand elle ouvrit la porte située au sommet des marches, une lumière dorée envahit la cage d'escalier.

Le petit groupe sortit sur le toit en ciment où se tenaient déjà une vingtaine de transgéniques dont Alec, Gem et son bébé. Sans préambule, Joshua, deux X5 et un X3 saisirent une perche d'acier, la dressèrent à la verticale et la calèrent dans la base qu'ils avaient fabriquée. La brise matinale fit doucement onduler le drapeau attaché au sommet.

Pour une fois, Max ne chercha pas à lutter contre l'émotion qui s'emparait d'elle.

— Ça, fit Joshua, c'est l'endroit d'où nous venons, celui où ils ont tenté de nous emprisonner.

Il montra le tiers inférieur du drapeau, une large bande noire où était dessiné un code-barres rouge.

— Les ténèbres, murmura Max.

— Ça, enchaîna Joshua en pointant un doigt vers le tiers du milieu – une bande écarlate sur laquelle se détachait une colombe qui semblait jaillir du code-barres –, c'est l'endroit où nous sommes en ce moment, celui où nous versons notre sang.

Enfin, il montra le tiers supérieur: une bande blanche.

— Et ça, c'est l'endroit où nous voulons aller.

— Dans la lumière, souffla Max avec une douceur qu'elle manifestait rarement.

Son cœur était gonflé de fierté en pensant à ce qu'ils avaient déjà accompli, et d'appréhension à l'idée de ce qui les attendait encore.

Mais c'était une bonne chose que les transgéniques aient un drapeau. Une fois de plus, les dons artistiques de Joshua avaient fait merveille.

Max regarda Gem et son bébé, consciente qu'un grand poids reposait désormais sur ses épaules. Après tout, c'était elle qui avait détruit Manticore et libéré les transgéniques, qu'ils soient la perfection humaine incarnée, comme Alec, ou des animaux comme Joshua et Taupe. Sans elle, ils n'auraient pas été en train de soutenir un siège.

Mais la jeune femme avait déjà porté d'autres fardeaux et elle avait toujours survécu. Cette fois encore, elle triompherait. Comme Logan le lui avait dit un jour, la liberté avait un prix.

Alec semblait très ému. Taupe alluma un gros cigare et mâchonna le bout, l'air réjoui. La vue de leur drapeau flottant au soleil leur avait remonté le moral et rappelé qu'ils avaient un endroit bien à eux. Même si Dieu et les hommes avaient abandonné Terminal City, et si la décharge n'était pas vraiment un site riant, elle leur appartenait. Leur petit bout de territoire enclavé dans la grande Cité d'Emeraude. Et ils étaient bien décidés à se battre pour le défendre.

Max sentit Logan prendre sa main gantée et la serrer doucement. Elle adorait être à côté de lui, mais elle ne pouvait pas se permettre de baisser sa garde un instant. Si leur chair se touchait, il serait frappé par le virus spécifique que Manticore avait créé. Et il mourrait.

Max sourit amèrement. La plupart des hommes étaient allergiques à un engagement durable. Le sien était allergique à elle !

Ils restèrent un long moment immobiles, à contempler le drapeau agité par le vent.

— Il faut qu'on parle, lança enfin Logan en désignant la porte.

Max hocha la tête.

Joshua approcha, un petit sourire sur le museau.

— Beau boulot, le félicita Logan. C'est très réussi. Tu es vraiment doué.

Celui qui avait été le premier transgénique – une expérience ratée, et pourtant, de bien des façons, le meilleur d'entre eux – secoua sa grosse tête poilue.

— Merci, Logan.

Il se tourna vers Max, qui l'étreignit avec chaleur.

— Tu as assuré comme un chef, mon grand.

— Toi aussi, ma petite.

Les autres transgéniques se dispersèrent en bavardant joyeusement. Max, Logan et Joshua redescendirent l'escalier.

— Avant qu'on parle, je voudrais regarder les moniteurs, dit la jeune femme.

Logan haussa les épaules. La plupart du temps, il s'en remettait à elle.

— Pas de problème.

Les deux hommes la suivirent dans le centre de communications où Dix, Luke et leur petite bande de hors-la-loi s'étaient de nouveau installés pour surveiller les écrans.

— Du mouvement ? demanda Max.

Luke secoua sa tête qui évoquait irrésistiblement une ampoule blanche.

— Pour le moment, les flics se contentent de nous empêcher de sortir.

— Combien de temps ça va durer ? demanda Taupe en retombant dans son cynisme habituel.

Personne ne répondit.

Sur un des écrans connectés aux chaînes d'informations, une bande blanche annonça la diffusion d'un bulletin spécial.

— Quoi encore ? grogna Dix.

L'image – les barricades devant le portail de Terminal City – bascula sur une rue d'un autre secteur où trois voitures de police et une ambulance clignotaient de toutes leurs lumières comme les sapins de Noël d'autrefois.

Une voix féminine annonça :

— Un agent de secteur a été retrouvé assassiné ce matin, quand un de ses collègues est venu le relever.

La caméra se braqua sur deux infirmiers qui poussaient un brancard vers l'arrière de l'ambulance. Le drap qui recouvrait la victime était déjà imbibé de sang.

— La police a refusé de commenter la rumeur prétendant qu'il aurait été écorché.

— Ecorché ? répéta Luke, en grimaçant de dégoût.

— Si c'est le cas, il s'agirait du second meurtre identique dans la métroplexe de Seattle ces quatre derniers mois.

— Et c'est de nous qu'ils s'inquiètent ? grogna Taupe.

— La première victime – Henry Calvin, un vendeur de chaussures – a été découverte en mars dernier dans une zone du Secteur Trois fréquentée par les transgéniques, continua la journaliste.

— Il ne leur a pas fallu longtemps pour nous coller ça sur le dos, constata Dix.

— Un des hommes de White ? se demanda Logan à voix haute.

— Ils ne plaisantent pas, dit Taupe. S'il y a un moyen de nous accuser de ces meurtres, ils le trouveront.

La journaliste rendit l'antenne. Max se tourna vers Dix et Luke.

— Il faut que je parle avec Logan. On revient dans vingt minutes.

Elle regarda le jeune homme, qui hocha la tête.

En sortant, ils remarquèrent à peine que Joshua les suivait. Il restait à une distance suffisante pour ne pas troubler leur intimité, mais il pourrait voler au secours de Max en cas de problème.

Bien qu'elle puisse parfaitement prendre soin d'elle-même, la jeune femme n'était pas gênée par sa présence. Maintenant qu'Ames White savait où la trouver, il lui enverrait très vite une autre équipe de malabars…

Ils quittèrent le bâtiment qui abritait le centre de communications et s'engagèrent dans les rues jonchées de gravats de Terminal City. Jadis, les immeubles abritaient des entreprises d'ingénierie biochimique. Au moment de l'Impulsion, le court-circuit des systèmes de sécurité avait entraîné des fuites de matières toxiques et tout le quartier avait été interdit aux citoyens.

Personne ne savait vraiment à quelle vitesse la contamination affecterait des humains ordinaires. Mais Logan, Sketchy et Original Cindy ne pourraient pas rester dans le coin bien longtemps.

Un moment, Max et Logan marchèrent en silence dans les rues désertes. La jeune femme attendait que son compagnon prenne la parole. Mais elle finit par perdre patience.

— Vas-tu enfin me dire où nous allons ?

Logan eut un sourire en coin et consulta sa montre.

— Je me demandais combien de temps tu tiendrais.

Il glissa deux doigts dans sa poche et en tira un billet de cinq dollars.

— Tu avais raison, Joshua, lança-t-il en se tournant vers le transgénique qui les suivait comme un énorme chiot. Huit minutes et quatorze secondes. Elle n'a pas pu tenir plus de dix minutes.

Joshua avança pour prendre le billet.

— Merci, ma petite, dit-il à Max.

La jeune femme regarda ses deux amis. Puis elle secoua la tête, l'air pas franchement amusé. Logan et elle se remirent en route. Joshua attendit un peu avant de leur emboîter le pas.

— D'accord, dit-elle sèchement. Tu viens de démontrer que je ne suis pas la personne la plus patiente du monde. Maintenant, j'aimerais savoir ce qui se passe.

Ils étaient arrivés à l'autre extrémité de Terminal City. Logan désigna un bâtiment trapu, en face d'eux. Sur la façade, Max déchiffra des lettres bleues délavées.

— Medtronics. Et alors ?

— Tu sais ce qu'il y a derrière ? demanda Logan.

— Un parking ? fit Max en haussant les épaules.

— Et après ?

— La clôture. Et encore après, un paquet de flics et de Gardes Nationaux.

Logan eut un sourire énigmatique. Il marcha vers

l'entrée du bâtiment, sortit une clé qu'il glissa dans la serrure et ouvrit la porte métallique. Puis il fit signe à Max d'entrer.

— Pas mal. Où as-tu eu cette clé ?

— L'immeuble est à moi, révéla Logan.

Max entra dans le hall, où un bureau couvert de poussière voisinait avec une pitoyable salle d'attente.

— Tu étais le propriétaire de Medtronics ?

— Pas moi : mon oncle Jonas. Après l'Impulsion, il n'a pas pu revendre. Il y a quelques mois, je lui en ai offert un prix ridicule et il me l'a cédé sans discuter. Ravi de se débarrasser d'un bien immobilier paumé dans Terminal City.

— Je n'en doute pas.

Logan gagna une porte, sur sa droite.

— Viens, Max. Toi aussi, Joshua.

Le bâtiment sans fenêtres était plongé dans l'obscurité. Logan tira une lampe-stylo de sa poche et, braquant son faisceau devant lui, s'engagea dans un escalier étroit.

Arrivé au sous-sol, il tendit la lampe à Max.

— Tiens-moi ça une minute, tu veux ?

La jeune femme éclaira une pile de gros cartons posés contre le mur dont Logan s'était approché.

— Joshua, tu me filerais un coup de main ?

Les deux hommes déplacèrent les cartons. A la grande surprise de Max, ils révélèrent une porte avec une serrure, mais sans poignée. Logan y inséra une autre clé, poussa le battant et actionna un interrupteur.

Max découvrit l'extrémité d'un tunnel éclairé par des néons fixés au plafond tous les dix mètres. Mais leur lumière ne parvenait pas tout à fait à dissiper la pénombre. Les murs de béton étaient peints en vert clair, assortis aux carreaux qui couvraient le plancher. Contrairement au rez-de-chaussée, cette partie du bâtiment était propre, presque aseptisée. *Comme un hôpital ou une morgue…*

— Où mène ce souterrain ? demanda Max. Si je n'ai pas perdu mon sens de l'orientation, nous sommes au fond de l'immeuble.

— Il passe sous le parking, sous la clôture, sous la rue où sont stationnés les flics et les gardes nationaux, et ressort dans un bâtiment du bloc voisin, dit Logan.

— Hors de Terminal City ? demanda Max en sondant le visage de Logan.

— C'est exact, fit son compagnon avec un petit sourire.

— Comment savais-tu que ce tunnel était là ? lança Joshua, les yeux plissés.

— C'est mon oncle qui l'a fait creuser. La plupart de ses immeubles en ont un. Il a toujours été un peu parano, même avant l'Impulsion.

— Tu savais qu'il était là depuis le début, comprit soudain Max.

— Oui. Même s'il n'est mentionné sur aucun des plans communiqués au cadastre, je connaissais son existence. C'est pour ça que j'ai racheté l'immeuble. Le deuxième bâtiment où il conduit appartenait aussi à Medtronics, à l'époque où la frontière de Terminal City n'avait pas encore été déterminée.

— Tu veux dire que tu avais anticipé ce siège ?

— Bien sûr que non. Mais avec l'afflux de transgéniques, j'ai pensé qu'il serait judicieux d'investir dans l'immobilier local. Et le Veilleur devait tôt ou tard déménager…

— Comme nous l'a brillamment démontré Ames White, dit Max, faisant allusion à la destruction de l'appartement de Logan.

Depuis, il squattait l'ancienne tanière de Joshua, une maison abandonnée.

— J'avais commencé à me chercher un nouveau quartier général.

— Bref, fit Max, tu es propriétaire de ces deux immeubles.

— Oui. Tout ce qu'il reste de Medtronics.

— Et ils sont à ton nom ?

— Non. Officiellement, ils appartiennent à une société écran nommée Sowley Opticals. Le Veilleur a un ami au département des archives de la mairie. Selon les registres, Sowley Opticals a acheté Medtronics avant l'Impulsion.

Il s'engagea dans le tunnel.

— Viens te promener avec moi, Max. Et prends ça, tu en auras besoin. J'ai gardé un double.

Il lui tendit la clé qui ouvrait la porte sans poignée.

— Merci.

La jeune femme avait du mal à digérer la nouvelle. Elle aurait dû être reconnaissante à Logan pour sa clairvoyance et son intelligence. Mais d'une certaine façon, elle se sentait trahie. Non, le mot était trop fort. Juste blessée qu'il lui ait fait des cachotteries.

Joshua les laissa prendre un peu d'avance. Leurs pas résonnaient à peine sur les carreaux vert pâle.

— Quelque chose ne va pas, Max ? demanda Logan.

— Non.

— Allons, je te connais mieux que ça.

— … Tu as fait tout ça sans m'en informer ?

— Je te parle toujours des choses que tu as besoin de savoir. Ne reproche pas au Veilleur de garder des secrets. Je suis sûr que tu en gardes toi aussi, pour me protéger.

C'était la vérité.

— Il va falloir que tu négocies avec eux, tu sais, reprit Logan à voix basse.

— Qui ça ?

— Les flics, la Garde Nationale… Et peut-être les Fédéraux.

Max secoua la tête.

— Tout ce que je veux, c'est qu'on nous fiche la paix.

— Terminal City est un îlot empoisonné, dit Logan. Le temps des discours est révolu. C'est le plomb qui risque de parler, maintenant.

— Où essayes-tu d'en venir ?

— Si tu lances les négociations, le Veilleur pourra communiquer la nouvelle au monde extérieur. Si tu ne fais rien, tôt ou tard, ils attaqueront. Et tu sais ce que ça signifie…

Un massacre !

— Max… Que ça te plaise ou non, nous sommes sur le point de déclencher une guerre médiatique. Et nous aurons besoin de toute la bonne publicité que nous pourrons obtenir.

— Une guerre médiatique ? Je ne te suis pas.

— Pourquoi crois-tu que White ait essayé de provoquer un bain de sang à Jam Pony ?

— Pour me tuer.

— C'est une des raisons… Mais il aurait abattu tout le monde, y compris les humains ordinaires comme Original Cindy, Sketchy et moi.

— Je sais. C'est pour ça que j'ai empêché Joshua de lui briser le cou. Un carnage nous aurait fait passer pour les monstres que nous nous défendons d'être.

— Bingo ! Tu vois, tu commences à piger le truc.

— Tu n'en as pas marre d'avoir toujours raison ?

— Je suis sérieux, insista Logan. Ames White se battra contre vous tous, et pas dans Terminal City – au moins, pas pour le moment –, mais dans les médias.

— Ça ne sera pas difficile, soupira Max. Tu as vu tous ces abrutis dans la rue devant Jam Pony, et aussi à la télé. Les habitants de Seattle sont déjà persuadés que nous sommes des monstres.

Logan se tourna vers elle. Un instant, il sembla sur le point de lui tendre la main, mais il se retint et se contenta de soutenir son regard.

— Pas tous. Je suis de votre côté. Comme Original Cindy, comme Sketchy… Et même Normal.

— Et tu crois que nous pourrons convaincre les autres ? demanda Max, l'air dubitatif.

— Si un conservateur comme Normal a fini par comprendre, tous les espoirs sont permis.

Comme ils s'étaient arrêtés, Joshua les rattrapa.

— Il faut éduquer la population, ma petite, dit-il. Les gens ont peur de ce qu'ils ne connaissent pas. Il ne tient qu'à nous de les faire changer d'avis.

Max savait qu'il avait raison. Elle savait aussi que, malgré toutes les tortures qu'il avait subies, Joshua était d'une naïveté affolante.

— Et s'ils préfèrent tirer d'abord, et poser les questions ensuite ? grogna-t-elle.

— Raison de plus pour entamer les négociations dès que possible, dit Logan. Avant qu'ils commencent à tirer. De toute façon, il ne doit pas y avoir tant d'eau potable et de vivres que ça dans Terminal City. Combien de temps pouvez-vous tenir ?

— Plus qu'ils ne le pensent ! cracha Max.

— Allez-vous rester terrés ici en attendant de mourir de soif ou de vous faire massacrer ? C'est ce que tu veux ?

— Bien sûr que non.

— Dans ce cas, tu sais ce qu'il te reste à faire.

Ils avaient atteint le bout du tunnel. Logan déverrouilla une nouvelle porte. De l'autre côté s'étendait le sous-sol d'un bâtiment obscur. Grâce à son ADN de félin, Max distingua des piles de bureaux, de classeurs verticaux et de chaises.

Logan ralluma sa lampe et les précéda dans l'escalier qui menait au rez-de-chaussée. Max découvrit une pièce haute de plafond, au sol carrelé, d'une propreté impeccable. Des planches étaient clouées en travers des fenêtres. Des cloisons mobiles délimitaient un bureau sur la droite, un salon au milieu et une cuisine sur la gauche.

Le bureau était envahi de moniteurs et de matériel informatique. Le salon abritait un énorme canapé, trois fauteuils et une table basse. Son plancher disparaissait sous un tapis à peine moins grand qu'un autobus. La cuisine était équipée d'un frigo, d'un four, d'un micro-ondes, d'un plan de travail central et d'une table où six personnes pouvaient dîner à l'aise. Dans le fond, deux portes conduisaient respectivement à la salle de bains et à la chambre.

— Joli, siffla Max, impressionnée.

L'endroit lui rappelait l'ancien appartement de Logan, avant qu'Ames White remonte à la source d'une émission du Veilleur et que ses agents viennent tout casser, le forçant à entrer dans la clandestinité. Par bonheur, l'appartement n'était pas à son nom et White n'avait pas réussi à identifier son véritable occupant. Logan et son identité secrète étaient toujours en sécurité.

— De toute façon, il était temps que le Veilleur recommence à sévir. Voilà trop longtemps qu'il garde le silence.

Max regarda autour d'elle.

— Cet appartement ne s'est pas meublé dans la nuit.

— J'avais déjà commencé à l'aménager, admit Logan. Histoire d'avoir un point de chute, au cas où.

— Tu vas t'installer ici ?

— Plus ou moins. Je compte faire la navette entre Medtronics et la maison de Joshua. Il est sans doute plus sage de garder deux bases d'opération, dont une à l'écart de Terminal City.

— Tu t'es vraiment bien débrouillé, fit Max.

— Tu trouves ? demanda Logan, ravi.

— Tu ne pouvais pas rester à Terminal City sans risquer la contamination.

— Voilà pourquoi je m'en vais. Mais pas très loin.

— Et à présent, continua Max, nous avons un moyen d'entrer et de sortir. Il faudra renvoyer Original Cindy et Sketchy à Jam Pony. Nous aurons besoin de contacts dehors.

De l'autre bout de la pièce, Joshua, qui était près d'une fenêtre barricadée, lança :

— Les flics.

— Hein ?

— Il y a un trou dans une planche. Je les vois d'ici.

Logan et Max rejoignirent l'homme-chien et se relayèrent pour coller leur œil à l'ouverture.

La jeune femme vit sensiblement la même chose que sur le moniteur.

— Tu ferais mieux de boucher ce truc, dit-elle en s'écartant de la fenêtre. La nuit, même un minuscule point de lumière pourrait te trahir.

— Je m'en occuperai, promit Logan.

— Ton tunnel peut être emprunté dans les deux sens. Es-tu sûr que tu seras en sécurité ici ?

— J'aimerais te répondre oui, mais ce serait un mensonge. Tout ce que je peux te dire, c'est qu'officiellement, l'immeuble est abandonné depuis que mon oncle ne l'utilise plus. Et qu'il abrite un deuxième tunnel qui mène à un autre bâtiment appartenant aux Cale, loin des barricades.

— Tant mieux.

— Je peux m'en servir pour entrer et sortir. Les flics

se concentrent sur ce qu'ils ont devant eux. Ils ne s'inquiètent pas de ce qu'il y a derrière. En cas de besoin, les tunnels serviront pour le ravitaillement.

— Ça devient une habitude, pas vrai ?

— Quoi donc ?

— D'être toujours là quand j'ai besoin de toi.

Les deux jeunes gens se regardèrent, brûlant d'envie de se toucher. Mais dans leur cas, l'amour ne faisait pas seulement mal : il tuait…

— On ferait mieux de retourner là-bas, dit Max.

— C'est une bonne idée.

Alors qu'ils rebroussaient chemin, Max remarqua que Joshua semblait perdu dans ses pensées.

— Qu'est-ce qui t'arrive, mon grand ?

L'homme-chien secoua sa grosse tête poilue.

— Je réfléchis.

— A propos de quoi ?

— De ceux qui sont encore dehors.

Logan fronça les sourcils.

— Tu parles des transgéniques ?

— Oui.

— Et alors ?

— Je ne sais pas encore.

Sans rien ajouter, Joshua dépassa Max et Logan et s'engagea dans l'escalier qui montait vers le rez-de-chaussée de Medtronics, côté Terminal City. La jeune femme aurait bien voulu insister, mais elle s'abstint. Comme la plupart des hommes, Joshua parlerait quand il l'aurait décidé, et le harceler ne servirait à rien.

— Peut-être qu'il se demande si nous pouvons amener les autres transgéniques, avança Logan.

— En utilisant ton tunnel ?

— Ils sont sûrement plus en sécurité dehors.

— Probablement. Mais au moins, à Terminal City, ils

auraient une identité. Une « nation ». Sans devoir se faire passer pour des humains ordinaires…

Quand ils regagnèrent le centre de communications, Dix leur lança :

— Rien de nouveau. Ils campent sur leurs positions. Ils doivent penser que nous finirons par sortir.

— Tu sais où sont Sketchy et Original Cindy ? demanda Max.

Dix consulta les moniteurs du système de sécurité.

— Je crois que Sketchy dort à l'arrière de l'ambulance… et Original Cindy est sur le toit.

— Tu veux bien envoyer quelqu'un réveiller Sketchy ? Fais-lui dire de nous rejoindre en haut. Je dois leur parler à tous les deux.

Logan et elle montèrent sur le toit, encore un endroit sûr puisque la police n'avait pas envoyé un seul vigidrone. Debout près du drapeau, Original Cindy observait les barricades, près de l'entrée principale. Elle se retourna en les entendant.

— Quoi de neuf ?

— Nous parlions de toi, fit Max.

— Original Cindy est toujours un sujet de conversation populaire !

— On pensait te faire sortir de Terminal City.

Original Cindy fronça les sourcils.

— Tu ne te débarrasseras pas de moi si facilement. Si tu crains que mon charme naturel ne pousse tous tes copains à graviter autour de moi, rassure-toi : je n'ai pas l'intention de prendre ta place.

Max sourit et lui posa une main sur l'épaule.

— Il faut que tu partes. C'est pour ton bien.

— Pour mon bien ? (La jeune femme secoua ses cheveux frisés.) Moi, c'est au tien que je m'intéresse. Tu es ma boo ! Je ne lâcherai pas ton joli petit cul quand tu es dans les emmerdes jusqu'au cou.

Max la dévisagea affectueusement.

— Tu sais que tu ne peux pas rester ici. Tôt ou tard, les toxines te contamineront.

— Si je me sens malade, il suffira de monter sur ce toit pour respirer le bon air pollué de Seattle. Pour l'instant, je suis aussi nickel dedans que dehors, et c'est pas peu dire. Max, les enjeux sont infiniment plus importants que ma santé.

Logan s'interposa entre les deux filles.

— La vérité, Cindy, c'est qu'en étant dehors, tu pourras faire beaucoup plus de bien à Max.

La jeune femme posa les mains sur ses hanches et leva un sourcil moqueur.

— Et moi qui croyais que lui faire du bien était ton boulot…

— Je n'ai pas l'intention de moisir ici, affirma Logan sans se laisser troubler par le sous-entendu. Je quitte Terminal City ce soir.

— Tu laisses tomber ?

— Au contraire. Cindy, dehors, nous serons beaucoup plus utiles à Max et à sa famille. Et nous serons plus en sécurité.

— Je me moque d'être en sécurité. J'ai l'air de… ?

— J'ai besoin d'alliés vivants, pas de martyrs morts, coupa Max. Tu piges ?

Original Cindy se mordilla pensivement la lèvre.

— Regarde-la, insista Logan. Max s'inquiète pour nous deux, et aussi pour Sketchy. Ça l'empêche de se concentrer sur son objectif.

— Ben… Vu sous cet angle…

— Vous m'avez appelé ? lança Sketchy en émergeant de l'escalier.

Toujours vêtu de son uniforme de flic d'élite, il ressemblait à un hybride de surfeur et de commando de l'Empire.

— Nous parlions de toi, de Logan et d'Original Cindy. Et nous disions que vous devez quitter Terminal City, annonça Max.

Le jeune homme se rembrunit.

Ah non, ça ne va pas recommencer !

— Tu as déjà beaucoup fait, Sketchy, dit Logan. Tu sais que tous les transgéniques apprécient ton aide... Surtout Max.

— Ouais, j'avais compris. Les types d'en bas et moi, on est devenus potes.

— Tant mieux. Parce que maintenant, c'est *dehors* qu'ils ont besoin de toi.

— A l'extérieur ? Il faudrait encore pouvoir y retourner.

— S'il existait un moyen sûr de sortir d'ici, accepterais-tu ? Dans l'intérêt de tout le monde.

— Je pourrais faire quoi de si utile dehors ?

— Tu es journaliste, non ?

Logan exagérait un peu. Depuis un an, en plus de son travail de coursier à Jam Pony, Sketchy bossait comme pigiste et comme photographe à temps partiel pour une feuille de chou locale. Ce n'était pas le *Washington Post*, mais dans la guerre médiatique à venir, Max et Logan ne pourraient pas faire la fine bouche. Ils auraient besoin de tout le soutien possible. Et ils savaient que le torchon qui avait engagé Sketchy adorait les histoires de transgéniques.

— Je sais que le Veilleur essaye de nous aider, dit Logan.

Seuls Max et une poignée d'amis connaissaient son identité secrète. Pour tous les autres, il était un des nombreux contacts du cyber-journaliste.

— Mais il ne fait pas dans la presse écrite. Tu jouerais vraiment un rôle crucial.

Sketchy gonfla la poitrine comme s'il allait exploser de fierté.

— Ça me botte ! dit-il. Je suis né pour ça !

— Tu crois que ton rédacteur en chef acceptera de publier tes papiers ? demanda Logan.

— Pourquoi refuserait-il ? Les transgéniques, ça fait toujours vendre.

— Jusqu'ici, ton journal a tout fait pour entretenir la paranoïa du public. Maintenant, nous devons dire la vérité.

— Je comprends. (Sketchy réfléchit.) Je pourrais prendre des photos ?

Logan regarda Max, qui hocha la tête.

— Tout ce que tu voudras.

— Si j'ai des photos exclusives, mon rédacteur en chef marchera avec joie. Etre le seul canard pro-transgénique de la ville devrait nous rapporter plein de fric, pas vrai ?

— Ça, c'est réfléchir en vrai journaliste, dit Logan.

— Peut-être même qu'il m'autorisera à signer mes articles ! lança Sketchy, rayonnant.

— Et moi, s'impatienta Original Cindy, vous pensez me charger de quoi ?

Max se tourna vers sa meilleure amie.

— Tu pourrais aider au ravitaillement. Nous fournir des informations. Nous servir d'intermédiaire au cas où nous serions obligés de recourir à des méthodes moins honorables que les courses à vélo pour nous procurer du blé.

— Si tu parles d'agresser des dealers, comme il t'est arrivé de le faire, il n'y a rien de plus honorable que ça !

Les deux filles se tapèrent le poing.

Max eut l'impression qu'une partie du fardeau qui reposait sur ses épaules venait de s'envoler.

Cette nuit-là, Logan, Joshua et elle conduisirent Sketchy et Original Cindy jusqu'au bâtiment de Medtronics.

— Comment resterons-nous en contact ? demanda Original Cindy alors qu'ils traversaient le tunnel souterrain. Tu as ton portable ?

— Mieux vaut ne pas nous en servir. La police écoutera tous les appels entrant ou sortant de Terminal City.

— Pour certains messages, nous utiliserons les bulletins du Veilleur, proposa Logan.

— Bonne idée, mais tu crois qu'il voudra nous aider ? demanda Sketchy.

— Je le connais, dit Logan. Il a toujours été du côté des transgéniques.

— C'est un mec cool, fit Sketchy.

— Tout à fait d'accord avec toi, dit Max en regardant Logan.

— Et à part ça ? demanda Original Cindy.

— Max, tu crois que la police ou les agents de White risquent de surveiller Cindy et Sketchy ?

La jeune femme eut un signe de dénégation.

— Ils ne doivent même pas connaître leur identité et savoir qu'ils nous ont aidés. Mais surveillez quand même vos arrières, les copains.

— Comme d'hab ! lança Original Cindy.

— On pourrait aussi utiliser la maison de Joshua pour y déposer des messages, enchaîna Logan.

On racontait que le mystérieux Sandeman – un personnage clé de Manticore, et selon certains, le « père » de tous les transgéniques – y avait jadis vécu. Depuis, l'endroit avait été condamné. Ce qui n'avait pas empêché Joshua, puis Logan, de le squatter pour un temps.

— Ça me va, dit Max.

— Si les stores sont relevés, ça voudra dire qu'il y a un message. S'ils sont baissés, tu sauras qu'il n'y a rien.

— Au poil ! approuva Original Cindy.

— De quoi vous parlez ? demanda Sketchy. La maison de Joshua ?

— Cindy te montrera où elle est, promit Max.

— Où faudra-t-il cacher les messages ?

Logan et Max se regardèrent.

— Il y a un bureau dans le salon, dit la jeune femme. Disons, dans le tiroir du milieu.

— Et maintenant, il faudrait nous magner, ajouta Logan. Il fait nuit, mais les flics doivent avoir des fourmis dans les jambes, et nous faire pincer dans la rue ne nous avancerait pas à grand-chose.

Max et lui avaient préparé leur plan d'évasion pendant la journée. Logan avait envoyé un e-mail à Bling – son kinésithérapeute, qui donnait un coup de main au Veilleur à l'occasion –, lui demandant d'amener sa voiture à l'extrémité du second tunnel à vingt et une heures précises.

Afin de couvrir la fuite de ses amis, Max appellerait les flics au même moment pour leur proposer d'entamer des négociations. En espérant qu'ils ne remarquent pas le véhicule civil qui sortirait du secteur avec quatre humains ordinaires à bord.

Sketchy étreignit brièvement Max.

— Désolé pour toutes les fois où je t'ai laissée tomber… Je ne voulais pas…

— Oublie ça ! Quand c'était important, tu as toujours été là.

Sketchy hocha la tête.

— Merci. Je te revaudrai ça… En écrivant des articles du tonnerre.

— Je savais que je pouvais compter sur toi, dit Max. Tu es peut-être un sacré feignant, mais tu as bon cœur. Il faudrait t'en rappeler plus souvent.

Elle vit des larmes perler aux paupières de son ami.

— Pas d'effusion, ou je te botte les fesses ! menaça-t-elle. Fiche le camp d'ici et remets-toi au boulot. Tu auras du bol si Normal ne te vire pas, ce coup-ci.

Sketchy hocha la tête et se glissa par la porte entrouverte.

A son tour, Original Cindy enlaça Max.

— Fais attention à toi, Boo, parce que je ne serai plus là pour surveiller tes arrières.

— Pareil pour toi, ma sœur.

— Tu crois que Normal aura toujours du boulot pour une princesse nubienne à la langue bien pendue, et gouine de surcroît ?

— A mon avis, il a encore plus peur de toi que de moi, dit Max. Il te reprendra sans problème.

Elles se serrèrent l'une contre l'autre pendant quelques secondes de plus, comme si elles répugnaient à se séparer. Puis Sketchy passa la tête par la porte.

— Une partouze ! Je peux participer ?

— Dans tes rêves de couillu, mon pote, ricana Original Cindy.

Les deux jeunes gens s'éloignèrent en échangeant des insultes bon enfant. Max ne put s'empêcher de sourire, ravie de savoir que certaines choses ne changeraient jamais.

Logan s'attardait dans le couloir.

— Bon ben… A plus.

— Ouais. Fais gaffe à toi, dehors.

— C'est promis. Toi aussi.

Max hocha la tête.

— Tu ferais mieux d'y aller avant que Cindy botte le cul malingre de Sketchy.

Logan la dévisagea comme s'il essayait de graver ses traits dans sa mémoire. Puis il se détourna, franchit la porte et la referma derrière lui.

— Ça va aller, ma petite, dit Joshua.

— J'espère.

Alors qu'ils rebroussaient chemin dans le tunnel, Max vit que l'expression du transgénique s'était assombrie.

— Tu t'inquiètes toujours pour nos frères et sœurs restés dehors ?

— Oui. Ils n'ont personne… Nous sommes assiégés, mais *ensemble* ! Eux, ils sont seuls. Ils risquent d'être terrifiés par des choses qu'ils ne comprennent pas. Comme Isaac.

Isaac était le jumeau d'éprouvette de Joshua. Les sévices infligés par les gardes de Manticore avaient brisé son esprit. Quand Max avait libéré tous les transgéniques, devenu un tueur en série, il s'était attaqué à tous les hommes en uniforme qui avaient eu le malheur de croiser son chemin. Mais elle ne voyait pas le rapport avec leur situation actuelle.

— Où veux-tu en venir ?

— Je pense à ce que Taupe a dit ce matin. Quand ils ont diffusé le bulletin sur le policier assassiné.

— Je ne me souviens pas, avoua Max.

— Taupe a dit : « Et c'est de nous qu'ils s'inquiètent ? »

— Et alors ?

— Et si le meurtrier était l'un de nous ?

— Joshua, tu devrais te foutre de ce que racontent les journalistes. Ils nous mettront tous les problèmes de cette ville sur le dos pendant un moment…

— Et si nous étions vraiment responsables, cette fois ? insista l'homme-chien.

— Pourquoi crois-tu ça ?

— Nos frères et sœurs qui sont dehors, seuls… Ils pourraient paniquer. Comme Isaac.

Soudain, Max comprit.

— Tu crois qu'un transgénique a tué ce flic ?

— Les gens ont peur de ce qu'ils ne comprennent

pas, dit Joshua. Et nous sommes des gens, quoi qu'en pensent les humains ordinaires.

— Ça pourrait aussi être l'un d'eux, dit Max.

— Ouais, ça pourrait, murmura Joshua sans conviction.

— Tu penses à… un des transgéniques du sous-sol ?

Max faisait allusion aux sujets comme Joshua, qui avaient reçu de fortes doses d'ADN animal, et que Manticore gardait en cage dans le sous-sol de ses installations.

— Beaucoup ont atrocement souffert, Max. Isaac, Dill, Oshi, Kelpy, Gabriel… Les gardes avaient peur de ce qu'ils ne comprenaient pas, et ils leur ont fait du mal.

Joshua n'avait pas une grande expérience du monde extérieur. Pour lui, un assassin d'hommes en uniforme était forcément un transgénique, comme Isaac. Mais ça ne signifiait pas qu'il ait raison, pensa Max pour se réconforter.

Sans grand succès.

Quand ils furent de retour au centre de communications, la jeune femme donna ses ordres. Puis, flanquée de Joshua et d'Alec, elle gagna le portail principal de Terminal City à vingt et une heures tapantes.

Une demi-douzaine de flics cachés derrière leurs véhicules braquèrent leurs armes sur les trois transgéniques. Malgré la lumière faiblarde, Max lut de la haine dans leurs yeux, et devina qu'ils luttaient contre l'envie d'appuyer sur la détente, sans leur laisser le temps de dire un mot.

— Où est l'inspecteur Clemente ? lança-t-elle d'une voix forte.

Un homme en tenue de camouflage et casque en kevlar se redressa légèrement, sa tête devenant visible par-dessus le toit de sa voiture.

— Je suis le colonel Nickerson, de la Garde Nationale. C'est moi qui commande, ici.

— Vous commandez peut-être vos hommes, mais pas moi, répliqua Max. Je parlerai seulement à l'inspecteur Clemente.

— Il n'est plus sur cette affaire, dit Nickerson.

La voix de Dix résonna dans l'oreillette de Max.

— Tes copains sont dans la rue. Jusque-là, tout se passe bien.

— Colonel Nickerson, lança Max, impassible, voulez-vous que cette crise ait une solution pacifique ?

— Moi, oui. Et vous ?

La jeune femme hocha la tête et fit deux pas vers la clôture. Son ouïe surdéveloppée capta le cliquetis de pistolets qu'on armait.

Nickerson sortit de sa cachette.

— Je n'ai jamais rien désiré d'autre que de vivre en paix, dit Max.

— Ils sont dans la voiture, annonça Dix. Ils viennent de démarrer. Apparemment, personne ne fait attention à eux.

— Dans ce cas, pourquoi avoir pris des otages à Jam Pony ? demanda Nickerson. Et pourquoi vous être barricadés ici ?

— Connaissez-vous un agent de la NSA appelé Ames White ?

La question de Max sembla prendre son interlocuteur au dépourvu.

— Jamais entendu parler de lui.

Ça, elle voulait bien le croire. White savait se montrer discret quand ça l'arrangeait.

— C'est pour ça que je dois parler à l'inspecteur Clemente.

Nickerson fronça les sourcils.

— Le temps que je vous explique tout, la situation

risque de dégénérer. L'heure tourne, colonel, et ni vous ni moi ne pouvons empêcher le temps de passer. Si vous voulez vraiment que nous nous arrangions à l'amiable, vous prendrez les mesures nécessaires en quatrième vitesse. Avant tout, appelez l'inspecteur Clemente et faites-le rappliquer illico presto.

Nickerson hésita.

— Je ne sais pas trop…

— Si vous refusez, j'en déduirai que vous m'avez menti et que vous connaissez Ames White. Et je saurai à quoi m'en tenir à votre sujet. Bip, bip, bip, colonel !

Joshua, Alec et elle se détournèrent et disparurent dans l'obscurité de Terminal City.

CHAPITRE IV

UNE DÉCOUVERTE DÉSAGRÉABLE

Secteur Onze, 21 h 28
Dimanche 9 mai 2021

Bobby Kawasaki sentait son moi intérieur – son véritable moi – remonter à la surface. Il avait davantage d'énergie, à présent, même s'il n'avait pas quitté son canapé de la journée. Les effets de la drogue commençaient à se dissiper, et ses forces revenaient.

En temps normal, le week-end, Bobby aurait déjà été dehors. Mais ce week-end-là avait dérapé avant même de commencer. Il se réjouissait d'être sorti le jeudi pour faire ses courses. Sans ça, il aurait pris du retard sur son objectif, et il se serait senti encore plus léthargique que maintenant.

La prise d'otages de Jam Pony avait failli tout faire rater. Bobby était un transgénique qui se faisait passer pour un humain ordinaire, ce qu'ignoraient Max et Alec. Il admirait les efforts qu'ils déployaient au nom de leurs semblables, mais il n'avait jamais trouvé le courage de se joindre à eux.

Peut-être le trouverait-il un jour. Après avoir atteint son but.

Dans le trou à rats qui lui servait d'appartement, au

huitième étage d'un immeuble condamné, Bobby était scotché devant l'écran de son minuscule téléviseur, qui diffusait des images du siège de Terminal City. Le petit studio contenait deux plaques chauffantes, un mini-frigo, une table basse et un canapé défoncé. Il n'avait pas l'intention d'y rester longtemps. Dès qu'il aurait mené à bien son projet et qu'il pourrait se faire passer pour un humain, les choses changeraient. En mieux.

Alors Bobby Kawasaki aurait enfin tout ce qu'il désirait.

Il se leva, gagna la salle de bains et s'examina dans le miroir avec une attention dont seuls sont capables les gens superficiels ou ceux qui détestent leur apparence. Un teint crayeux, des traits pincés, une structure osseuse vaguement reptilienne…

Bobby était le résultat d'une expérience génétique qui avait consisté à mélanger de l'ADN de caméléon à ses chromosomes humains. Mais comme les scientifiques de Manticore – ses « parents » abusifs – n'avaient pas manqué de le lui répéter, le résultat était décevant.

Ils espéraient que Bobby réussirait à se fondre sur commande à son environnement. Malheureusement, seul un afflux d'adrénaline parvenait à déclencher ses « pouvoirs ». La peur, la colère, l'anxiété ou toute émotion violente transformaient la couleur de sa peau et le dessin de ses traits. Le reste du temps… nada.

Bobby arrivait à passer inaperçu d'une manière plus subtile, mais qui n'avait pas satisfait ses créateurs. Au milieu d'une foule d'Asiatiques, ses yeux se bridaient et sa peau virait au jaune. En présence d'Afro-Américains, son nez s'épatait, ses lèvres gonflaient et son teint fonçait. Mais cela ne suffisait pas. Pour être utile militairement parlant, il aurait fallu qu'il puisse disparaître au sein d'un groupe.

Manticore recherchait un homme virtuellement invisible. Quelqu'un dont personne ne puisse se rappeler au milieu d'humains donnés, tant son apparence serait banale.

Si ça n'avait pas marché du tout, Bobby aurait pu le supporter. Mais ça se déclenchait toujours sans qu'il le veuille, aux moments les plus inopportuns. Combien de fois avait-il raté un boulot qui l'intéressait. Combien de petites amies potentielles avait-il perdues ? Tout ça parce que, désireux de se montrer sous son meilleur jour, il avait tout simplement disparu !

Une fois qu'il s'était fondu dans le décor, il n'osait plus ouvrir la bouche, de peur de révéler quel monstre il était vraiment.

Jusqu'à ce qu'il découvre le tryptophane.

Cette drogue ne fonctionnait pas de la même manière sur son métabolisme de X3 que sur celui des X5, conçus après lui. Il savait qu'elle rendait ses jeunes frères et sœurs plus humains en leur permettant de contrôler leurs crises. Chez lui, les résultats étaient plus extrêmes. La drogue l'empêchait de se fondre dans la masse, mais aussi de vivre.

Quand les pilules commençaient à faire effet, Bobby avait l'impression qu'un poids de cinquante kilos lui comprimait la poitrine. Il se sentait somnolent et incapable de communiquer. Il pouvait faire un travail simple, mais le tryptophane le rendait invisible d'une autre façon. Personne, même chez Jam Pony, où l'atmosphère était plutôt survoltée, ne semblait jamais remarquer Bobby et sa léthargie. Sauf Normal, qui le sermonnait régulièrement.

— Bip, bip, bip, Bobby !

Ce que les autres employés prenaient pour un tic agaçant de leur patron remplissait Bobby de fierté. Quand Normal s'attaquait à lui, il se sentait humain. Pareil à ses collègues.

Mais la prise d'otages avait exacerbé son anxiété naturelle, et il avait dû doubler sa dose pour ne pas disparaître avant la fin, révéler ainsi sa nature de transgénique et perdre toute chance de vivre normalement. Bobby redoutait même la réaction de ses semblables : découvrant qu'il leur avait caché ses origines, n'auraient-ils pas considéré cela comme une trahison ? Alors, il aurait été rejeté par les deux camps.

A présent, Bobby luttait contre les effets de la drogue. Il devrait travailler le lendemain, et il ne pouvait pas se présenter à Jam Pony sans avoir pris ses pilules. Ça signifiait qu'il devait agir le soir même, ou attendre le week-end prochain. Ses courses du jeudi avaient seulement été découvertes la veille, mais l'effort qu'il avait dû fournir en milieu de semaine l'avait épuisé, et la double dose de tryptophane du vendredi l'avait presque transformé en zombie.

Il devait retourner faire ses « courses ». Il était si près du but ! Plus qu'une fois ou deux, et Kelpy – le nom que lui donnaient les transgéniques à Manticore – disparaîtrait à jamais. Comme Bobby Kawasaki ! Il deviendrait enfin la personne qu'il avait toujours rêvé d'être. Un type capable de s'attirer l'affection de la seule femme qui ait jamais compté pour lui.

Max Guevara.

Sondant son visage dans le miroir, il constata qu'il avait commencé à prendre la couleur du mur de la salle de bains. Les effets de la drogue avaient presque cessé. Bientôt, il serait au top de ses forces, et il pourrait sortir se procurer de la matière première.

Après tout, il avait un costume humain à terminer. Un costume de chair.

Bien qu'il portât un patronyme germanique, Otto Gottlieb ressemblait beaucoup à ses ancêtres hispaniques. Son arrière-grand-père juif avait réussi à faire sortir sa femme et ses deux fils d'Allemagne peu avant le début de la Seconde Guerre mondiale. La famille avait atterri en Amérique du Sud où les deux frères, Otto et Fritz, avaient grandi en sécurité loin des griffes d'Hitler. Beaucoup de nazis s'étaient réfugiés en Argentine après la guerre, mais les Gottlieb étaient déjà bien installés dans le pays, et leurs affaires prospéraient.

Le grand-père d'Otto avait épousé une Argentine. Leur fils, Samuel, avait étudié aux Etats-Unis, s'était trouvé une femme américaine et n'était jamais rentré chez lui. Grâce au commerce de meubles florissant qu'il avait créé à Bloomfield Heights, dans le Michigan, sa famille n'avait jamais manqué de rien. Il avait eu deux enfants : une fille, Elizabeth, et un garçon, qui portait le prénom de son grand-oncle.

Elevé dans l'amour de la justice et le patriotisme – ses parents défendaient ardemment le rêve américain dont ils étaient l'incarnation –, le jeune Otto s'était engagé dans l'armée dès sa sortie du lycée. Son temps fini, il avait étudié à l'Université du Michigan et décroché un doctorat en criminologie. Peu après, la NSA l'avait recruté. Et après quatre années de bons et loyaux services, on l'avait collé sous les ordres de l'énigme connue sous le nom d'Ames White.

Otto mesurait un peu moins d'un mètre quatre-vingts. Il aimait jouer au basket pour entretenir sa forme. La plupart du temps, il se contentait de courir, comme en ce moment. Si son T-shirt gris trempé de sueur et son short assorti portaient tous les deux le logo du FBI, Otto avait des vêtements et des papiers d'identité au nom des différentes agences gouvernementales.

A peine essoufflé, il s'attaqua au dixième kilomètre sur les quinze que comptait son circuit habituel. Il adorait cette heure de la nuit. Les ténèbres enveloppaient la ville, adoucissant les contours de ce que Seattle était devenue après l'Impulsion. Il n'y avait personne pour le faire chier. Sa journée de travail était terminée, et surtout, il avait le loisir de réfléchir à ce qui le préoccupait.

Son problème du jour avait un rapport avec son patron, le délicieux spécimen d'humanité qui se faisait appeler Ames White.

Otto sentait qu'il se passait quelque chose dans son dos, et il détestait ça. Bien avant la prise d'otages à Jam Pony, il soupçonnait déjà White d'avoir un objectif secret. Mais jusque-là, il s'était toujours raisonné, mettant le comportement du boss sur le compte de sa bizarrerie.

Otto connaissait beaucoup d'agents du gouvernement, et tous – lui le premier – étaient un peu tordus. La plupart des flics n'avaient pas de vocation particulière : ils cherchaient simplement à s'approprier un semblant de pouvoir. Les agents du gouvernement étaient encore pires. Mais inoffensifs, en règle générale.

En revanche, White était un fils de pute arrogant et comploteur. Ça ne faisait aucun doute ! Mais il avait deux qualités qui compensaient un peu la longue liste de ses défauts : la compétence et le patriotisme.

Otto commençait à douter de la seconde, et à se demander si son patron ne travaillait pas en secret pour un autre maître.

En marchant dans la rue déserte, Otto se remémora les événements du vendredi.

L'inspecteur chargé de gérer la crise semblait avoir la situation bien en main, jusqu'à ce qu'il accepte de troquer une fourgonnette contre une partie des otages. Pendant cet échange, il y avait eu des coups de feu. Otto avait pourtant entendu Clemente ordonner à ses tireurs de battre en retraite. Et les hommes avaient obéi.

Bien qu'il ne puisse pas le prouver, il soupçonnait un des coups de fil que White avait passés d'être à l'origine de la fusillade qui avait tout fait foirer. Et son instinct l'avait rarement trahi au cours de sa carrière.

Plus tard, après la tombée de la nuit, une fois que White avait profité de l'échange avorté pour prendre la direction des opérations, Otto s'était approché de lui pendant qu'il enfilait un gilet en kevlar tendu par la chef d'une unité tactique. Il n'avait jamais vu de femme aussi musclée, et ses collègues n'étaient pas mal non plus.

— Que se passe-t-il, monsieur ? avait-il demandé. Qui sont ces gens ?

White l'avait foudroyé du regard avec son impatience habituelle.

— Ils sont envoyés par une autre agence.

— Quelle agence ? Je ne comprends pas…

— Et c'est très bien ainsi. Vous n'êtes pas concerné par cette intervention, alors contentez-vous de faire reculer les hommes et de sécuriser le périmètre.

Otto s'était figé, l'esprit bouillonnant de protestations qui n'avaient jamais franchi ses lèvres.

White avait un physique séduisant, mais il pouvait devenir très laid quand la colère distordait son visage… Comme ça arrivait souvent… Il avait froncé les sourcils et élevé la voix pour crier :

— Exécution !

Ne voulant pas contester les ordres d'un supérieur, Otto avait obéi.

Moins d'une demi-heure plus tard, après que la mystérieuse équipe d'intervention eut émergé de Jam Pony avec ses prisonniers et entrepris de les charger à bord de la fourgonnette et d'une ambulance, un des flics de Clemente s'était approché de lui. L'homme semblait sur le point d'éclater de rire.

— Ils ont besoin de vous dedans, avait-il dit en levant un pouce par-dessus son épaule pour désigner les locaux de Jam Pony.

Otto avait trouvé la bonne humeur du type tout à fait inappropriée, voire choquante. Il avait ouvert la bouche pour appeler les autres agents, mais le flic en uniforme l'avait arrêté.

— Vous feriez mieux d'y aller seul, avait-il déclaré, les yeux pétillants d'amusement.

Perplexe, Otto était entré dans le bâtiment, où des flics reconduisaient trois des otages vers la porte.

— Où est l'agent White ? avait-il demandé.

Un flic avait levé le doigt vers le plafond et s'était éloigné en riant.

Otto avait compris sa bonne humeur – à défaut de la partager – en découvrant Ames White et son équipe de malabars ligotés avec du chatterton au premier étage.

— Que s'est-il passé, monsieur ? s'était-il exclamé en cherchant un couteau dans sa poche.

La réponse de White avait été étouffée par son bâillon. Mais Otto avait cru deviner quelques adjectifs bien sentis. Un instant, il avait envisagé de tourner les talons et d'abandonner son patron à un sort peu glorieux. Mais il savait que ça lui aurait coûté sa carrière.

A peine libérés, les commandos en slip et chaussettes s'étaient éclipsés sans un mot de remerciement, leur mécontentement évident.

— Rentre chez toi, Otto, avait ordonné White en arrachant des morceaux de scotch de son costume déchiré. J'écrirai le rapport et tu le liras demain matin.

— Mais… Que s'est-il passé ici, monsieur ? avait insisté Otto.

White avait fermé les yeux, comme s'il luttait pour se maîtriser. Il aimait se faire passer pour un type imperturbable, mais son subordonné savait quel tempérament colérique ça dissimulait.

— Ce n'est pas le moment, Otto ! Rentre chez toi, et attends que je t'appelle. Ce sera peut-être demain, ou après-demain, ou à Noël. Mais pour l'instant, tu *rentres chez toi*, et tu *attends*.

Otto avait voulu lui dire que c'était impossible. Ça allait contre les règles de l'agence. Mais son supérieur s'était détourné et avait descendu l'escalier avant qu'il puisse ouvrir la bouche. Une petite voix, dans sa tête, lui avait conseillé de ne pas le suivre. Parce que cette petite voix – dont le message était généralement : « Couvre ton cul » – avait eu si souvent raison par le passé, il l'avait écoutée.

Il était rentré chez lui et il avait attendu.

Deux jours plus tard, son téléphone n'avait toujours pas sonné.

Le lendemain, que son chef l'appelle ou pas, Otto irait au bureau pour faire son rapport. White pourrait considérer ça comme de l'indiscipline et lui causer un tas d'ennuis…, mais il était peut-être temps pour Otto de passer par-dessus sa tête et de faire part à quelqu'un de ses soupçons. De raconter ce qu'il avait vu…

Alors qu'il attaquait son douzième kilomètre, Otto pria pour avoir fait le bon choix. Pas seulement pour son cul, mais pour son pays.

Sa décision prise, il tenta de se vider la tête pour se concentrer sur sa course : le battement de son pouls à ses oreilles, le bruit mat de ses baskets heurtant le bitume, l'air qui entrait par son nez et ressortait par sa bouche, la sueur qui dégoulinait sur son visage…

Il avait presque bouclé son circuit quand le téléphone portable accroché à sa ceinture sonna.

— Et merde, grogna-t-il en ralentissant.

Il s'efforça de maîtriser sa respiration pour ne pas avoir l'air essoufflé.

Il décrocha à la troisième sonnerie.

— C'est moi, annonça la voix d'Ames White.

Otto aurait voulu demander à son supérieur ce qu'il

avait fichu pendant tout ce temps, mais il se contenta de dire :

— Monsieur ?

— On dirait que tu as couru.

— Oui, monsieur.

— Tant mieux. Tu as du lard à perdre.

— … Oui, monsieur.

— As-tu parlé à quelqu'un depuis vendredi soir ?

— Non, monsieur.

— Parfait. Il faut qu'on se voie.

— Oui, monsieur.

Otto se détesta d'être repassé si facilement en mode lèche-cul, mais il ne voyait pas quoi faire d'autre pour le moment.

— Je vais te mettre au parfum sur cette opération. C'est ce que tu voulais, n'est-ce pas ?

— Oui, monsieur.

— Tu connais les *Trois Filles* ?

— Oui. Un café près de la place du Marché de Pike.

Evidemment, White ne pouvait pas choisir un endroit plus près de chez lui : il fallait forcer Otto à traverser toute la ville.

— Quelqu'un te surveille ?

— Non, monsieur.

Pourquoi me surveillerait-on ?

— On se retrouve là-bas dans vingt minutes. Viens à pied.

— Je n'y arriverai jamais si vite…

— Dans une demi-heure, alors. Tu n'auras qu'à courir.

Quand Otto entra dans le café – trente-cinq minutes plus tard, pantelant et toujours en jogging –, White l'attendait, assis à un bout du comptoir devant un expresso et un beignet. Les ecchymoses de son visage semblaient en voie de guérison.

Otto se hissa sur un tabouret, à côté de son supérieur. Le serveur, un type maigre d'une soixantaine d'années – visiblement pas une des Trois Filles – approcha.

— Un décaf et un beignet, commanda Otto.

— Tu es en retard, dit White.

Son compagnon ne releva pas.

— Allez-vous enfin m'expliquer ce qui s'est passé à Jam Pony ?

Le serveur posa devant Otto une tasse de café, un beignet et l'addition. White attendit qu'il se soit éloigné pour répondre.

— Ils ont eu les meilleurs d'entre nous. Après tout, ce sont des transgéniques.

— Les membres de votre équipe d'intervention avaient l'air d'en être, eux aussi, dit Otto.

— Tu crois que la NSA embaucherait des trans ? Ce sont juste de grands sportifs, le genre qui auraient pu être là en dix minutes !

— Ce qui n'a pas empêché les méchants de leur flanquer une raclée.

— Laisse tomber. Il y a plus important à faire que de nous envoyer des vannes.

— Quoi, par exemple ? demanda Otto en s'efforçant de ne pas paraître trop insolent.

White se pencha vers lui.

— Tu te souviens de l'imageur thermique que Hankins s'est fait voler ?

Otto n'était pas près d'oublier le cadavre rouge et luisant de l'écorché.

— Ouais, grogna-t-il.

— Il vient de réapparaître.

— Où ça ?

White avala une gorgée de café avant de répondre.

— Un flic l'a trouvé peu après le meurtre de l'entrepôt. Apparemment, le monstre qui a buté Hankins ne connaissait pas sa valeur, puisqu'il s'en est débarrassé. Mais il a gardé la peau de Hankins.

La bouchée de beignet qu'Otto venait de mâcher eut un peu de mal à passer.

— Le flic ne s'y est pas trompé, lui, continua White. Il s'est procuré mon numéro de portable, et il m'a appelé. Il s'appelle Dunphy, Brian Dunphy. Il est prêt à nous rendre l'appareil contre une petite récompense.

— Combien ?

— Dix mille.

— Et puis quoi encore !

— Exactement ce que je lui ai répondu, dit White avec un rictus. Il a accepté de négocier à cinq.

— C'est quand même du vol.

— Plutôt du chantage. Mais l'agence accepte de payer. Si un transgénique assez malin pour comprendre à quoi ça sert mettait la main sur un imageur…

— Quand doit avoir lieu l'échange ?

— Ce soir.

— Où est le fric ?

White baissa les yeux. Otto suivit son regard et vit un attaché-case posé sur le sol entre leurs deux tabourets.

— Vous l'avez apporté ici ?

— Bien obligé. C'est toi qui vas faire la livraison.

— Monsieur, sans les autorisations nécessaires, je ne crois pas…

— Il le faut ! coupa White. Je serai en réunion pendant les prochaines vingt-quatre heures, pour tenter de couvrir le fiasco de Jam Pony. Tu veux garder ton boulot, pas vrai ?

— Oui, monsieur, répondit Otto.

— Alors, accepte de participer à cette opération. Prends l'attaché-case et prends aussi ça. (White lui tendit une photo et une adresse écrite sur un bout de papier.) C'est lui. Il sera là-bas à trois heures du matin.

Otto saisit le tout du bout des doigts, comme si c'étaient des déchets toxiques.

— Et je suis censé faire quoi jusque-là ?

— Rentre chez toi, lança White. Prends une douche ! Je ne suis pas ta mère…

Il jeta un billet de cinq dollars sur le comptoir et se leva..

— A trois heures, répéta-t-il. Appelle-moi quand tu auras fini.

Otto n'aimait pas ça du tout, mais il ne savait pas quoi dire. Que ferait-il de sa vie s'il perdait ce boulot qu'il adorait ?

— Oui, monsieur, croassa-t-il enfin.

— Bon garçon, fit White avant de sortir.

Otto examina la photo, un Irlandais d'une quarantaine d'années. Une véritable caricature, avec ses cheveux roux, son nez rouge et veiné de couperose, ses yeux verts aux paupières lourdes comme ceux d'un sociopathe. Bref, rien qui soit susceptible de le rassurer.

Comme il avait du temps à tuer, il rentra chez lui en taxi et se connecta à Internet. A une heure du matin, il savait tout ce qu'il y avait à savoir sur Brian Dunphy. Quarante-quatre ans, suspendu deux fois pour excès de poids, un compte en banque dans le rouge et pas d'économies, une ex-femme qui l'avait quitté dix ans plus tôt, une fille qu'il voyait les week-ends… Dans l'ensemble, une existence pas très folichonne. Pas étonnant qu'il cherche à améliorer son ordinaire par n'importe quel moyen.

Deux heures plus tard, Otto traversa le Secteur Onze vers le poste de garde du Secteur Douze. Il ne se passait jamais grand-chose à la lisière de la ville, et il espérait boucler rapidement sa mission et rentrer chez lui sans encombre.

Il se gara à quelques blocs du lieu de rendez-vous,

histoire que personne ne puisse l'identifier à sa plaque d'immatriculation. Même si marcher dans les rues de Seattle en pleine nuit avec une mallette bourrée de fric ne l'enchantait pas trop.

Une pluie fine tombait et Otto boutonna son manteau. Le froid nocturne lui rappelait son enfance dans le Michigan. Son souffle formait un petit nuage devant sa bouche quand il atteignit le poste de garde. Il regarda par la fenêtre, mais ne vit personne, bien que la lumière soit allumée.

Otto ouvrit la porte, entra, et comprit immédiatement que quelque chose clochait.

Sur le bureau placé contre le mur de gauche reposaient une cafetière encore branchée, une tasse pleine de liquide noir fumant et un cendrier avec une cigarette allumée. Tout était à sa place…

Sauf Brian Dunphy.

Une porte, au fond à droite, menait aux toilettes, mais elle était grande ouverte, et le réduit vide de tout occupant.

Otto consulta sa montre. 3:02. Dunphy aurait dû être là. Aucun flic sous-payé n'était en retard pour un rendez-vous à cinq mille dollars.

Tous les sens en alerte, Otto sortit du poste de garde. Le portail qui séparait les Secteurs Onze et Douze était fermé. Il regarda dans les rues. Personne.

Il pensa appeler White, puis décida d'approfondir ses recherches. Il envisagea de laisser l'attaché-case dans le poste de garde, pour avoir les mains libres, mais y renonça aussitôt.

Le Secteur Onze était un ancien quartier industriel, la plupart des bâtiments abandonnés… Des squatters s'y étaient installés, mais il était rare qu'ils se promènent en pleine nuit, surtout par un temps pareil.

Otto avait l'estomac noué et le cœur qui battait la

chamade. Il sortit une lampe-stylo de la poche de son manteau, l'alluma, la coinça entre les doigts de sa main gauche qui tenait déjà la mallette, puis dégaina son pistolet de la droite et revint sur ses pas. Ses chaussures à semelles de crêpe ne faisaient pas de bruit sur le bitume alors que le faisceau de sa lampe fouillait les ténèbres, à la recherche de Brian Dunphy.

Mais où est donc passé ce trou du cul ?

Soudain, un petit bruit métallique retentit dans une ruelle. Otto se retourna, et la lumière de sa lampe éclaira une benne à ordures.

— Dunphy ? appela-t-il tout bas.

Le bruit cessa, mais il n'eut pas de réponse.

Flingue devant lui, Otto avança doucement vers la poubelle. Il était à moins de trois mètres quand le couvercle s'ouvrit brusquement.

Une silhouette jaillit.

Otto lâcha sa lampe et son attaché-case pour prendre son pistolet à deux mains. Par bonheur, la lumière ne s'éteignit pas. En revanche, la mallette s'ouvrit en heurtant la chaussée et des liasses de billets se répandirent sur le sol trempé.

Faisant un gros effort pour ne pas tirer à l'aveuglette sur la personne qui l'avait effrayé, Otto s'accroupit. Sans cesser de braquer la benne à ordures, il tâtonna à la recherche de sa lampe.

— Ne bougez pas ! hurla-t-il.

La silhouette, qui semblait être celle d'un homme adulte, replongea dans la poubelle.

— Agent fédéral, lança Otto d'une voix un peu trop forte. Redressez-vous lentement, les mains en l'air !

L'inconnu ne réagit pas, mais il crut entendre un gémissement plaintif monter de la benne.

— Je ne vous le répéterai pas. Redressez-vous lentement, les mains en l'air !

Il aperçut d'abord deux mains levées, puis une longue chevelure noire dégoulinante de pluie.

— Je n'ai rien fait, gémit l'homme.

Otto l'examina dans la lumière de sa lampe. Cinquante ou soixante ans, du genre freluquet, en K-way bleu marine. Une barbe en broussaille et des dents gâtées.

— Qu'est-ce que vous fichez ici ?

— J'essaye de m'abriter de la pluie.

— Vous faisiez du bruit.

Le vieil homme fronça les sourcils.

— Oh, ça, comprit-il enfin.

— Quoi, ça ?

— J'ai trouvé une lampe torche. Je l'ai tapée contre la poubelle pour la faire marcher, mais la pile est naze.

Otto fit signe à l'homme de reculer, approcha de la benne à ordures et regarda dedans. La lumière de sa lampe se refléta sur un objet métallique. Quand il identifia ce qu'il avait sous les yeux, son cœur se serra.

L'imageur thermique. Tellement cabossé qu'il était presque méconnaissable.

— Sortez de là, mon vieux, ordonna-t-il.

L'homme obéit, mais pas sans protester :

— Qu'est-ce que j'ai fait de mal ?

— C'est vous qui avez jeté cette… euh, cette lampe dans la poubelle ?

— Non. Elle était déjà là quand j'ai commencé à fouiller. Sérieux. Je le jure devant Dieu.

Otto le croyait. Ce vieillard ne semblait pas assez costaud pour avoir neutralisé un flic dans la force de l'âge.

— Allez, filez, dit-il avec un signe du menton.

L'homme se rembrunit.

— Je peux garder la lampe ?

— Non.

— Je l'ai trouvée. Elle est à moi. « Chose trouvée, chose gardée », ça marche encore, non ?

Otto fouilla dans sa poche et en tira un billet de cinq dollars, qu'il tendit au vieillard.

— Je parie qu'elle vaut plus, grogna l'homme.

Otto colla son flingue sous le nez du type pour qu'il puisse mieux le voir. L'homme saisit l'allusion et prit le billet. Il sortit de la benne à ordures et marcha vers la mallette ouverte.

— De l'autre côté, grand-père !

Le vieillard leva les mains.

— Comme vous voulez, patron !

Quand il eut disparu, Otto soupira de soulagement. Mais même si sa peur s'était évaporée, sa perplexité restait intacte. Que fichait l'imageur dans une poubelle ? Qu'était devenu Brian Dunphy ? Il lui avait suffi de cinq dollars pour acheter un truc qui en valait cinq mille…

Otto ramassa les billets détrempés et les fourra dans l'attaché-case, puis il approcha de la benne à ordures comme pour balancer le tout dedans. Au lieu de ça, il regarda autour de lui pour s'assurer qu'il était seul, glissa la mallette derrière la poubelle, rengaina son pistolet et prit appui sur le bord métallique du container pour se hisser dedans.

Une odeur de pourriture et d'excréments humains le prit à la gorge. Il tenta de se souvenir de la dernière fois qu'il s'était éclaté dans son boulot, mais son esprit resta désespérément vide. Alors qu'il braquait le rayon de sa lampe sur l'imageur thermique, il vit qu'il était éclaboussé de sang.

Alors, il sut que Brian Dunphy était mort. Aussi vrai que lui avait les deux pieds dans la merde !

Ce qui soulevait des tas de questions. Par exemple :

où était le corps du flic ? Qui l'avait tué ? Pourquoi ? Et surtout, l'assassin risquait-il de s'en prendre à lui ?

De nouveau, Otto eut une envie folle d'appeler White. Et cette fois, il ne tenta pas de la combattre. Il sortit de la benne à ordures, récupéra l'attaché-case et avança vers sa voiture. Dès qu'il serait au sec, il contacterait son patron.

A l'angle de l'avenue, il regarda à droite et à gauche. La pluie était légèrement moins forte. Un peu plus loin, il aperçut le vieil homme qu'il avait chassé et deux autres SDF, plantés en cercle autour d'une masse indistincte qui gisait sur la chaussée.

Il comprit qu'il venait de trouver Brian Dunphy.

Dégainant son flingue, Otto approcha en trottinant. Les trois clodos l'entendirent et décampèrent sans demander leur reste.

Le spectacle qui l'attendait dans l'avenue n'était pas nouveau, même s'il avait espéré ne plus jamais le contempler. Le corps de Brian Dunphy était dans le même état que celui du vétéran retrouvé mort dans la nuit du mardi au mercredi. Baignant dans une mare de sang, il fixait Otto de ses yeux exorbités. Un rictus grotesque fendait son visage écarlate, et son crâne fracassé laissait entrevoir des morceaux de sa cervelle. On lui avait volé son flingue et ses bottes. Le reste de son uniforme était éparpillé sur le trottoir un peu plus loin.

Otto ne savait pas grand-chose de Cal Hankins, à part que c'était un flic sous les ordres d'Ames White. Il n'avait même pas parlé du meurtre avec son patron ; toutes les informations qu'il détenait lui venaient du journal télévisé. Mais à présent, il y avait une nouvelle victime. Encore un membre des forces dites de l'ordre. Fallait-il y voir un rapport ?

Soudain, se mettre au sec lui sembla secondaire. Otto sortit son téléphone portable et composa le numéro d'Ames White. Son correspondant décrocha à la première sonnerie.

— C'est fait ? demanda-t-il.

— Pas vraiment. Il faut qu'on parle.

Otto raconta rapidement ce qu'il avait découvert.

— Et merde ! soupira White. Tu es sûr que c'était Dunphy ?

— Presque. Il a dû être battu à mort avec l'imageur, et écorché après. Je n'ai pas encore fouillé ses vêtements, mais il doit avoir des papiers d'identité…

— D'accord, d'accord ! Tu commences par foutre le camp illico presto ! Tu as parlé à des civils ?

— Juste le clodo dans la poubelle.

— Tu lui as donné ton nom ?

— Non.

— Tant mieux. Rapporte-moi le fric et l'imageur thermique.

— Mais, monsieur…, fit Otto. C'est l'arme du crime.

— J'ai l'air de m'en soucier ? Si les flics mettent la main dessus, tu sais bien que les journalistes en parleront. Les transgéniques le verront à la télé, et il ne nous sera plus d'aucune utilité. Ce serait une bonne chose, Otto ?

— Une très mauvaise, monsieur.

— Bien. Alors, apporte-le-moi.

— Oui, monsieur.

— Dès que tu auras quitté le secteur, passe un appel anonyme au 911 et signale où est le corps. Ensuite, je veux que tu contactes Clemente.

— L'inspecteur de police ? demanda Otto, étonné.

— Oui. Explique-lui que tu es l'auteur du coup de fil anonyme, mais que pour des raisons de sécurité nationale, tu as dû quitter les lieux du crime.

— Entendu.

— Cette fois, les transgéniques se sont piégés tout

seuls. Raconte ce que tu as vu à Clemente, et dis-lui que nous avons une preuve que le tueur est des leurs.

— Nous avons une preuve, monsieur ?

— Nous en aurons une, Otto. Nous en aurons une.

Quitte à la fabriquer, sous-entendait White. Un détail qui n'échappa pas à son subordonné et qui ne lui plut pas.

— Dès que tu auras raccroché, viens me chercher chez moi avec l'imageur et le fric. Nous avons du travail.

— Quel genre de travail, monsieur ?

— Tout ça se transformera en guerre médiatique, Otto. Nous devons prévenir la population qu'un tueur en série transgénique se balade dans les rues de Seattle. Si tu crois que le public a peur des transgéniques, attends un peu que les médias s'emparent de cette affaire ! A ton avis, lequel des deux camps a dans sa poche le plus de journaux et de chaînes de télévision ?

— Nous, je suppose.

— Bien vu. Alors, c'est pigé ? Les urgences, Clemente, et tu rappliques ici.

Otto n'aimait ni ce qui se passait, ni le ton condescendant de son patron. Pourtant, il ne trouva rien à répondre, à part :

— Oui, monsieur.

Il coupa la communication, regagna sa voiture, enferma l'imageur et l'attaché-case dans le coffre, puis se glissa derrière le volant et démarra

Quelques blocs plus loin, il se gara devant une cabine et téléphona aux urgences. Sachant que la police rechercherait l'origine de l'appel, il prit grand soin d'effacer ses empreintes après avoir raccroché.

Otto remonta en voiture et roula vers le domicile d'Ames White jusqu'à ce qu'il trouve un endroit discret. Il se gara sur le parking d'un restaurant, non loin de l'aéroport de King County. Les lumières de l'établissement étaient allumées, mais il ne semblait plus y avoir personne.

Avant d'appeler le bureau pour qu'on lui donne le numéro de l'inspecteur Clemente, Otto réfléchit longuement. S'il s'engageait sur ce chemin avec White, sa carrière pouvait être fichue. Mais s'il désobéissait à son patron, sa carrière pouvait être tout aussi fichue. Sympa, comme choix.

White mijotait un truc pas très catholique.

Otto avait du mal à croire que son patron agissait sur ordre du gouvernement. Washington ne pouvait pas être à l'origine de la croisade antitransgéniques. Mais s'il tentait de dénoncer White, qui l'écouterait ? Il n'avait pas de preuve, seulement des soupçons.

Et il pouvait très bien se tromper. Pas sur White, mais à propos du gouvernement.

Autrement dit, il n'y avait pas trente-six solutions. Ecoutant la petite voix qui lui ordonnait de couvrir son cul, Otto sortit son téléphone portable.

CHAPITRE V

UNE RÉALITÉ MORDANTE

Terminal City, 03 h 00
Lundi 10 mai 2021

La plupart des transgéniques, profondément endormis, profitaient de la paix que le monde éveillé leur refusait, quand le garde posté près de l'entrée principale de Terminal City appela le centre de communications.

Mais Max veillait. Toujours en alerte !

Elle régla la radio.

— Vous pouvez répéter ?

— Un type demande à entrer. Un Black. Deux flics en uniforme sont avec lui.

Levant les yeux vers les moniteurs, Max vit l'inspecteur Clemente et deux de ses adjoints.

— Dites-lui que je descends.

— Qu'est-ce qui se passe ? demanda Dix en descendant les deux marches qui menaient à sa station de travail.

Il lissa ses vêtements froissés avant d'étouffer un bâillement. Max remarqua qu'il avait toujours son monocle sur le nez.

— Tu as le sommeil léger, dit-elle.

— Ouais… C'est mieux, si on veut prendre l'habitude

de se réveiller le matin. (Le transgénique au visage en bouillie regarda l'écran.) Des visiteurs ?

— Ouais. Je crois qu'on va pouvoir commencer les négociations. Tu veux me rendre un service ?

— Du moment que c'est illégal, pas de problème.

— Donne-moi un émetteur et enregistre la conversation.

Quand Dix eut fixé un micro miniature dans son gilet de cuir, Max enfonça une casquette de base-ball sur sa tête, dévala l'escalier et sortit du bâtiment. Dehors, il faisait froid, et la pluie continuait de tomber sans interruption comme si Dieu s'efforçait de nettoyer le monde.

La jeune femme gagna l'entrée de Terminal City.

— Tu m'entends, Dix ?

— Cinq sur cinq, dit le transgénique dans son oreillette.

Max passa devant deux gardes monstrueux, postés là pour faire fuir les humains ordinaires qui auraient voulu entrer en force dans la zone interdite, et approcha du portail. Clemente était de l'autre côté, avec deux flics qui auraient visiblement préféré être ailleurs.

— Vous vouliez me parler ? lança l'inspecteur en guise de bonjour.

Il semblait à peine plus reposé et moins stressé que lors de leur dernière rencontre. Comme il ne portait pas de chapeau, les gouttes de pluie dégoulinaient le long de son visage impassible, telles des larmes.

— Vous m'avez manqué, dit Max.

Les deux personnes qui s'étaient le plus démenées pour empêcher que la prise d'otages vire au carnage se regardèrent avec respect, et un rien d'affection.

— Merci d'être venu.

— Je n'avais pas tellement le choix, n'est-ce pas ? fit Clemente. Vous savez que j'aimerais régler cette affaire dans le calme. Mais je sais que ça n'est pas le cas de tout le monde de mon côté de la barrière.

Max comprit qu'il faisait allusion à Ames White. Elle se doutait qu'il avait le bras long, et probablement beaucoup d'influence sur les forces de police. Voilà pourquoi elle avait choisi Clemente comme interlocuteur pendant les négociations.

— Justement, c'est une des choses dont j'aimerais vous parler.

— Je vous écoute.

Max secoua la tête.

— Seul à seul. Juste vous et moi.

— Je ne peux pas. J'ai reçu l'ordre de rester avec mes gardes du corps, et de ne pas entrer dans Terminal City.

— Parfois, les désirs de la hiérarchie doivent s'effacer devant les impératifs du terrain, inspecteur.

Clemente hésita.

— Si j'avais voulu vous tuer, vous seriez mort vendredi, insista Max. Réfléchissez. J'ai eu beaucoup d'occasions de vous abattre. Mais j'ai besoin de quelqu'un de confiance dans le camp adverse, et malheureusement pour vous, vous êtes le meilleur candidat que m'ait fourni le Département de Police de Seattle.

— Vous me faites confiance ? demanda Clemente, les yeux plissés.

— Pour l'instant. Et vous ?

Le flic réfléchit quelques instants.

— Je crois que oui.

— Dans ce cas, vous avez deux possibilités. Venez vous mettre à l'abri, et nous parlerons calmement autour d'une tasse de café. Ou rentrez vous recoucher, et on vous aura tiré du lit pour rien.

Clemente dit quelque chose à voix basse à ses deux gardes du corps. Puis il fit face à Max et hocha la tête.

— Ça va vous plaire, annonça la jeune femme en entrouvrant le portail pour le laisser passer.

Clemente entra prudemment. Il regarda les immeubles décrépits qui se dressaient autour de lui, formes abstraites mais menaçantes dans l'obscurité.

— Ils sont dans le coin, dit Max, comprenant qu'il cherchait les transgéniques. Mais ils ne viendront pas vous embêter.

Elle l'entraîna vers un ancien laboratoire de recherche sur les cellules souches. La porte vitrée du bâtiment de brique était tombée en morceaux depuis longtemps, mais le toit restait étanche.

Dans l'alcôve qui avait autrefois dû servir de réception, deux chaises noires flanquaient une table. Dessus, il y avait une lampe, une cafetière, deux tasses, deux cuillères, un carton de lait et un sucrier. Les murs étaient blancs, le sol poussiéreux mais pas encombré. Par la fenêtre située sur la droite, ils pouvaient voir l'entrée de Terminal City, et tout mouvement éventuel qui s'y produirait.

— Je voulais que vous ayez un beau panorama, dit Max. Mais quand j'allumerai la lampe, nous ne verrons plus aussi bien l'extérieur.

— Et vos snipers pourront mieux distinguer leur cible, répliqua Clemente.

— Dans ce cas, n'allumons pas. Ça ne m'ennuie pas du tout : j'ai une excellente vision nocturne.

— J'aime bien les atmosphères intimes, dit Clemente.

La jeune femme contourna la table, posa la lampe par terre et invita l'inspecteur à s'asseoir face à elle.

— Vous voulez le café que je vous ai promis ?

— C'est un peu tard pour moi. Il se peut que je pense à me rendormir, un de ces jours.

— A votre guise… Mais nous risquons d'en avoir pour un moment.

Clemente ne réfléchit pas très longtemps.

— D'accord. Ni sucre ni lait pour moi.

Max les servit. Clemente but une toute petite gorgée et haussa les sourcils, l'air surpris.

— Pas dégueu, commenta-t-il.

— Nous avons des tas de compétences. Je suis sûre que le monde extérieur préférerait que nous buvions du sang ou de la bouillie d'insectes. Mais nous sommes des gens, nous aussi.

— Ouais. Des gens qui ont un paquet d'ennuis, fit Clemente.

— Vous seriez étonné de savoir combien de temps nous pouvons tenir. Nous avons prévu cette situation il y a des mois. Nous avons stocké de l'eau et des provisions, et nous sommes bien armés.

Ce n'était pas tout à fait vrai, mais grâce au tunnel de Logan, ils pourraient facilement se ravitailler.

— Bref, c'est vous qui risquez votre santé dans Terminal City. Les humains ordinaires ne peuvent pas rester ici longtemps. Contrairement aux transgéniques, ils ne sont pas assez robustes pour supporter les toxines biochimiques.

— Qu'attendez-vous de moi, Max ? Que je dise à mes supérieurs de retirer nos troupes et de vous laisser habiter Terminal City ?

— Nous n'avons pas encore commencé les négociations, mais pourquoi pas ? Personne ne peut vivre ici, de toute façon.

— Max, tout ça va très mal se terminer.

— Je ne crois pas. Traitez-moi d'optimiste si ça vous chante, mais je pense que nous pouvons trouver un arrangement.

Clemente la dévisagea comme si elle était devenue folle.

— Je ne vois pas comment.

— C'est justement de ça que je voulais vous parler.

— Parler ne résoudra rien.

— Ça a bien marché à Jam Pony, rappela Max en sirotant son café.

— Vous rigolez ? Vous avez sauté sur White et ses gars et vous leur avez botté le cul ! Ce n'est pas ce que j'appelle « trouver un arrangement ». Sans compter que je ne suis pas accrédité pour négocier avec vous. Et que personne d'autre ne voudra le faire.

— Vous devez raisonner vos supérieurs, inspecteur. Les encourager à venir nous voir et à parler avec nous.

Clemente fixa la jeune femme dans la pénombre.

— Vous avez deux options, Max. La première, c'est de sortir d'ici, de vous rendre et d'espérer que les juges se montreront cléments.

— J'ai hâte d'entendre la seconde.

— Elle est pire. La dernière fois, nous avons eu de la chance : il n'y a eu qu'une seule victime. Mais, à présent, l'agitation publique et les enjeux sont beaucoup plus importants. Grâce à la propagande antitransgéniques des médias, tout le monde veut votre peau. Les militaires désirent attaquer et repeindre en rouge les murs de Terminal City.

— Vous savez que ce serait une grosse erreur. Vous avez l'avantage numérique, mais n'oubliez pas que nous avons été entraînés pour affronter ce genre de situation. Franchement, inspecteur, nous vous laisserions sur le carreau, nous disparaîtrions dans la nuit, et vous ne sauriez pas où nous frapperions la prochaine fois.

— Des forces très supérieures aux vôtres sont massées de l'autre côté de cette clôture.

— Pas supérieures : seulement plus nombreuses.

Malgré lui, Clemente sourit.

— Vous êtes sacrément arrogante.

— Merci. Ecoutez, inspecteur…

— Si je dois vous appeler Max, j'insiste pour que vous m'appeliez Ramon.

— Très bien, Ramon. (La jeune femme prit une grande inspiration et se lança.) Je suis en fuite depuis l'âge de neuf ans. Beaucoup des résidents de Terminal City pourraient vous raconter une histoire similaire à la mienne. Nous en avons assez de courir et de nous planquer. Après tout, nous n'avons rien demandé : ce sont eux qui nous ont fabriqués, puis qui ont essayé de nous tuer. Nous nous sommes défendus, comme n'importe qui l'aurait fait à notre place.

— La plupart des gens ne sont pas des machines à tuer génétiquement optimisées.

— D'après ce que j'ai vu, Ramon, les soi-disant humains ordinaires ne sont peut-être pas génétiquement optimisés, mais ils tuent plus souvent, et pour des raisons plus insignifiantes que les transgéniques.

— Je ne peux pas prétendre le contraire. Mais les humains ordinaires dont vous parlez ne s'identifieront jamais aux transgéniques. Certains d'entre vous ont une apparence monstrueuse, et vous avez tous des pouvoirs qui peuvent être dangereux.

— Nous devons leur faire comprendre que nous avons un cœur, un esprit et peut-être même une âme.

— Comment ?

— Je ne sais pas encore. J'espère que nous pourrons faire passer le mot, empêcher les médias de continuer à répandre leurs calomnies et…

— Une minute ! coupa Clemente. Vous êtes assiégés par un bataillon, et vous voulez riposter par une campagne de pub ?

— Ramon… Je cherche des solutions pacifiques. J'ai besoin que vous m'aidiez. Trouvez dans vos rangs des alliés potentiels. Des gens qui n'ont aucun intérêt à faire couler notre sang.

— Je pourrais essayer.

— Je sais que ça va prendre du temps. En attendant, faites votre possible pour dissuader les troupes de lancer un assaut, d'accord ?

— Ai-je votre parole que les transgéniques resteront dans Terminal City ?

— Ceux qui y sont déjà, oui. Mais je n'ai aucun contrôle sur ceux de dehors.

— Très bien, soupira Clemente. De combien de temps aurez-vous besoin ?

— Comment voulez-vous que je le sache ? C'est la première fois que je suis assiégée par le gouvernement des Etats-Unis. J'improvise au fur et à mesure.

L'inspecteur ne savait plus s'il devait rire ou pleurer. Avant qu'il puisse prendre une décision, son portable sonna. Il le sortit de sa poche pour vérifier l'identité de son correspondant.

— C'est un numéro fédéral, dit-il en regardant Max.

— Décrochez. Voyez ce qu'ils veulent.

Clemente appuya sur un bouton et colla le téléphone à son oreille.

— Inspecteur Clemente ! cria-t-il.

Max le vit s'empourprer pendant qu'il écoutait son interlocuteur.

— Oui, je me souviens de vous ! lança-t-il sur un ton dégoûté. Vous savez l'heure qu'il est ?

Il écouta encore, et son expression redevint sérieuse.

— Où et quand ?

Max fronça les sourcils. Quelque chose clochait.

— Et pourquoi pensez-vous qu'un transgénique est responsable ? demanda Clemente.

La nausée contracta l'estomac de Max.

— C'est l'opinion de votre patron ? Vous ne parleriez pas de l'agent spécial White, par hasard ?

Max bondit sur ses pieds. Elle mourait d'envie d'arracher le téléphone de la main de Clemente. Mais elle fit les cent pas de son côté de la table.

— Vous savez que je ne peux pas faire confiance à ce fils de pute. Je connais son grade, et ça n'y change rien : c'est un fils de pute. Où êtes-vous en ce moment, agent Gottlieb ?

Le correspondant dit quelque chose que Max ne put entendre, car Clemente pressait le combiné contre son oreille.

— Vous avez abandonné les lieux d'un crime ? s'écria l'inspecteur. Décidément, vous m'étonnerez toujours… Et pas en bien. Nous devons parler au plus vite.

De nouveau, la réponse de son interlocuteur ne fit rien pour améliorer son humeur.

— Vous feriez mieux de savoir d'ici une heure, parce que passé ce délai, je réclamerai un mandat d'arrestation contre vous. Aux dernières nouvelles, les agents fédéraux ne sont pas dispensés de se conformer aux lois de ce pays.

Clemente appuya rageusement sur un bouton pour couper la communication.

— Un meurtre impliquant un transgénique ? demanda Max en se penchant vers lui. Qu'est-ce qui se passe encore ?

Elle faisait de son mieux pour rester calme, histoire de donner à Clemente une impression de puissance et de contrôle sans faille. Mais la moitié de conversation qu'elle venait d'entendre avait soulevé beaucoup de questions, et elle craignait de ne pas aimer les réponses.

Bien que sa colère et son anxiété ne soient pas dirigées contre elle, Clemente luttait aussi pour se dominer.

— Un flic affecté au poste de garde entre les Secteurs Onze et Douze a été assassiné cette nuit.

— Bien entendu, White pense que c'est un transgénique qui a fait le coup ?

— Pire : il dit qu'il en a la preuve.

— Quel genre de preuve ? Ce n'était pas lui qui vous appelait, mais son laquais, n'est-ce pas ?

— Exact. Comme vous avez dû le comprendre, Otto a découvert le corps mais a quitté les lieux du crime. Je ne vois pas comment White aurait pu se procurer une preuve.

Max prit une profonde inspiration et expira lentement avant de dire :

— Vous savez que White n'est pas un salaud ordinaire.

— Ordinaire, ça m'étonnerait. Mais salaud, j'en suis convaincu.

— Si vous vous penchez un peu sur son cas, vous découvrirez qu'il ne bosse pas que pour la NSA.

Clemente plissa les yeux.

— Qu'est-ce que vous insinuez, Max ?

La jeune femme hésita. Si elle lui révélait la vérité, il la prendrait pour une cinglée, et elle perdrait toute crédibilité auprès de lui.

— Je vous écoute ! insista Clemente. Que savez-vous sur White ? Il aurait les mains sales ?

— Sales ? C'est ce qu'on appelle un doux euphémisme, ricana Max.

Pourtant, elle-même avait du mal à croire à ce que complotait Ames White – alors qu'elle avait vu les agents du culte de ses propres yeux. Comment pouvait-elle espérer convaincre Clemente sans entamer la confiance qu'il lui avait accordée jusque-là ?

— Vous devriez… l'inspecter très attentivement. C'est ce que font les inspecteurs, non ?

— Max… Si White cache quelque chose, qu'est-ce

qui vous fait croire qu'il laissera un petit flic comme moi le découvrir ?

— Je l'ai bien découvert, moi.

— Dans ce cas, épargnez-moi la peine d'enquêter sur lui, et racontez-moi ce que vous savez.

Max se laissa retomber sur sa chaise et souhaita que l'obscurité de la pièce l'engloutisse.

— Ramon, vous n'allez pas me croire. C'est pour ça que je préférerais que vous cherchiez par vous-même.

Intrigué, Clemente se frotta le menton.

— Pourquoi pensez-vous que je ne vous croirai pas ?

Max leva les yeux au ciel.

— Parce que ça a l'air trop tordu pour être vrai. Je vous jure.

— Comme l'histoire du gouvernement qui fabriquerait en secret des machines à tuer génétiquement optimisées ? plaisanta Clemente.

— Encore plus tordu, dit Max.

Le sourire de l'inspecteur disparut. Il semblait perplexe, et elle ne pouvait pas l'en blâmer.

— Vous avez dit que vous me faisiez confiance, lâcha-t-il enfin. C'est le moment de le prouver. Je vous promets de vous prendre au sérieux.

Alors, Max raconta l'histoire de ce culte très ancien, composé d'adorateurs du serpent, dont le conclave manipulait les événements et les foules. Elle raconta à Clemente comment ces illuminés tentaient depuis des milliers d'années de produire des humains génétiquement supérieurs : un objectif qui avait entraîné la création du Projet Manticore.

D'une certaine façon, ils avaient réussi. Max avait vu Ames White, qui obéissait aveuglément au conclave, faire des tours de force et d'audace à côté desquels les exploits des transgéniques pâlissaient. A la différence que ses semblables et lui étaient immunisés contre la douleur.

Quand la jeune femme eut achevé ce qu'elle considérait comme un récit absurde, Clemente avait l'air d'un type qui vient de se prendre un coup de poing en pleine poire, et qui ne sait plus où il habite ni comment il s'appelle. Mais au moins, il ne secouait pas la tête d'un air navré, comme s'il la prenait pour une folle. L'instinct de Max lui soufflait qu'il la croyait.

— Vous pouvez prouver tout ça ? demanda-t-il.

— Pas vraiment. Chaque fois que j'ai trouvé quelque chose, ils ont recouru à la politique de la terre brûlée pour couvrir leurs arrières. Mais l'équipe qui est intervenue à Jam Pony… Vous avez vu ces gens ? Ils ne travaillent pour aucune agence gouvernementale. Ils sont à la botte du conclave.

Clemente se tut un long moment avant de soupirer :

— Vous avez raison, Max. Ça semble trop tordu pour être vrai.

Le cœur de la jeune femme se serra.

— Mais dans mon boulot, dit-il, rejeter une hypothèse, aussi folle soit-elle, n'a jamais payé.

Poussée par un élan d'affection, Max se leva à son tour et lui tendit la main.

— Merci, Ramon.

Clemente consulta sa montre.

— Il faut que j'y aille. Mais je vous promets d'enquêter sur cette histoire. Des serpents, hein ?

— Des serpents, approuva Max.

— Je n'irai peut-être pas les voir de trop près…

— C'est tout à fait compréhensible.

— Une dernière chose. Je ne comprends pas pourquoi White s'acharne à ce point contre les transgéniques. Les merveilles génétiques dans votre genre ne devraient-elles pas se serrer les coudes ?

— Je ne le comprends pas non plus, avoua Max. Je suis loin d'avoir reconstitué le puzzle. Mais les faits sont là : White essaye de nous éliminer. Accuser un transgénique de meurtre serait un bon moyen de remporter la guerre médiatique dont nous parlions tout à l'heure.

— D'ordinaire, personne ne meurt pendant une guerre médiatique.

— Je ne faisais pas d'humour noir, Ramon. Peu importe l'identité de l'assassin, je suis désolée que ce flic soit mort.

— Merci pour lui, mais ce n'est pas le pire. Il a été victime de l'écorcheur en série.

— Encore ? Combien ça en fait ?

— Trois. Nous avons retrouvé la deuxième il y a quelques jours. Vous avez dû voir ça aux infos. Et la première, c'était il y a plusieurs mois.

— Que des flics ?

— Non. D'après ses empreintes, la première victime était un vendeur de chaussures, mais il y avait quelque chose de bizarre dans son dossier.

— C'est-à-dire ?

Clemente secoua la tête.

— Je vous en ai déjà beaucoup trop dit. Il faut que je file.

Max lui emboîta le pas.

— On se reverra ?

— Je ne sais pas. L'enquête sur l'écorcheur risque de devenir prioritaire, et si nous nous lançons sur la piste d'un transgénique… Vous n'aurez peut-être pas envie de me revoir.

— Ramon, ça ne change rien à ce que nous venons de dire. En fait, ça prouve que nous sommes sur la bonne piste. Ames White et ses petits copains vont se servir de cette affaire pour monter la population contre nous.

— Oui, et ça marchera, prédit sombrement Clemente.

— Alors, le mieux que vous pouvez faire pour nous aider, c'est de découvrir l'identité du tueur.

— Même si c'est un transgénique ?

— Ça ne peut pas être un transgénique de Terminal City.

— Vous m'assurez qu'il est impossible que l'un de vous soit sorti en douce ces derniers jours ?

— Eh bien… Difficile, mais pas impossible. Voilà ce que je vous propose : nous allons enquêter nous aussi, de ce côté de la barrière. Après tout, si le meurtrier est un des nôtres, nous avons autant intérêt que vous à ce qu'il soit arrêté.

— Vraiment ?

— Ramon, si nous voulons nous intégrer à cette société, nous devons prouver aux gens que nous ne sommes pas des monstres. Si l'un de nous est coupable, il doit être mis hors d'état de nuire.

Max escorta l'inspecteur jusqu'à la sortie. Avant de quitter l'enceinte de Terminal City, Clemente se retourna.

— Personne ne rentre, personne ne sort. Marché conclu ?

— Marché conclu, dit la jeune femme à contrecœur.

— Dans ce cas… Je suppose que nous nous reverrons.

Elle le suivit du regard tandis qu'il gagnait les barricades de police, puis tourna le dos au portail.

— Tu as enregistré tout ça, Dix ?

— Oh que oui, fit une voix dans son oreillette.

— Appelle Logan, et donne-lui la cassette. Dis aussi à Joshua qu'il faut que je lui parle tout de suite.

— Bien reçu. Où seras-tu ?

— Au centre de communications. Je vous rejoins.

Quand Max arriva, Joshua était déjà là, avec Dix, Luke et les autres transgéniques qui surveillaient les moniteurs.

— Tu as pu joindre Logan ? lança-t-elle à Dix.

— Je l'ai en ligne. Tu veux lui parler ?

— Ouais.

Max monta les deux marches qui menaient à la console de travail de Dix, qui se leva pour lui céder sa place.

— Salut, toi, lança le visage de Logan sur l'écran.

— Salut. J'ai besoin de ton aide.

— Tu sais bien que je ne te la refuserai pas.

— Dix t'a envoyé la conversation qu'il a enregistrée ?

— Oui.

— Parfait. Quand tu l'écouteras, tu entendras Clemente parler d'un meurtre qui a eu lieu il y a quelques mois. Il a été mentionné dans le bulletin à propos du flic qu'on a retrouvé écorché, il y a deux nuits.

— Ça me parle vaguement.

— Ça te parlera plus clairement quand tu auras écouté la bande. Je voudrais que tu trouves tout ce que tu pourras sur ce premier meurtre.

— D'accord, je m'y mets tout de suite. Je peux savoir pourquoi tu me demandes ça ?

— Parce que White est impliqué dans cette affaire, d'une façon que j'ignore encore. Un certain Otto Gottlieb, un de ses subordonnés, a appelé Clemente pendant que j'étais avec lui.

— White soupçonne un transgénique ? Le bulletin y faisait déjà allusion, je crois. Ou est-il encore en train de manipuler les médias ?

— Je ne sais pas. Mais il se passe quelque chose, et je veux savoir quoi.

— Pas de problème. Je te rappelle dès que j'ai du nouveau.

Max se sentit soulagée. Si Logan et elle joignaient

leurs forces, tout s'arrangerait. Comme chaque fois qu'ils avaient bossé ensemble.

Puis elle pensa à la situation où elle était et eut envie de rire. Même cernée par la police et par la Garde Nationale, qui risquaient de faire un massacre à tout instant, elle avait l'impression qu'il ne pouvait rien lui arriver de mal parce que Logan était de son côté. Comme le lui avait dit Original Cindy : « Boo, tu es gravement atteinte. »

Max ne put s'empêcher de sourire.

— Il y a quelque chose de drôle ? demanda Logan.

— Je suis simplement contente que tu te démènes pour nous.

— Content d'être apprécié. A plus.

Max avait envie de lui dire « Je t'aime », mais la seule chose qui sortit de sa bouche fut un laconique :

— A plus.

Puis l'écran redevint noir.

Max descendit de son perchoir et posa une main sur l'épaule de Joshua.

— Tu viens avec moi ? Il faut qu'on parle.

Elle l'entraîna vers le tunnel de Medtronics. Bien qu'elle fût sûre que personne ne pourrait y surprendre leur conversation, cet endroit confiné lui rappelait le sous-sol de Manticore. Ce n'était pas un bon souvenir, mais il était pertinent, vu le sujet qu'elle souhaitait aborder avec Joshua.

— Tu te souviens de ce que tu m'as dit à propos d'Isaac et des autres ?

— Oui. Il y a un problème ?

— Il pourrait y en avoir un. Un autre flic a été assassiné cette nuit. D'après l'inspecteur Clemente, il y aurait une preuve que c'est un transgénique qui a fait le coup.

— Ce n'est pas bon, dit Joshua. Pas bon du tout.

— Mais ça ne signifie pas qu'un de nos camarades soit responsable. Ni même que la preuve soit authentique, vu sa source.

— Quelle source ?

— Ames White.

Un grognement sourd s'échappa des lèvres de Joshua, et ses yeux brûlèrent de haine. Même si, comme Max, il voulait mener une vie paisible, une partie de lui rêvait de déchiqueter White en petits morceaux et de le regarder mourir très lentement. Parce qu'il avait tué son amie Annie Fisher, une aveugle qui n'avait fait de mal à personne.

A Jam Pony, Max avait empêché Joshua de venger Annie. Mais ils le savaient tous les deux : si l'homme à tête de monstre remettait un jour la main sur Ames White, rien ne pourrait sauver le monstre à tête d'homme.

Max se laissa glisser le long du mur et s'assit sur le sol froid. Joshua s'installa face à elle dans le noir. En l'absence de Logan, ils n'avaient pas éprouvé le besoin d'allumer les néons.

— Parce que ça vient de lui, il faut que je découvre ce qui s'est vraiment passé, dit la jeune femme. Et plus j'en saurai sur nos frères et sœurs restés dehors, plus il me sera facile de récuser cette « preuve ».

— Je comprends.

— Que peux-tu me dire au sujet des transgéniques qui étaient avec toi dans le sous-sol de Manticore ?

Joshua réfléchit quelques instants.

— D'abord, il y avait Dill et son frère Oshi. Père les a créés juste après Isaac et moi. Après les chiens, il s'était mis à faire des expériences sur les chats. Dill et Oshi détestaient être enfermés. Mais parce qu'ils pouvaient courir plus vite et sauter plus haut que n'importe lequel d'entre nous, ils avaient les cages les plus petites. C'était cruel.

— Très cruel, dit Max, qui avait de l'ADN de félin et en subissait les inconvénients, surtout quand elle était en chaleur, deux fois par an. Que sont-ils devenus après leur évasion ?

— Je n'en sais rien, fit Joshua.

— Tu m'as aussi parlé d'un Gabriel.

— Joshua aime beaucoup Gabriel. Ses gènes ont été croisés avec ceux d'une fourmi.

— Sérieux ?

— Oh, oui ! Il te ressemble…

— Comment ça ?

— Il a l'air normal, mais il peut soulever six fois son propre poids.

— Autre chose ?

— Il a juste une paire de bras supplémentaire.

— Et tu trouves qu'il a l'air normal ?

Joshua hocha la tête vigoureusement.

— Comme ils sortent de sa cage thoracique, il les croise sur son ventre et il ferme ses vêtements dessus. Il a l'air grassouillet, mais normal.

— Tu sais où est Gabriel, n'est-ce pas ?

— Pas depuis que je me suis installé à Terminal City, dit Joshua en baissant les yeux.

— Mais il est à Seattle ?

— Il y était.

— Et tu le voyais souvent ?

— Oui.

— Tu ne m'en as jamais parlé.

Max était un peu blessée. Elle considérait Joshua comme son ami le plus proche parmi les transgéniques, et pourtant, il lui cachait des choses.

— Ils lui ont fait du mal à Manticore ?

— Ils nous ont fait du mal à tous, tu le sais bien,

répliqua Joshua. Ils avaient peur de Gabriel à cause de sa force. Chaque fois qu'ils approchaient de sa cellule, ils le frappaient avec leurs matraques électriques.

Max était bien placée pour savoir à quel point c'était douloureux. Elle secoua la tête.

— Joshua, je suis désolée de remuer tes mauvais souvenirs.

— Tu n'as pas à être désolée. Ce sont eux qui ont fait ça, pas nous.

Max le savait, mais comme toutes les victimes, elle souffrait d'étranges accès de culpabilité. Ils avaient tous connu l'enfer. Pas étonnant que l'un d'eux ait fini par péter les plombs et se retourner contre les humains ! L'étonnant, c'était que les autres ne l'aient pas imité.

— Tu m'as parlé de quelqu'un d'autre. Un certain… Kelpy, je crois.

— Ah, oui. Je l'avais presque oublié. Les gardes le surnommaient le Caméléon.

Max n'eut pas besoin de demander avec quoi son ADN humain avait été mélangé.

— Il ne marchait pas bien…, précisa Joshua.

— Un problème moteur ?

— Non, je veux dire que son pouvoir ne fonctionnait pas comme Père l'aurait voulu. Il se déclenchait seulement quand Kelpy était en colère ou effrayé. Du coup, les gardes l'ignoraient. Parfois, il se sentait si seul qu'il disparaissait dans sa cage.

D'une certaine façon, tous les transgéniques partageaient ce sentiment, pensa Max. Ils étaient persuadés que personne ne les aiderait ni ne les aimerait. Mais elle avait eu la preuve du contraire quand elle avait rencontré Logan.

— Kelpy était-il toujours là quand nous avons délivré les transgéniques de Manticore ?

— C'est toi qui as ouvert sa cellule…

— Ah bon ? Je ne me souviens pas de lui.

— Mais je parie que lui, il se souvient de toi. Il m'a dit que tu es la seule personne qui se soit jamais souciée de lui.

Max et Joshua se relevèrent et revinrent sur leurs pas. Alors qu'ils remontaient l'escalier, le téléphone portable de la jeune femme sonna.

— Ici Max.

— Ils écoutent, dit une voix électroniquement altérée.

— Qui ça ?

— Ceux qui sont dehors.

— Merci, mais je le savais déjà.

— Lors de notre dernier entretien, nous avons été interrompus.

Alors, Max sut qui était son interlocuteur. L'inspecteur Clemente.

— En effet, dit-elle prudemment.

Pourquoi m'appelle-t-il, et pourquoi fait-il tant de mystères ?

— Notre connaissance commune a fourni une information irréfutable.

Autrement dit, White avait bien la preuve que l'assassin était un transgénique.

— Vous comprenez ? insista la voix métallique.

— Oui. Cette information…

— Authentique, diantrement négative ! Je l'ai vue. J'aurai l'occasion de vous en reparler plus tard.

Sur ces mots, la communication fut coupée.

— Qu'est-ce que c'était ? demanda Joshua.

— Une très mauvaise nouvelle, soupira Max.

Elle repensa à l'expression étrange que Clemente avait utilisée. *Authentique,* et *diantrement négative.* Etait-ce une sorte de code ?

— On ferait mieux de retourner là-bas.

Ils sortirent sous la lumière violette de l'aube. Le

soleil venait d'apparaître à l'horizon, et Max avait l'impression que la journée serait longue. Ils remontèrent l'avenue en silence, perdus dans leurs pensées.

Soudain, Max sursauta. Authentique, Diantrement Négative. A-D-N. White avait une preuve de nature génétique.

Mais pourquoi Clemente l'avait-il mise dans la confidence ? Elle ne voyait qu'une seule raison : il n'avait pas plus confiance en White qu'elle.

Les transgéniques avaient peut-être un allié de l'autre côté de la barrière. Un ami qui avait cru son absurde (mais véridique) histoire de culte du serpent.

Cette bonne nouvelle ne faisait pas le poids face à la mauvaise qui l'accompagnait. White avait-il créé une fausse preuve pour accabler ses ennemis jurés ? Ou un tueur en série transgénique se baladait-il vraiment en liberté dans les rues de Seattle ?

CHAPITRE VI

TERRE DE LIBERTÉ

Terminal City, 23 h 39
Lundi 10 mai 2021

Assise devant la console de Dix, dans le réduit où elle s'était réfugiée pour qu'on lui fiche la paix, Max ressassait de sombres pensées.

Elle avait beau retourner dans tous les sens les informations obtenues le matin, elle en arrivait toujours à la même conclusion. Elle était – en partie, au moins – responsable de ces meurtres atroces. Après tout, c'était elle qui avait aidé les transgéniques à fuir Manticore. Elle qui avait insisté pour qu'aucun ne soit laissé en arrière…

Max aurait aimé pouvoir se raisonner, mais la culpabilité ne la lâchait pas. Grâce à elle, des centaines, voire des milliers de ses semblables vivaient libres et heureux. Mais une poignée d'autres auraient dû rester en captivité, pour leur bien comme pour celui de la population.

La jeune femme aurait voulu penser que White était à l'origine des meurtres. Elle le savait assez impitoyable pour perpétrer une telle ignominie au nom des objectifs du conclave. Mais son instinct lui soufflait que la preuve présentée à Clemente était authentique.

Quelqu'un frappa à la porte, et Alec – en T-shirt bleu, Levis et baskets – passa la tête par l'entrebâillement.

— Tu ferais bien de venir voir ! lança-t-il avec un geste du pouce par-dessus son épaule.

Max se leva en soupirant, sortit du réduit et descendit les deux marches qui menaient au centre de communications. Luke, Taupe, Dix et les autres transgéniques semblaient tendus.

— Regarde ça ! (Dix désigna un moniteur du système de sécurité.) Des ivrognes balancent des cocktails Molotov par-dessus la clôture, du côté ouest.

Max savait qu'à cet endroit, le bâtiment le plus proche était à une bonne trentaine de mètres de la rue. Mais en sondant l'écran, elle vit que les ivrognes amélioraient peu à peu la précision de leurs tirs. Et le bâtiment était une structure en préfabriqué qui ne résisterait pas aux flammes.

— Mais ce n'est pas tout, révéla Luke en tendant l'index vers un autre moniteur. Une équipe de télé essaie d'entrer par un coin.

— Détecterais-je un subtil parfum de conspiration ? lança Alec.

— Que fiche la Garde Nationale ? grogna Taupe en mâchonnant son éternel cigare. Ils sont censés nous encercler, et ils laissent passer des mecs bourrés ?

Max se tourna vers Alec.

— Tu t'occupes des ivrognes, et moi des médias.

— Espèce de cabotine !

— Pourquoi pas ? Je suis presque aussi jolie que toi.

— Dans le mille ! gémit Alec en lui emboîtant le pas.

Peu après, ils arrivèrent derrière le bâtiment qui servait de cible aux ivrognes.

— Arrête-les, mais ne leur fais pas de mal, recommanda Max. La population est déjà assez remontée contre nous.

Le jeune homme secoua la tête comme s'il n'en croyait pas ses oreilles.

— Max, ces types ont dû être payés pour faire diversion pendant que l'équipe de la télé s'infiltrait chez nous.

— Nous n'en savons rien.

— Tu crois vraiment que je vais pouvoir les convertir à notre cause rien qu'en leur parlant ?

— Fais comme tu veux, mais ne les abîme pas trop. Le cameraman adorerait filmer un transgénique en train de botter de pauvres petits culs ordinaires.

— D'accord, d'accord, capitula Alec, l'air dégoûté.

Il s'approcha de la clôture, pendant que Max partait dans la direction opposée.

Dissimulée dans l'ombre, elle regarda les intrus s'agiter maladroitement dans la rue. Un petit gros se débattait avec une caméra. Un homme trop bronzé, vêtu d'un costume, tentait de se donner l'air d'un présentateur crédible. Un type tout maigre, qui portait le coupe-vent publicitaire de la chaîne, essayait d'empêcher les câbles de s'emmêler.

Max regarda Alec. Les flics et les gardes nationaux n'avaient toujours pas réagi, et les quatre ivrognes continuaient de jeter leurs cocktails Molotov.

— Ce serait sympa d'aller jouer ailleurs, les gars, les interpella Alec.

Le plus massif de ses interlocuteurs – un barbu en jean troué et T-shirt marqué MUTANTS GO HOME – fit un pas en avant et hurla à travers la clôture :

— Va te faire foutre, sale monstre !

Il brandit une autre bouteille avec un chiffon enflammé dans le goulot et la lança vers Alec. Mais il était tellement soûl qu'elle manqua sa cible de trois bons mètres. Les flammes orange projetèrent des ombres menaçantes sur le visage séduisant d'Alec.

— Ecoutez, les gars, dit-il, d'un ton raisonnable mais ferme. A force de jouer avec le feu, vous allez finir par vous brûler.

Un des ivrognes alluma des cocktails Molotov pour les trois autres, et ils les lancèrent en même temps. Deux bouteilles s'écrasèrent de chaque côté d'Alec, alors qu'une autre filait au-dessus de sa tête et explosait contre le mur du bâtiment, derrière lui.

Alec tourna la tête vers Max, que ses perceptions aiguisées lui permettaient de repérer même dans le noir.

— Désolé, souffla-t-il. J'ai essayé.

D'un bond formidable, il franchit la clôture haute de trois mètres, atterrit au milieu des ivrognes et leur régla leur compte à coups de pied et de poing avant qu'aucun d'eux ait compris ce qui lui arrivait. Sa dernière victime n'avait même pas touché le sol quand il fut de retour dans l'enceinte de Terminal City.

Max secoua la tête, l'air navré. A la décharge d'Alec, il n'avait tué ni mutilé personne. Ces abrutis s'en tireraient avec quelques dents en moins et deux ou trois côtes cassées.

Malheureusement, ils avaient eu le temps de répandre leur haine d'une façon très littérale. Les flammes s'étaient lancées à l'assaut du bâtiment en bois et menaçaient déjà de l'engloutir.

Des transgéniques munis d'extincteurs et de seaux d'eau – cette eau précieuse qu'ils devaient s'efforcer de rationner – jaillirent de nulle part. Cinq minutes plus tard, ils eurent maîtrisé l'incendie.

Max n'avait rien pu faire pour empêcher le cameraman de filmer l'attaque d'Alec. Mais il s'intéressait à présent au travail d'équipe des transgéniques. La jeune femme se réjouit à l'idée qu'une chaîne de télé diffuse bientôt des images positives à leur sujet. Puis elle remarqua la façon dont les flammes et la fumée distordaient les traits de ses frères et sœurs, les faisant paraître encore plus monstrueux.

Max prit sa décision. Elle se lança vers la clôture, sauta au sommet et se laissa tomber de l'autre côté. Elle atterrit juste devant le cameraman, qui sursauta et faillit lâcher son instrument de travail en voyant la jeune femme remplir soudain son objectif. Max tendit la main pour le retenir, et éjecta la bande vidéo.

— Hé ! lança le petit gros.

— C'est elle ! cria quelqu'un.

Max foudroya du regard le cameraman, qui recula prudemment. Le journaliste aux cheveux gominés fit un pas vers elle. Il empestait l'eau de Cologne.

— C'est pour ça que les gens vous détestent, cracha-t-il.

— Pourquoi ?

— Vous n'avez pas le droit de toucher à la liberté de la presse.

— Tout faux, coco ! C'est pour *ça* que les gens nous détestent, répliqua Max.

Elle le saisit par les revers de sa veste et le souleva de terre aussi aisément que si elle cueillait une fleur. Le journaliste baissa vers elle de grands yeux terrifiés et gémit. Ecœurée, Max le reposa.

— Vous ne ressemblez peut-être pas aux autres transgéniques, dit l'homme en tremblant. Mais vous êtes un monstre aussi.

— C'est vous qui avez fait de nous ce que nous sommes. Je ne vois pas où est la liberté de la presse, quand vous engagez des ivrognes pour nous bombarder de cocktails Molotov.

— Comment osez-vous ? s'indigna le journaliste. M'accuseriez-vous de fabriquer un reportage ? Jamais je ne…

— Economisez votre salive pour le bulletin de six

heures. Vous allez avoir besoin de parler pour raconter tout ce que vous ne pourrez pas montrer. Je confisque votre cassette. Et estimez-vous heureux que je m'en tienne là.

— Vous ne pouvez pas faire ça !

— Trop tard ! c'est déjà fait…

Max vit que le cameraman avait engagé une nouvelle bande pour filmer la fin de la confrontation.

— C'est quoi ton nom, l'ami ?

— Lamy, répondit le petit gros, stupéfait par les pouvoirs de divination de la jeune femme.

— Lamy, dis-moi la vérité. Notre Dan Rather du nouveau millénaire a-t-il payé ces ivrognes pour attaquer Terminal City ?

Le cameraman hésita, l'œil collé à son viseur.

— Ça dépend. Vous me laisserez ma cassette ?

— Lamy, je te ferai virer, menaça le journaliste entre ses dents.

— Merci d'avoir dit ça devant la caméra, Ben, fit le petit gros. Le syndicat va t'adorer.

Max sourit.

— Je crois que tu as répondu à ma question, Lamy. Ravie de voir que de nos jours, il existe encore des gens intègres dans les médias.

Elle les salua d'un majeur dressé, franchit la clôture en sens inverse et avança vers le bâtiment qui brûlait encore. D'un geste négligent, elle jeta la cassette dans les flammes. Elle savait que Lamy la filmait, mais elle s'en moquait. La seule chose qui la préoccupait ? Savoir si Clemente considérerait sa brève sortie de Terminal City comme une infraction à leur accord.

Max n'était pas la seule à avoir passé une nuit blanche à Seattle. Dans un autre secteur de la ville, Bobby

Kawasaki n'avait pas trouvé le sommeil. Ses souvenirs se bousculaient dans sa tête, l'empêchant de dormir. Il n'arrêtait pas de penser à sa première rencontre avec la jeune femme, quand elle l'avait libéré...

Le raffut réveilla Kelpy en sursaut. A travers les murs et le plafond, il entendit des cris, des bruits de course et des coups de feu. L'anxiété le submergea, mais dans la boîte en plexiglas posée au milieu de sa cellule, il n'y avait aucune surface colorée à laquelle se fondre.

Il se contenta donc de sautiller nerveusement sur place. Depuis quelque temps, les docteurs l'obligeaient à porter une camisole de force par-dessus ses vêtements, pour qu'il ne les arrache pas et n'utilise pas son pouvoir les rares fois où ils le sortaient de sa prison.

La tête de Joshua – le seul qui jouissait d'une certaine liberté – apparut derrière la petite vitre de la porte de sa cellule.

— Tout va bien se passer, Kelpy, dit-il sur un ton apaisant. Max arrive. On va se tirer d'ici.

Avant que Kelpy puisse répondre ou demander qui était Max, Joshua était passé à la cellule suivante.

Dans les étages, la mitraillade continuait. Kelpy savait qu'il était inutile de chercher un moyen de s'échapper. Même s'il n'avait pas eu les bras immobilisés, sa boîte en plexiglas était fermée par un système de verrouillage qu'il avait déjà examiné sous toutes les coutures sans arriver à comprendre son fonctionnement. Un système aussi impénétrable que le mystère de la vie.

Quand il entendit la porte du sous-sol sauter, il se laissa tomber sur le plancher et attendit la mort avec ce qui ressemblait presque à de l'impatience.

Une odeur de fumée lui chatouilla les narines. Comprenant que le bâtiment était en feu, Kelpy pria pour qu'un garde entre dans sa cellule et l'abatte. Ce serait plus rapide et plus miséricordieux que de périr dans les flammes… Ou de survivre.

Les cris de terreur de ses compagnons d'infortune lui déchiraient le crâne, comme une armée de démons menaçant de déchiqueter son âme. Il se recroquevilla en position fœtale pour se faire le plus petit possible, et rentra la tête dans les épaules pour protéger ses oreilles… Mais les cris continuèrent, et la douleur devint bientôt insupportable.

Kelpy avait commencé à donner des coups de tête sur le sol en plastique de sa cage quand la porte de sa cellule s'ouvrit lentement. Il se redressa, le regard fixé sur le battant métallique. Mais personne n'entra, et les cris se firent plus forts.

La porte était à peine entrebâillée d'une vingtaine de centimètres quand son verrou magnétique avait sauté. A travers la fente, Kelpy sentit un mouvement. Il espéra que quelqu'un viendrait bientôt pour le tuer ou le libérer.

Beaucoup de gens couraient dans le couloir. Kelpy comprit que les autres transgéniques s'étaient évadés alors qu'il restait cloîtré dans sa cage en plexiglas. Soudain, il s'aperçut qu'il ne voulait pas mourir.

Il se releva en appelant au secours. Mais il avait une toute petite voix, du genre qu'on ne remarque jamais et qui n'attire pas l'attention. Le type qu'on ne pouvait pas entendre par-dessus un tel vacarme. Kelpy eut beau s'époumoner, il savait que personne ne lui viendrait en aide. Ses compagnons étaient trop occupés à sauver leur peau pour se soucier de lui.

Des larmes roulèrent sur ses joues, et il se résigna à mourir brûlé vif dans un four en plastique.

Alors, *elle* entra dans sa cellule.

Frappé de stupeur, Kelpy la contempla, bouche bée. Elle était magnifique avec ses longs cheveux noirs, ses yeux sombres et lumineux, ses lèvres rouges gonflées et sa peau couleur caramel.

— Ne t'inquiète pas, lui dit-elle. On ne t'a pas oublié.

En silence, il la regarda arracher un des pieds métalliques de la couchette adossée au mur.

— Recule, ordonna-t-elle en s'approchant de sa cage.

Kelpy se cala contre la paroi du fond. Brandissant son arme improvisée, elle l'abattit sur la serrure métallique. Le plastique qui l'entourait sembla se volatiliser.

La porte s'ouvrit. Elle glissa un bras dans la boîte pour soutenir Kelpy, dont les jambes flageolaient, et l'aida à sauter sur le plancher de la cellule. Puis elle le força à se retourner. Il entendit un bruit de déchirure quand elle arracha la camisole de force, comme s'il était un cadeau et qu'elle le déballait.

Pour la première fois depuis des jours, Kelpy retrouva l'usage de ses bras.

— A droite au fond du couloir, lui dit-elle calmement. Suis les autres, et nous sortirons tous d'ici.

Kelpy hocha la tête, rendu muet par sa beauté et par son autorité tranquille.

— Tu peux parler ?

— Oui, croassa-t-il.

— Tant mieux. Comme ça, tu vas pouvoir nous aider. Dis aux autres de ne pas s'arrêter, quoi qu'il arrive. Pigé ?

Il approuva. Alors, elle lui sourit, et pour la première fois de son étrange existence, Kelpy tomba amoureux.

Avant qu'il puisse dire autre chose, elle tourna les talons et se lança de nouveau dans le couloir pour délivrer les autres prisonniers.

Kelpy se débarrassa de sa camisole de force. Son cœur battait à tout rompre. Parce qu'il était très excité, il commença à prendre la couleur grise des murs de sa cellule : la même que celle de son uniforme de prisonnier. Si quelqu'un était entré à ce moment-là, il ne l'aurait même pas vu. Dehors, en revanche…

Kelpy enleva son uniforme. Nu comme un ver, il se glissa dans le couloir et rasa les murs, à la limite du flot de transgéniques qui remontait du sous-sol. Pendant que les autres pensaient uniquement à fuir, il se mit en quête de la déesse aux cheveux noirs. Bien sûr, il continuait à avancer vers la sortie, mais il prenait le temps de regarder dans chaque cellule.

Quand il la trouva enfin, en train d'aider un transgénique, il lui emboîta le pas. Elle ne s'aperçut pas de sa présence, mais il était assez près d'elle pour sentir l'odeur de sa transpiration, cette senteur enivrante qu'aucun parfum ne pourrait jamais égaler.

Alors que l'évacuation touchait à sa fin et que le feu se rapprochait dangereusement, Joshua hurla :

— Max, dépêche-toi ! Il faut filer !

Ainsi, Max était le nom de la déesse. Kelpy le prononça plusieurs fois à voix basse, savourant son goût sur sa langue.

Devant lui, la jeune femme traîna pratiquement les deux derniers transgéniques dehors. Puis elle fit demi-tour et se lança vers la salle de contrôle. Kelpy la suivit, tel un protecteur invisible.

Le garde qui était derrière la porte reçut un coup de pied dans la figure et s'écroula. Stupéfait par les prouesses physiques de Max, Kelpy se tapit dans un coin de la pièce pendant qu'elle approchait en silence d'une femme blonde en blouse blanche. Assise face à tout un mur de moniteurs, elle lui tournait le dos.

— Où est 452 ? cria-t-elle dans un micro. Je ne partirai pas sans elle !

Max l'empoigna par les cheveux.

— Ça tombe bien, parce que moi non plus, je ne partirai pas sans toi, Rayon de Soleil.

Elle lui tordit le bras dans le dos et l'entraîna dans le couloir. Autour d'elles, le feu consumait les installations de Manticore, mais Max ne semblait pas s'en soucier. Elle avait autre chose en tête. Elle poussa sa prisonnière dans une sorte de laboratoire.

— Où est l'antigène ?

— Je n'en sais rien ! cria la blonde. Nous devons sortir d'ici tout de suite, 452 !

Max la poussa violemment contre la porte en acier.

— Je m'appelle Max, grogna-t-elle. Alors, où est-il ?

Plaqué contre un mur, Kelpy observait les fioles pleines de liquide multicolore qui s'alignaient sur les étagères. La blonde en prit une, que Max lui arracha des mains.

A cet instant, un garde en uniforme noir entra dans la pièce et braqua son M-16 vers la déesse. Kelpy fit un pas vers lui, mais trop tard.

Le garde tira. A sa grande surprise, la blonde écarta Max d'une bourrade et encaissa les deux balles qui lui étaient destinées.

Max se releva d'un bond. D'un coup de pied, elle projeta vers le garde un chariot chargé de bouteilles. L'homme lâcha son arme et referma ses mains sur le bord du chariot, les yeux écarquillés comme s'il ne parvenait pas à croire qu'il venait d'abattre sa supérieure.

— Si tu ne dis rien, je ne dirai rien non plus ! lança Max.

Le garde battit en retraite. Kelpy regarda Max se pencher vers la blonde. Elle saignait abondamment mais n'était pas encore morte.

— Ce virus que vous m'avez injecté... Comment m'en débarrasser ?

— Tu ne… peux pas…

— Vous venez de prendre deux balles à ma place. Vous pouvez m'expliquer pourquoi ?

Une main se leva pour caresser le visage de Max.

— Parce que c'est toi… C'est toi que nous cherchions.

La jeune femme fixa la moribonde sans comprendre.

— Sandeman, chuchota la blonde d'une voix de plus en plus faible. Trouve… Sandeman.

Puis sa main retomba et elle mourut.

Max ne perdit pas de temps. Elle se releva, sortit du bâtiment en flammes, sauta par-dessus les clôtures de Manticore et s'arrêta une fois parvenue au sommet d'une colline d'où elle put contempler les ravages qu'elle venait de faire. Un sourire satisfait releva les coins de sa bouche.

Puis elle se lança dans les bois.

Kelpy eut beaucoup de mal à ne pas la perdre dans la végétation. Quand elle s'engouffra dans une camionnette avec d'autres transgéniques, il prit appui sur le pare-chocs et sauta à l'arrière.

Le véhicule les déposa à Seattle. Kelpy continua à suivre la déesse jusqu'à ce qu'il découvre qu'elle travaillait pour une société de messagerie à vélo nommée Jam Pony. Comme c'était le seul moyen pour lui de rester près d'elle, il s'y fit engager sous le nom de Bobby Kawasaki – un patronyme inspiré par la moto de Max.

Des mois étaient passés sans que Bobby ait trouvé le courage de parler à Max. Et encore moins de lui révéler ses sentiments. Quant à sa déesse, elle ne l'avait même pas reconnu.

Un jour, début mars, ils s'étaient bousculés alors que Max sortait des toilettes et que Bobby y entrait. Elle lui avait saisi le bras pour l'empêcher de tomber en s'exclamant :

— Fais gaffe, mon pote !

Puis elle avait froncé les sourcils.

— On se connaît, non ?

— Evidemment ! avait lancé Normal. C'est Bobby, il bosse ici depuis six mois. Vous faites tous les deux partie de la grande famille de Jam Pony. Maintenant, dépêche-toi de porter ce paquet dans le Secteur Neuf. Bip, bip, bip.

— Il me semblait l'avoir déjà vu ailleurs, avait murmuré Max.

Puis elle s'était détournée et avait emboîté le pas à Normal.

Tout excité, mais aussi très perturbé, Bobby s'était « fondu » avec le mur des vestiaires et n'avait pas osé en sortir jusqu'à ce que tous les autres soient partis.

Le meilleur et le pire jour de sa vie. Max l'avait vu. Elle l'avait remarqué. Mais comme d'habitude, il ne lui avait fait aucune impression.

Cet incident avait été le catalyseur : l'événement qui avait décidé Bobby à faire le nécessaire pour atteindre son inaccessible rêve. Il voulait que Max l'aime, et maintenant plus que jamais, il désirait être un humain ordinaire. Comme Logan Cale, dont la déesse semblait si proche.

A cette époque, Bobby prenait déjà du tryptophane qu'il achetait pour une somme dérisoire à une infirmière appelée Betty. Un jour, il lui avait demandé pourquoi elle fournissait des gens comme lui.

— Parce que tu en as besoin. Ces pilules ne me coûtent rien, et même au prix où je les vends, je me fais assez de fric pour arrondir mes fins de mois. On y gagne tous les deux.

Bobby l'avait remerciée, sans comprendre où elle se procurait le tryptophane. Si elle le volait au dispensaire de l'hôpital où elle travaillait, elle risquait d'être renvoyée, et si elle ne le volait pas, d'où venait-il ?

Il avait eu la réponse à sa question en février, quand Betty n'était pas venue à leur dernier rendez-vous et qu'il n'avait pas pu la joindre chez elle. Craignant qu'elle ne se fasse repérer tôt ou tard, il avait déjà pris contact avec un autre dealer. Mais il n'avait pas eu le temps de l'appeler le premier.

— Bobby ? avait demandé une voix masculine.

— Oui. Qui est à l'appareil ?

— Je suis l'ami d'une de tes amies.

— Vous devez vous tromper, avait dit Bobby, qui n'avait aucun ami.

— Je parle de Betty l'infirmière.

Craignant d'avoir affaire à un flic, Bobby avait failli lui raccrocher au nez.

— Et alors ?

— Je sais que tu as un problème. Betty m'a dit que s'il lui arrivait quelque chose, tu aurais besoin d'un nouveau fournisseur.

— Il faut que je raccroche…

— Attends ! J'ai repris la clientèle de Betty, et je peux te faire le même prix qu'elle.

Silence.

— Je suis prêt à te filer les cent premières pilules gratos, avait insisté l'homme. En gage de bonne foi.

Bobby avait accepté de le rencontrer. Puis il ne l'avait plus jamais revu. Ils étaient convenus d'un point de livraison. Le dealer y déposait les pilules. Quelques heures plus tard, Bobby passait les chercher en laissant à la place une enveloppe pleine de billets.

Son objectif était très clair, mais à présent, il lui fallait un plan. La première fois, il avait fait ses « courses » par accident. Il rentrait chez lui après une soirée très arrosée dans un bar. Le mélange alcool et drogue lui était monté à la tête et il n'arrivait même plus à marcher en ligne droite.

Dans l'avenue, un type lui avait emboîté le pas. Et quand Bobby avait tourné dans une ruelle particulièrement sombre, il lui avait sauté dessus par-derrière en brandissant un couteau.

Malgré son état, Bobby l'avait entendu venir. Trop mal en point pour se fondre aux façades crasseuses, il s'était tourné au dernier moment, avait cassé la main de son agresseur et lui avait pris son couteau. D'un coup de poing, il l'avait envoyé s'étaler sur le bitume. Puis il lui avait plongé sa propre arme dans la carotide.

Alors, il avait eu une illumination. Une idée si géniale et si évidente qu'il s'était demandé pourquoi il n'y avait pas pensé plus tôt. Même si l'inconnu était plus petit que lui, ça ne coûtait rien d'essayer. Il avait même eu la bonté de lui fournir un instrument de travail !

Avec le recul, Bobby savait qu'il avait été maladroit. Le temps qu'il ait terminé, sa matière première était endommagée au point d'en devenir inutilisable. Il avait déposé le corps dans un entrepôt abandonné, et comme ni la télé ni la radio n'avaient signalé sa découverte les jours suivants, il en avait déduit que ses emplettes étaient passées inaperçues.

La machine était lancée.

Bobby avait commencé par arrêter de boire. Pour que son plan fonctionne, il lui fallait être au meilleur de ses capacités physiques et mentales. Maintenant, il devrait cibler des hommes plus grands que lui. Quand on fait une taille M, on ne porte pas de T-shirt taille S, pas vrai ? Eh bien, c'était le même principe.

Alors qu'il se demandait où il allait trouver ses prochaines victimes, Bobby se souvint que les gardes de Manticore étaient tous plus balèzes que lui. C'était pour ça qu'ils avaient pu le tourmenter aussi facilement. Il décida de s'attaquer à des hommes en uniforme. Après tout ce que leurs semblables lui avaient fait, ils avaient une dette envers lui.

Et il entendait bien se faire rembourser.

CHAPITRE VII

RETOUR À L'ÉCOLE

Terminal City, 07 h 15
Mardi 11 mai 2021

Vide de tout véhicule, le niveau inférieur du parking où avait commencé le siège était en revanche bondé de transgéniques. A part une poignée de rebelles qui montaient la garde à la surface, toute la population hétéroclite de Terminal City était rassemblée là à la demande de Max.

Dehors, le soleil se levait, mais le parking restait glacé et plongé dans le noir. Il faisait rarement beau en mai, à Seattle. Le froid n'avait aucun effet sur les transgéniques. En revanche, de l'autre côté de la clôture, les flics devaient se pelotonner dans leurs bagnoles en buvant du café brûlant et en engloutissant des quantités monstrueuses de beignets.

Les conversations s'arrêtèrent quand Max se fraya un chemin vers le milieu de la foule, Joshua, Alec, Taupe, Dix et Luke dans son sillage. Avec ses vêtements noirs moulants, Max se distinguait de ses compagnons d'infortune. La plupart étaient arrivés sans aucuns bagages. Vivre dans des conditions d'hygiène plus que douteuses n'avait pas amélioré leur apparence.

Ils ressemblaient peut-être à des épouvantails, mais ils n'avaient rien perdu de leur discipline militaire, et Max les trouvait merveilleux. Peu à peu, ils oubliaient leurs rivalités et leurs préjugés pour former une communauté soudée. Ils avaient mis de côté leurs différences pour le bien général, des séries X – qui avaient un visage humain presque trop beau, comme Max et Alec – aux Transhumains comme Dix (un Nomlie), Taupe (un modèle DAC de seconde génération) et Luke (un Hybride).

Ils ne voulaient pas passer leur vie dans une décharge toxique, ni fuir la civilisation, mais à court terme, leur petit « village » apparaissait comme une alternative valable.

Max sauta sur une caisse pour que tout le monde puisse la voir.

— Je suis fière de vous. Nous avons prouvé que nous pouvons vivre et travailler ensemble, et c'est une source d'espoir pour l'avenir. Si nous avons réussi à nous entendre, conquérir le cœur des humains ordinaires devrait être facile !

Des grimaces bon enfant s'affichèrent sur le visage difforme de ses auditeurs.

— Mais la bataille sera rude, continua Max. D'abord, bien que nous ayons encore l'eau courante, ils ne vont pas tarder à nous la couper. Nous pouvons faire entrer des bouteilles en douce, mais ça ne suffira pas à satisfaire les besoins d'une communauté de cette taille. Quelqu'un a une idée ?

Luke fit un pas en avant.

— Quand nous nous sommes installés ici, nous avons fabriqué notre propre générateur. Nous sommes suffisamment près du lac Washington pour pouvoir construire un système d'alimentation en eau.

— Parfait, dit Max. Combien de temps ça prendrait ?

Luke se rembrunit.

— Nous avons déjà dessiné des plans, mais la phase pratique risque de durer plusieurs semaines.

— Y a-t-il parmi vous des X2 et des X3 qui ont des connaissances en ingénierie ? demanda Max.

Une dizaine de mains se levèrent.

— Vous voulez aider Luke à résoudre notre problème d'eau ?

— Et les flics ? Et les soldats ? lança une voix coléreuse.

Comme si elle avait ouvert une vanne, d'autres cris retentirent aux quatre coins du parking.

— On devrait attaquer !

— Non, il faut attendre qu'ils viennent et les massacrer !

Max laissa ses camarades se défouler un moment, puis elle leva les mains pour réclamer le silence.

— Si nous nous battons avec eux, dit-elle, nous ne parviendrons jamais à nous faire accepter par les humains ordinaires.

— Qui s'en soucie ? répliqua un transgénique.

— Vous. Ou au moins, vous devriez. Ils nous prennent pour des animaux, des monstres dressés pour tuer. C'est pour ça qu'ils veulent nous éliminer : ils croient que nous voulons leur peau. Allons-nous leur donner raison ? N'avez-vous pas de rêves ? Suis-je la seule à désirer une vie normale ? Notre avenir dépend de nous. Si nous voulons faire partie de cette société…

— Et pourquoi voudrions-nous ça ? cria une voix.

— Parce que c'est la seule solution. Nous sommes des soldats, et des gens très spéciaux. Mais trop peu nombreux pour former un Etat indépendant. Que ça vous plaise ou non, nous faisons partie de ce pays. Un pays qui a toujours affirmé être une terre d'asile pour les minorités opprimées.

Les transgéniques se rembrunirent. Même si ça ne leur plaisait pas, ils voyaient bien que Max avait raison.

— Vous ne voulez pas faire partie de cette société parce que ses membres nous détestent. Or, ils nous haïssent parce qu'ils ont peur de nous. Et s'ils ont peur, c'est parce qu'ils ne nous connaissent pas. C'est à nous de leur faire comprendre qui nous sommes. Des gens comme eux, avec des espoirs et des rêves. Avec un cœur aussi humain que le leur.

Max tourna lentement sur elle-même, pour que tous puissent voir sa sincérité et sa conviction.

— Le seul moyen d'empêcher les humains ordinaires de nous détester et de vouloir notre disparition, c'est de leur démontrer qu'ils se trompent à notre sujet. Que nous ne sommes pas des monstres assoiffés de sang.

Un silence dubitatif s'abattit sur la foule.

— Sommes-nous des monstres assoiffés de sang ? insista Max.

— Non, répondirent quelques voix – sans conviction.

Les yeux de la jeune femme lancèrent des éclairs.

— Sommes-nous des monstres assoiffés de sang ? répéta-t-elle en haussant la voix.

Cette fois, la moitié de la foule cria :

— Non !

Max leva ses deux poings.

— Sommes-nous des monstres assoiffés de sang ?

— Non ! hurlèrent tous les transgéniques en même temps, leurs voix n'en faisant plus qu'une.

Max soupira de soulagement. De nouveau, elle était parvenue à leur faire entendre raison. Elle baissa les bras et reprit :

— A présent, nous avons un certain nombre de problèmes à résoudre.

Tous la regardèrent attentivement.

— Pour empêcher la police et la Garde Nationale de nous attaquer, j'ai dû promettre à un de leurs représentants qu'aucun de nous ne quitterait Terminal City jusqu'à la fin des négociations.

Elle vit plusieurs de ses camarades se regarder et devina ce qu'ils pensaient. De citoyens d'une nation, étaient-ils devenus de simples prisonniers ? En réalité, beaucoup n'avaient nulle part où aller au-delà de la clôture de Terminal City. Quelques-uns semblaient prêts à prendre leurs jambes à leur cou, mais s'ils étaient vraiment unis, les autres les convaincraient de rester.

— Par ailleurs, dit Max, ils affirment qu'un transgénique du dehors tue des humains ordinaires.

— Et alors ? lança un X3 assis au premier rang.

Max lui jeta un regard qui le fit taire.

— Certains ont dû entendre parler d'un meurtrier qui écorche ses victimes. C'est le genre de crime que les antitransgéniques voudraient nous imputer.

— Tu nous demandes de livrer un des nôtres ? demanda un X5.

— Si c'est un tueur, oui. Pour notre propre sécurité. Pour être une nation, nous devons respecter des règles. Obéir à des lois.

— Lesquelles ? demanda Taupe. Les leurs, ou les nôtres ?

— Je ne sais pas… C'est une décision que nous devrons prendre tous ensemble. Ne nous précipitons pas, mes amis. Nous apprenons à marcher. Faites attention à ne pas courir. Pour l'instant, si l'un de vous sait quelque chose sur cette affaire, j'aimerais qu'il vienne m'en parler – en privé, au besoin. Surtout s'il y a dehors un transgénique assez perturbé pour commettre ce genre d'horreur.

De nouveau, Max balaya l'assemblée du regard.

— Souvenez-vous : la dernière chose dont nous avons

besoin, c'est que les humains ordinaires réussissent à prouver que nous sommes bien les démons pour lesquels ils nous prennent. Je vous remercie de votre courage et de votre patience. Nous faisons tous de notre mieux pour que cette crise ait un dénouement pacifique.

Les transgéniques se dispersèrent lentement, parlant à voix basse comme de véritables citoyens concernés par les problèmes de leur communauté. L'ouïe exercée de Max ne capta aucune récrimination. Malgré sa légitime fierté, elle n'osa pas se réjouir trop vite. Le moral de ses troupes était encore instable, et Terminal City pouvait se transformer en poudrière d'un instant à l'autre.

Accompagnée par ses lieutenants, elle reprit le chemin du centre de communications. Soudain, son portable sonna.

— Ici Max.

— Ils écoutent toujours, la prévint une voix métallique.

Clemente.

— J'espérais que vous appelleriez.

— Moi, j'espérais que nous avions conclu un accord.

— C'est bien le cas.

— Ne me mentez pas. J'ai vu la cassette vidéo. Vous savez de laquelle je parle.

— En effet.

— Elle prouve que vous n'avez pas respecté votre parole.

— Techniquement, peut-être. Mais nous nous sommes contentés de défendre nos frontières. Nous n'avions pas le choix.

— Vous avez terrorisé des journalistes ! Est-ce ainsi que vous comptez remporter la guerre médiatique ?

— Non.

— Une bonne chose. Parce que si vous continuez à vous foutre de ma confiance, je devrai vous la retirer.

L'interlocuteur de Max raccrocha.

La jeune femme s'installa face à un écran pour regarder les derniers reportages sur le siège de Terminal City. Pendant ce temps, Joshua prit Alec par le bras et l'entraîna dans le couloir.

— Doucement, dit le X5, que la poigne de l'homme-chien étonnait toujours. Tu me fais mal !

Il dégagea sa main et la secoua.

— Mon vieux, tu ne connais pas ta force.

— Désolé, s'excusa Joshua en baissant le museau, l'air contrit. Mais c'est important.

— Quoi donc ? demanda Alec.

Joshua se dandina, mal à l'aise.

— Je crois que je sais quelque chose.

— Je n'en doute pas.

— Je veux dire : quelque chose qui pourrait aider Max.

— Ah… Ben, tant mieux. (Alec ne voyait toujours pas de quoi voulait parler Joshua, mais il était habitué à son esprit tortueux.) Tu devrais aider Max si tu peux.

— Justement, je ne peux pas.

— D'accord… Tu peux aider Max… mais tu ne peux pas.

L'homme-chien fit la grimace.

— C'est exactement ça ! lança-t-il. Tu as tout compris ! Je savais que je pouvais compter sur toi. Alors, qu'est-ce que Joshua doit faire ?

— Ouah, du calme ! (Alec se passa une main dans les cheveux et secoua la tête.) Commence par m'expliquer comment tu peux aider Max.

— Je connais quelqu'un.

— Oui, et… ?

— C'est un transgénique qui se fait passer pour un humain. Il sait peut-être qui est le meurtrier.

— Ah bon ? Qu'est-ce qui te fait croire ça ? demanda Alec, intrigué.

Joshua baissa les yeux.

— Ils étaient ensemble à Manticore.

— Ils ? répéta Alec.

— Le type en question et Kelpy.

— Kelpy ? C'est un nom, ça ?

— C'est le sien. Mais les gardes le surnommaient le Caméléon. Ça pourrait être lui.

— Lui qui quoi ?

— Lui qui écorche des gens.

— Il vit dehors ?

— Oui. Max l'a libéré en même temps que moi et beaucoup d'autres.

— Où dehors ?

— Moi, je ne sais pas. Mais le type dont je te parlais est peut-être au courant.

— C'est une bonne nouvelle, dit Alec. Max sera ravie.

Il fit mine de regagner le centre de communications.

— Il ne faut pas lui dire ! s'écria Joshua.

— Pourquoi ? demanda Alec.

— Parce qu'elle risque de tout raconter à l'inspecteur !

— Tu as peur que ça bousille la couverture de ton contact, c'est ça ?

— Bousiller la couverture ?

— Que les gens apprennent que c'est un transgénique.

— Voilà, c'est ça.

— Joshua, tu connais Max. Elle ne fera rien qui puisse compromettre ton ami.

Joshua secoua la tête.

— Je ne peux pas. J'ai promis.

— D'accord. Dans ce cas… On pourrait aller parler à ce type, toi et moi.

— C'est impossible !

— Fais-moi confiance : on trouvera un moyen de sortir sans être vus. Et on sera de retour avant qu'on s'aperçoive de notre absence.

Joshua fit de vigoureux signes de dénégation.

— Non. On a promis à Max.

— L'interdiction de sortir de Terminal City ne nous concerne pas, mentit Alec. Nous faisons partie du cercle intérieur.

— Le cercle intérieur ?

— Oui. Nous sommes les lieutenants de Max. Puisque tu ne veux rien lui dire, c'est à nous de tirer cette affaire au clair. Si nous réussissons à résoudre cette affaire, nous deviendrons des héros.

Le visage de Joshua s'éclaira.

— Des héros ?

— Oui. Et Max ne saura plus quoi faire pour nous remercier, et nous pourrons tous partir de Terminal City. Tout ce qu'il nous faut, c'est un moyen de filer discrètement.

— Un tunnel ? proposa Joshua.

Alec secoua la tête.

— On n'a pas le temps d'en creuser un, mon frère.

— Il y en a déjà un, dit Joshua, les yeux brillants. (De nouveau, il le prit par le bras.) Viens !

Une demi-heure plus tard, le X5 et l'homme-chien débouchèrent dans la rue, au pied du second bâtiment de Medtronics. Joshua portait un casque de moto rouge qui lui cachait le visage et ils avaient tous les deux mis des blousons passe-partout. Occupés à surveiller Terminal City, les flics ne leur prêtèrent pas la moindre attention alors qu'ils s'éloignaient sous le ciel gris de Seattle.

— Où habite ton ami ? demanda Alec.

— Loin.

— Evidemment. Il ne faudrait pas que ça soit trop facile, pas vrai ?

Joshua fronça les sourcils.

— Pourquoi ?

— Je plaisantais, mon frère. Il va nous falloir un moyen de transport.

Alec aurait bien voulu récupérer sa moto, mais les flics l'avaient confisquée après que Normal leur eut révélé son identité. Même s'il n'était plus l'ennemi des transgéniques, le gérant de Jam Pony n'était pas du genre à faire obstruction à la loi.

Alec envisagea d'appeler Logan Cale pour lui demander de leur servir de taxi. Mais il n'était pas dans son nouvel appartement quand Joshua et lui étaient sortis du tunnel, et Alec n'avait pas son numéro de portable. Sans compter que Logan aurait sûrement appelé Max pour l'informer que deux de ses copains avaient transgressé l'interdiction de sortir de Terminal City.

Donc, ils devraient voler une voiture. Ce n'était pas un problème pour Alec : un garçon pragmatique, à la moralité fluctuante en fonction des circonstances. Le siège de Terminal City mobilisait une bonne partie des forces de police de Seattle, mais les flics restés dans les rues seraient probablement plus chatouilleux de la détente que d'habitude. Ils devraient être prudents.

Trois blocs plus loin, Alec découvrit ce qu'il cherchait : une Catbird grise garée au bord du trottoir. La couleur était assez banale et il pourrait facilement échanger sa plaque avec celle de l'Oldsmobile verte stationnée un peu plus loin.

Cinq minutes plus tard, Joshua et lui roulaient dans les rues de Seattle à bord de leur nouveau carrosse.

— Tu ne m'as toujours pas dit où habite ton ami.

— A Queen Anne.

Alec compta mentalement les postes de garde qu'ils

devraient franchir. En plein jour, ça ne serait pas de la tarte.

— Ton ami travaille ?

— Ouais, il a un super-boulot.

— Ah bon ?

— Il est concierge, dit Joshua, visiblement envieux.

Quand il aurait du temps à perdre, Alec se jura d'expliquer à l'homme-chien la différence entre un boulot de merde et un super-boulot.

— Il bosse dans la journée ?

— Bien sûr.

— Dans ce cas, il ne sera pas chez lui.

— Oh ! C'est vrai.

— Sais-tu où il travaille ? demanda Alec en s'efforçant de garder son calme.

— A l'école.

— Quelle école ?

— Euh… (Joshua réfléchit.) Elle a un nom de moto.

— L'école primaire Ichiro Suzuki ?

— C'est ça.

Alec s'autorisa un sourire. Ainsi baptisée en l'honneur du légendaire joueur de base-ball japonais immigré aux Etats-Unis, l'école primaire Ichiro Suzuki était un des rares établissements publics restés ouverts après l'Impulsion. Que l'ami de Joshua y travaille tombait bien, car ça leur faisait un seul poste de garde à franchir dans une voiture volée, au lieu de cinq pour rejoindre Queen Anne.

Alec écrasa l'accélérateur.

Il n'y avait pas grand monde devant le poste de garde. Les transgéniques attendaient depuis deux minutes à peine quand un jeune flic athlétique leur fit signe d'avancer en souriant.

— Bonjour, les salua-t-il.

— Bonjour. Messagers de Jam Pony, dit Alec en lui tendant sa carte.

Il espérait que le type se contenterait de la regarder très vite.

S'il vérifiait sur son ordinateur, Joshua et lui auraient beaucoup de mal à s'en tirer sans faire de dégâts.

Le sourire du flic s'évanouit.

— Je croyais que vous vous déplaciez à vélo.

— D'habitude, oui. Mais depuis la prise d'otages, le patron nous oblige à bosser par deux, et en bagnole. Il dit que c'est plus sûr.

— C'est logique. On n'est jamais trop prudents avec ces monstres dans les parages.

— C'est sûr, dit Alec.

Le flic se pencha par sa vitre ouverte et aperçut Joshua sur le siège du passager.

— Pourquoi il porte un casque de moto ?

— Parce qu'il a peur de se faire frapper à la tête. La semaine dernière, il s'est fait agresser, et un type lui a tapé dessus avec une brique.

— Je comprends. Avec votre boulot, vous devez passer dans des quartiers craignos… Je ne vous retiens pas plus longtemps.

— Merci.

Alec lui fit un petit signe de la main et s'éloigna lentement.

L'école primaire Ichiro Suzuki était un long bâtiment de brique entouré d'une pelouse très bien entretenue. Alec trouva qu'elle ressemblait à une carte postale, une vision d'un passé qu'il avait seulement contemplé en photos et sur vidéo.

— Tu sais où il est exactement ?

— Je ne suis jamais allé à l'école, dit Joshua alors qu'ils sortaient de la voiture.

— Peu importe. Ça ne doit pas être si grand. Comment s'appelle-t-il ? demanda Alec.

— Hampton. Mais il vaudrait peut-être mieux que Joshua y aille seul.

Une fois de plus, Alec se sentit largué.

— Pourquoi ?

— Parce que tu risques de lui faire peur.

Le jeune homme fixa l'homme-chien à travers la visière de son casque.

— Tu plaisantes ?

— Hampton se fait passer pour un humain. S'il voit un X5, il pourrait paniquer et… bousiller sa couverture.

— Mais s'il te voit toi, il va rester très calme, railla Alec.

— Hampton me connaît.

— Je parie que tu n'es jamais venu à son boulot avant.

— C'est vrai. Tu crois que je devrais garder mon casque ?

— Absolument. Et aussi me laisser t'accompagner.

Pour couper court à ses protestations, Alec prit Joshua par le bras et l'entraîna vers la porte de l'école, qui était grande ouverte. De l'autre côté, un grand couloir partait dans les deux directions.

Ça allait être plus compliqué que prévu.

— Tu veux qu'on se sépare ? proposa Joshua.

Alec savait reconnaître une mauvaise idée quand il en entendait une.

— Non, mieux vaut rester ensemble, dit-il.

Il n'osait imaginer les ennuis que l'homme-chien pourrait s'attirer s'il était livré à lui-même.

— Alors, on va de quel côté ?

Alec montra une porte marquée BUREAU.

— Je vais demander si quelqu'un sait où est ton pote. Attends-moi ici.

Joshua se plaqua contre le mur, tentant de passer inaperçu malgré son mètre quatre-vingt-quinze et son casque de moto.

Alec entra dans une longue pièce étroite divisée en deux par un comptoir. A gauche, des chaises s'alignaient contre le mur. A droite se dressait une porte avec le mot PROVISEUR peint en noir sur la moitié supérieure vitrée.

Au-delà du comptoir, une énorme femme vêtue d'une robe à fleurs était assise derrière un petit bureau. Ses cheveux gris étaient attachés en un chignon désuet au sommet de son crâne.

— Puis-je vous aider ? couina-t-elle d'une voix aiguë qui contrastait avec sa corpulence.

— Service de messagerie Jam Pony. Je cherche M. Hampton. Je crois qu'il est concierge ici.

La femme hocha la tête, provoquant une collision entre ses multiples mentons. Elle se leva avec difficulté et s'approcha du comptoir en tanguant.

— Je ne vois pas de paquet.

— C'est mon partenaire qui l'a. Il m'attend dans le couloir.

— Les employés n'ont pas le droit de recevoir du courrier à l'école.

— Je fais juste mon boulot, madame. Si vous voulez bien me dire où il est…

— Il va falloir que vous signiez, et que vous repassiez ici avant de partir. (Elle lui tendit un bloc-notes et un stylo.) Et je serai obligée d'informer M. Koopman.

— Pas de problème.

Dans la colonne NOM, Alec écrivit : « Reagan Ronald ». Dans la colonne RAISON DE LA VISITE, il marqua : « Livraison ».

— Pour la conciergerie, vous prenez à gauche au

fond du couloir, et c'est la troisième porte à droite, indiqua la femme.

— Merci de votre aide ! lança Alec sur un ton légèrement sarcastique.

Il sortit de la pièce et fit signe à Joshua de le suivre.

— Et moi qui croyais qu'on avait une vie difficile à Manticore, grogna-t-il entre ses dents.

Par bonheur, tous les élèves étaient en cours. Du coup, aucun regard curieux ne les suivit alors qu'ils longeaient les couloirs.

La porte de la conciergerie était entrouverte. De l'autre côté, Alec aperçut un homme de son gabarit, avec des cheveux noirs et un bouc bien taillé. Un X5. Pas étonnant qu'il réussisse à se faire passer pour un humain. Penché au-dessus d'un évier, il remplissait un seau.

— Salut, Hampton ! lança Joshua.

Le pauvre type sursauta. L'homme-chien entra dans la pièce et enleva son casque.

— Tout va bien, Hampton. C'est moi, Joshua.

— Qu'est-ce que tu fiches ici ? cria le X5, les yeux écarquillés de surprise et de mécontentement.

Alors qu'il contournait son visiteur pour refermer la porte derrière lui, Alec entra à son tour.

— Et qui est ce trou du cul ? s'exclama Hampton, les narines frémissantes.

— C'est Alec. Un ami. Un autre X5, dit Joshua.

— Génial, cracha Hampton. Et pourquoi pas toute une armée de transgéniques, pendant que tu y es ? Tu sais que personne n'est au courant, pour moi. Tu veux tout ficher en l'air ?

— C'est justement pour ça que nous sommes venus, se défendit Joshua. Pour que personne ne sache.

Hampton chercha du regard l'aide d'Alec.

— Nous avons pensé que vous préféreriez parler à

deux de vos semblables, plutôt qu'aux flics ou aux fédéraux, fit le jeune homme.

— Je ne comprends pas de quoi…, commença Hampton, sourcils froncés.

— Calmez-vous. Nous n'allons pas vous créer d'ennuis, promit Alec.

Hampton soupira.

— D'accord, je vous écoute. Mais faites vite.

— Très bien. Avez-vous entendu parler du tueur en série qui écorche ses victimes ?

— A la télé, ouais. Quel rapport avec nous ?

— Ça pourrait être Kelpy, dit Joshua.

Hampton pâlit comme si l'homme-chien venait de lui annoncer la mort de son frère.

— Oh, merde… Vous êtes sûrs ?

— Non, fit Alec. Mais les flics pensent qu'un transgénique est responsable, et Joshua croit que Kelpy est assez… perturbé pour faire ce genre de truc.

— Les deux dernières victimes étaient de la police, ajouta Joshua. Et des hommes en uniforme ont été méchants avec Kelpy, autrefois.

— Je n'en doute pas, affirma Hampton.

— Nous devons le trouver pour lui parler.

— Et vous pensiez que je saurais où il est ? Désolé, les gars, mais je ne l'ai pas vu depuis un moment.

— Combien de temps ?

— Un mois ou deux. Il était vraiment bizarre…

— Comment ça ?

— Il avait une seule obsession : devenir humain.

— Se faire passer pour un humain ? reformula Alec.

— Non : en devenir un.

— Nous sommes humains.

— Pas exactement, et vous le savez bien.

— Ouais… Avez-vous une idée de l'endroit où il pourrait être ?

— Aux dernières nouvelles, il habitait à Queen Anne, dit Hampton.

— Comme vous ?

— Moi, j'ai un appartement sur la Sixième. Celui de Bobby est dans Crockett.

— Bobby ?

— Il se fait appeler Bobby Kawasaki. Nous ne sommes pas nombreux à connaître son vrai nom.

— Bobby Kawasaki ? lança Alec. Vous me faites marcher !

— Non. Pourquoi ? lança Hampton.

— Pour rien, mentit le jeune homme.

Il connaissait ce nom. C'était celui d'un coursier de Jam Pony. Il se souvenait d'avoir entendu Normal l'appeler, mais il eut beau se creuser la tête, il ne parvint pas à se rappeler son visage.

— Vous pouvez nous donner l'adresse de Kelpy ?

Hampton la lui donna.

— Merci, dit Alec en se tournant vers son compagnon. Tu ferais mieux de remettre ton casque, Joshua.

Avant que l'homme-chien puisse suivre son conseil, la porte de la petite pièce s'ouvrit à la volée. Se retournant, Alec se retrouva face à un quinquagénaire maigrichon en costume-cravate. Il avait de courts cheveux gris, et ses yeux marron s'écarquillèrent de frayeur quand ils se posèrent sur Joshua.

— Oh, mon Dieu, couina-t-il.

Il tenta de refermer la porte, mais Joshua le bouscula en courant dehors.

Alec fit volte-face et, sous le regard éberlué de son ami, flanqua un coup de poing dans la figure de Hampton. Le concierge s'écroula. Le type en costard prit le talkie-walkie accroché à sa ceinture et le porta à sa bouche.

— Ici le proviseur Koopman ! Ils sont là ! cria-t-il. Les monstres ! Ils veulent kidnapper les élèves !

Alec lui arracha son talkie-walkie et le jeta contre le mur de brique où il éclata en mille morceaux. Puis Joshua et lui se lancèrent dans le couloir et sortirent en courant.

Quand ils eurent regagné leur voiture et mis une distance suffisante entre l'école et eux, Joshua demanda :

— Pourquoi as-tu frappé Hampton ?

— Pour préserver sa couverture. Les autres croiront qu'il tentait de s'opposer à nous, et il n'aura pas de problème.

— On a merdé, hein ? soupira l'homme-chien.

— Dans les grandes largeurs, reconnut Alec.

Il savait que les chaînes de télé ne tarderaient pas à s'emparer de la nouvelle. Max serait furieuse. Le seul moyen de se racheter était de retrouver Kelpy.

Comme tous les flics du secteur allaient se lancer à leurs trousses, et que cinq postes de garde les séparaient encore de Queen Anne, Alec décida qu'il valait mieux laisser leur véhicule pour en voler un autre. Dans le parking d'une épicerie, il échangea la Catbird grise contre une Ford marron.

Joshua et lui franchirent les postes de garde sans problème et arrivèrent à l'adresse donnée par Hampton. Ils montèrent jusqu'au huitième étage. L'appartement de Kelpy était le septième sur la gauche. Aucune lumière ne filtrait sous la porte, mais Alec jugeait qu'ils avaient pris assez de risques pour aujourd'hui.

Communiquant grâce à des signaux qu'ils avaient appris à Manticore, Joshua et lui élaborèrent un plan. Alec se plaqua contre le mur du côté de la serrure. Toujours coiffé de son casque, Joshua frappa.

— Livreur de pizza ! cria-t-il.

Pas de réponse. L'homme-chien frappa de nouveau, mais sans plus de résultat.

— Laisse-moi faire, ordonna Alec.

Il écarta Joshua et sortit de sa poche des outils de cambrioleur pour crocheter la serrure.

Quelques instants plus tard, les deux amis entrèrent dans un studio aussi silencieux qu'obscur. Alec appuya sur l'interrupteur, mais l'ampoule de quarante watts pendue au plafond leur fournit une chiche clarté.

— Pas vraiment un palais, grogna le jeune homme.

Ils fouillèrent le petit appartement en quête de preuves de la culpabilité ou de l'innocence de Kelpy. Dans la cuisine, Joshua découvrit une grosse bouteille blanche pleine de pilules.

— Du tryptophane, dit-il en la brandissant.

— Prends-la, ordonna Alec.

— C'est du vol !

— J'ai dit : prends-la.

L'homme-chien mit la bouteille dans sa poche.

Dans le placard de la salle de bains, au fond d'un sac de toile, Alec trouva les portefeuilles, les pistolets, les matraques et les badges de deux flics de secteur et d'un agent de la NSA nommé Calvin D. Hankins.

— Pas le jackpot que j'espérais, soupira-t-il.

Joshua le rejoignit et s'immobilisa sur le seuil.

— Kelpy… C'est lui l'écorcheur ? demanda-t-il d'une voix tremblante.

— On dirait. Je suis désolé, mon grand. Il faut apporter tout ça à Max le plus vite possible.

— D'accord. Mais elle ne sera pas contente.

— Elle nous sera reconnaissante d'avoir découvert ce bazar avant les flics ou Ames White. Tu as trouvé autre chose ?

Joshua secoua la tête.

En regagnant la pièce principale, Alec remarqua une autre porte.

— Tu as regardé là-dedans ?

L'homme-chien fit un signe de dénégation. Alec saisit la poignée et la tourna.

Dans la penderie, ils tombèrent sur une horreur à laquelle leur entraînement ne les avait pas préparés : un mannequin de couture vêtu d'une sorte de patchwork incomplet. Les morceaux allaient du brun au blanc selon leur état de fraîcheur.

— Ce fou se fabrique un costume de peau, murmura Alec.

— Pourquoi ? demanda Joshua.

— Il doit penser que ça l'aidera à devenir humain. Les gars de Manticore lui ont vraiment fait frire le cerveau. Attends un peu… C'est quoi, ça ?

Comme il répugnait à toucher le mannequin, Alec le fit légèrement tourner pour mieux voir ce qui avait attiré son attention. A la place du visage, Kelpy avait collé la photo d'un homme aux cheveux blonds coupés court, au nez chaussé de lunettes à monture métallique et à l'expression sérieuse de quelqu'un qui s'est donné pour mission de sauver le monde.

— Pourquoi il a la photo de Logan ? s'étonna Joshua.

— Ce n'est pas bon, marmonna Alec. Pas bon du tout.

Alors qu'il longeait le couloir du huitième étage, Bobby Kawasaki comprit que quelque chose clochait. Il le sentait dans l'air. Arrivé devant la porte de son appartement, il s'immobilisa et vit le rai de lumière qui filtrait sous le battant.

Des intrus !

Son cœur bondit dans sa poitrine. Sans perdre un instant, il se déshabilla, jeta ses vêtements un peu plus loin et se fondit avec le mur.

Trente secondes plus tard, son vieil ami Joshua sortit de chez lui, un casque de moto sur la tête. Il était suivi d'un jeune homme qui ressemblait à un X5 et qui portait le sac de toile en bandoulière.

Bobby les laissa faire trois pas dans la direction opposée avant d'attaquer.

Plongeant une main dans le sac, il en sortit une matraque électrique et frappa le X5 avant qu'il puisse réagir.

Le jeune homme s'écroula.

Joshua grogna et se tourna vers Kelpy. Trop tard. La matraque l'atteignit à la poitrine alors qu'il se jetait en avant. Lui aussi s'écroula.

Kelpy frappa les intrus une deuxième fois et les abandonna dans le couloir, secoués de spasmes et inconscients. Il lâcha une matraque et garda l'autre. Il avait tant de choses à faire, et si peu de temps devant lui ! Si ses voisins avaient entendu le raffut, ils appelleraient sûrement les flics. Il devait récupérer son projet et ficher le camp aussi vite que possible.

Il allait être obligé d'accélérer le mouvement. Mais ça ne l'ennuyait pas : plus vite il aurait terminé, plus tôt il aurait l'existence dont il rêvait.

Avec des gestes prudents, il enleva le costume du mannequin et le rangea dans une sacoche de coursier. Puis il se rhabilla, prit la sacoche et regarda une dernière fois le trou à rats qu'il occupait depuis quelques mois. Son studio ne lui manquerait pas le moins du monde.

Redevenu Bobby Kawasaki, il sortit de l'appartement en oubliant son tryptophane. Dans le couloir, il se pencha pour ramasser son sac de toile, sentit le poids des pistolets et pensa un instant à tuer Joshua et son fouille-merde de copain, qui gisaient toujours impuissants.

Puis il entendit les sirènes et décida que prudence était mère de sûreté. Faisant demi-tour, il gagna l'escalier et disparut… de la façon dont seul Kelpy était capable.

CHAPITRE VIII

PROMESSE D'ALLIANCE

Terminal City, 22 h 59
Mardi 11 mai 2021

— Mais où sont-ils passés, bordel ? s'écria Max en faisant les cent pas.

Dix secoua sa tête bosselée.

— Je ne les ai pas vus depuis la réunion de ce matin… Et je ne les trouve pas avec les caméras de surveillance.

— Terminal City, c'est grand, rappela Taupe.

Max se retourna vers lui comme une furie.

— Tu n'es pas dans le coup, j'espère ?

Le cigare de l'homme-lézard faillit lui en tomber de la bouche.

— Dans quel coup ?

— C'est ce que j'aimerais savoir, grogna Max.

Elle avait un mauvais pressentiment. Elle appréciait Alec, mais malgré ses nombreuses qualités, le X5 pouvait être égocentrique et assez peu scrupuleux.

Ils étaient rassemblés au centre de communications, où ils attendaient les infos de onze heures. Si Max ne tenait pas en place, les autres étaient assis devant les écrans qu'ils surveillaient attentivement.

— S'ils mijotent quelque chose, ce qui m'ennuie le plus, c'est qu'ils ne m'aient pas invité, dit Taupe.

— Cesse de te plaindre : ça ne te va pas du tout, lui fit remarquer Max.

L'homme-lézard haussa les épaules et se laissa aller dans son fauteuil inclinable dont les ressorts grinçaient tant que même une brocante n'en aurait pas voulu.

— Tenter une sortie n'était pas mon idée, se défendit-il. Je dis juste que…

Max leva un sourcil. Il s'interrompit net.

— Bref, soupira la jeune femme en se laissant tomber dans un autre siège en piteux état, nous ne sommes même pas sûrs qu'ils soient allés quelque part.

Sa voix manquait de conviction. Taupe ouvrit la bouche, sans doute pour lui demander où elle croyait que Joshua et Alec étaient passés. L'expression sinistre de Max l'en dissuada.

— Tant pis. Nous avons d'autres problèmes sur les bras. Remettons-nous au travail !

Max se releva avant même de s'être vraiment installée.

— Ecoutez ! lança Dix. Ça commence.

Il monta le son de son poste de télé.

— Puis-je espérer que la nouvelle du jour ne concerne pas Alec et Joshua…, marmonna Max.

La présentatrice était une femme blonde au brushing impeccable. Ses yeux bleus exprimaient une excitation suspecte. Elle était si mince qu'elle semblait n'avoir rien avalé depuis l'Impulsion.

— La nouvelle du jour, annonça-t-elle, c'est que des transgéniques ont envahi une école ce matin.

— Putain de merde ! lança Taupe, résumant le sentiment général.

— Sur les lieux, notre journaliste Ben Petty.

L'homme qui apparut sur l'écran portait un costume

identique à celui qu'il avait la veille, quand il soudoyait des ivrognes pour leur faire attaquer Terminal City.

— Merci, Liz.

— Max, ça ne serait pas ton pote ? demanda Dix.

La jeune femme lui fit signe de se taire.

— Ce matin, deux transgéniques se sont introduits dans l'école primaire Ichiro Suzuki, avec l'intention de kidnapper des élèves.

— Kidnapper des élèves ? répéta Taupe en se redressant dans son fauteuil. Pourquoi auraient-ils voulu faire ça ?

Comme s'il répondait directement à la question de l'homme-lézard, Petty continua :

— La police se refuse à tout commentaire, mais selon une source fédérale haut placée, ils espéraient mettre un terme au siège de Terminal City en utilisant les enfants comme otages.

— Ames White ! cracha Max comme si ce nom était une injure.

L'angle de la caméra s'élargit pour montrer un homme au nez plâtré.

— Le concierge Hampton Rhoades a lutté contre les transgéniques et réussi à les repousser, mais avant de s'enfuir, l'un d'eux lui a cassé le nez.

— Je le connais ! lança une jeune femme. C'est un X5 de deuxième génération !

Toutes les têtes se tournèrent vers elle. Max ignorait son nom, mais elle était ravissante, avec de courts cheveux bruns, des yeux de biche, un petit nez retroussé et une bouche pareille à un bouton de rose. *Probablement une X5*, en déduisit Max.

— Où l'as-tu rencontré, Kade ? demanda Dix.

— Pas dans les rues : à Manticore. Il s'appelait Stoop, et il était chef d'unité. S'il a le nez cassé, c'est parce qu'il a laissé quelqu'un le lui casser.

Les autres se regardèrent en silence, mais avec les mêmes questions en tête. Pourquoi des transgéniques auraient-ils « envahi » une école ? Et surtout, pourquoi un de leurs semblables se serait-il battu avec eux ?

Ces mystérieux transgéniques étaient-ils Alec et Joshua ?

Sur l'écran, Petty interrogeait le concierge.

— Je ne crois pas qu'ils cherchaient de problèmes…

— Dans ce cas, comment expliquez-vous qu'ils vous aient agressé ?

Rhoades haussa les épaules.

— Ils ont eu peur. Je les ai découverts pendant qu'ils fouillaient dans ma réserve. Peut-être qu'ils cherchaient quelque chose à voler…

— Pour avoir sauvé ces enfants, vous êtes désormais un héros, s'enthousiasma Petty.

— Je ne pense pas que…, dit Rhoades.

Le journaliste se tourna vers la caméra.

— Et voilà comment un simple concierge a réussi à effrayer deux transgéniques.

Max secoua la tête. De mieux en mieux.

— Gardez une copie de ce foutu reportage. Pour l'instant, j'en ai assez vu.

Elle allait sortir de la pièce quand son téléphone sonna.

— Ici Max.

— C'est moi, dit la voix de Logan dans son oreille.

Ce simple son suffit à dissiper sa colère.

— Salut. Tu as du nouveau ?

— Je progresse. Tu pourrais faire un saut ?

— A ton nouvel appart ?

— Oui. Maintenant, ce serait bien.

— J'arrive tout de suite.

Max raccrocha en se réjouissant à l'idée de revoir l'homme qu'elle aimait. Jouer les chefs était épuisant.

Alors qu'elle se dirigeait vers l'immeuble de Medtronics, elle regarda la petite communauté s'installer pour la nuit. Un hélicoptère bourdonnait au-dessus des transgéniques, ses projecteurs sondant leur refuge comme si Terminal City était une prison et ses occupants des évadés. L'atmosphère était déjà assez tendue depuis l'affaire des cocktails Molotov sans que des hélicos s'y mettent aussi. Max se demanda si – comme elle – Clemente avait du mal à contrôler les événements.

Çà et là, elle vit des transgéniques s'allonger pour la nuit dans des bâtiments en ruine. Tous n'avaient pas la chance d'avoir un vrai lit – aussi défoncé soit-il – comme Dix. La situation ne pourrait pas s'éterniser. Clemente mis à part, personne ne semblait intéressé par des négociations. Max pensa que les autorités – y compris des gens plus responsables qu'Ames White, et sans lien aucun avec un culte du serpent – avaient décidé d'affamer ses camarades pour les obliger à se rendre.

Ça pouvait jouer en faveur des transgéniques, vu que personne ne connaissait l'existence de leur tunnel de ravitaillement. Mais Max s'inquiétait. Si elle n'arrivait pas à se faire obéir de ses camarades les plus proches – Alec et Joshua –, comment se faire entendre des autres ?

A l'autre bout du tunnel, elle trouva Logan penché sur son ordinateur. Devant lui, trois moniteurs diffusaient des images différentes. Son bureau était à peine mieux rangé que lors du précédent passage de Max, et une troisième table de travail était venue s'ajouter aux deux premières, déjà bien encombrées.

— Salut, toi !

— Salut ! dit Logan sans détacher son regard des écrans, mais avec assez de chaleur pour rassurer sa visiteuse.

Max était tellement déçue par la trahison de Joshua et d'Alec qu'elle aurait pu s'abandonner à l'auto-apitoiement. Heureusement, elle savait pouvoir compter en toutes circonstances sur son bien-aimé…

Elle tenta de regarder par-dessus son épaule sans trop s'approcher. Il valait mieux ne pas penser à ce qui arriverait si un de ses cheveux touchait la peau de Logan.

— Alors ? demanda-t-elle.

Logan continua de pianoter sur son clavier sans répondre. Après quelques instants, il s'immobilisa, le regard rivé sur le moniteur du milieu.

— Sans déconner…

— Quoi ? s'impatienta Max.

Il la regarda.

— Tu te souviens que tu m'as passé l'enregistrement de ta conversation avec Clemente ?

— Ouais, et alors ?

— Il a dit que d'après ses empreintes, la première victime de l'écorcheur était un vendeur de chaussures.

— Je m'en souviens. Et il a ajouté qu'il y avait quelque chose de bizarre dans son dossier.

— Bizarre, c'est le mot, dit Logan en enfonçant une ou deux touches.

— Ne fais pas durer le suspens ! Qu'est-ce que tu as trouvé ?

— Si on se fie à ses empreintes, la victime s'appelait Henry Calvin. Mais le magasin où il bossait a déposé le bilan il y a six mois.

— Faisant de lui un vendeur de chaussures au chômage. Où est le problème ?

— Plus de fric… Ça expliquerait pourquoi il vivait dans un terrain vague. Parce que c'est à ça que correspond son adresse.

— Comment t'en es-tu aperçu ? demanda Max.

— Ça n'était pas très difficile, dit Logan. Le dossier était conçu pour résister à un examen superficiel. Les autorités ont dû penser que personne ne chercherait plus loin.

— Donc, l'identité de ce type était fausse, résuma Max.

— S'il n'était pas vendeur de chaussures, quel métier pouvait-il bien faire, à ton avis ?

— Peut-être qu'il bossait pour le gouvernement... Un agent sous couverture ?

— C'est la conclusion la plus évidente.

— La NSA... White ! lança Max, tout excitée.

— J'y ai pensé aussi, dit le jeune homme. Mais je me suis introduit dans leurs fichiers, et il n'y a pas de dossier au nom d'Henry Calvin.

— Ça te surprend ?

— Pas vraiment. J'ai continué ma petite enquête. Le jour de la mort d'Henry Calvin, un agent de la NSA appelé Calvin Hankins a pris sa retraite.

— Sa retraite ?

— Oui. Et tiens-toi bien : le même jour, son partenaire, qui n'avait pourtant que vingt-sept ans, a quitté l'agence et s'est mis en invalidité totale.

— Il avait quoi ?

— C'est une bonne question. Nous devrions peut-être la lui poser.

Logan pianota sur le clavier. Une photo apparut sur l'écran. Un homme jeune, mince, au visage plutôt agréable bien qu'assez banal, avec des cheveux noirs plaqués en arrière et des yeux bruns pleins de sérieux.

— Sage Thompson, fit Logan. Le coéquipier de Hankins.

— On peut raisonnablement supposer que son départ de la NSA est lié à la mort de son partenaire.

— Peut-être qu'il était là quand Hankins s'est fait tuer et écorcher, et qu'il a pété les plombs.

— Dans ce cas, il saura quelque chose sur le premier meurtre, conclut Max. Où peut-on le joindre ?

— Il est dans l'annuaire.

— C'est encourageant. Vu que White est impliqué dans l'affaire, il pourrait être au fond du détroit de Puget avec des chaussures en béton.

— J'ai appelé chez lui, mais personne n'a répondu. J'ai demandé à Asha d'aller y faire un tour. Elle m'a dit que la maison était abandonnée. Et qu'il y avait un panneau « A vendre » dans le jardin.

Asha Barlow, une amie de Logan, travaillait pour le S1W, une cellule révolutionnaire souterraine presque aussi décidée à sauver le monde que le Veilleur. Max avait d'abord été jalouse d'elle. Au fil du temps, elle avait appris à lui faire confiance. Si Asha disait que Thompson s'était volatilisé, il s'était volatilisé.

— Tu veux bien le chercher pour moi, Logan ? J'ai les mains liées en ce moment parce que j'ai promis à Clemente de ne pas bouger.

— Je ferai ce que je peux. Mais as-tu pensé à ce qui se passera si le tueur en série est vraiment un transgénique ?

— Tu devras mobiliser toute la magie médiatique du Veilleur.

Le portable de Max sonna.

— Tu es très populaire ! lança Logan.

— Je n'aurais jamais dû m'inscrire à cette agence matrimoniale ! Max, j'écoute…

— Le flic est revenu, souffla Dix à l'autre bout de la ligne. Tu ferais mieux de ramener ton joli petit cul, parce qu'il n'a pas l'air très heureux.

— J'arrive, dit Max en secouant la tête.

— Qu'est-ce qui se passe ? demanda Logan.

— Clemente vient nous voir. Tu as regardé les dernières infos ?

— Oui. J'ai pensé que c'était encore une invention de White.

— J'espère. Parce que Alec et Joshua sont sortis ce matin.

— Oh, merde…

Max soupira.

— Personne ne sait pourquoi. Et ils ne sont pas revenus. Tu arrives à le croire ? Tout ce que j'ai demandé à mes amis, c'est de se tenir tranquilles jusqu'à la fin des négociations. Et mes deux plus proches compagnons ont été les premiers à violer mes ordres.

— Etre un bon chef, c'est forcer les gens à faire ce qu'ils n'ont pas envie de faire… Tout ça pour qu'ils obtiennent ce qu'ils veulent obtenir, récita Logan.

— C'est de qui ?

— Tom Landry.

La jeune femme fronça les sourcils.

— L'entraîneur des Dallas Cow-boys, précisa Logan.

— Si tu le dis. Mais d'après lui, j'ai échoué.

— Ce n'est pas sûr. Attends de connaître leur version de l'histoire. Tu leur dois bien ça, non ?

— Comment fais-tu pour rester toujours aussi positif ?

— Parce que l'autre possibilité serait de sombrer dans le désespoir. Alors, tous les Ames White du monde auraient gagné.

Max le dévisagea longuement. Plus elle le côtoyait, plus son admiration et son amour pour lui grandissaient.

— Merci. J'avais besoin d'entendre ça. Mais maintenant, je dois y aller.

Elle n'avait aucune envie de quitter Logan. Pourtant, elle reprit le chemin de Terminal City.

Clemente l'attendait devant le portail principal, et –

surprise – il avait l'air excédé. Non qu'elle puisse l'en blâmer, après tous ces fiascos successifs.

— Vous avez pris votre temps, lâcha-t-il froidement.

Max se passa une main sur la figure.

— Ramon, j'adorerais vous dire que vous êtes mon seul problème en ce moment, mais je ne peux pas.

L'inspecteur se radoucit.

— Je comprends.

— Que puis-je faire pour vous ?

— Venez avec moi.

— Et puis quoi encore ?

— La confiance, ça marche dans les deux sens ! Je suis bien entré chez vous, non ? J'ai besoin de vous parler en lieu sûr. Vous avez ma parole d'honneur : après, je vous laisserai revenir ici.

— D'accord, soupira Max, en pensant que Clemente était un chef parfait selon la définition de Tom Landry.

Elle se tourna vers une caméra de sécurité et exécuta une suite de gestes rapides.

— C'était quoi, ça ? demanda Clemente, méfiant.

— Je disais aux autres ce qu'ils devaient faire, si je ne revenais pas.

Sur l'ordre de Max, les sentinelles transgéniques lui ouvrirent le portail. Clemente la guida à travers les barricades, au milieu des flics qui la regardèrent sans masquer leur haine. Ils dépassèrent les camions de la Garde Nationale et, quelques instants plus tard, entrèrent dans un immeuble de bureaux.

Le rez-de-chaussée se composait d'un hall d'accueil, avec une rangée d'ascenseurs sur la gauche. Il y avait aussi une cafétéria, sur la droite, vers laquelle se dirigea Clemente. Max et lui prirent place dans une alcôve, près d'une baie vitrée. A travers, la jeune femme put contempler l'entrée de Terminal City et les troupes qui montaient la garde. Elle se demanda si un des buts de la manœuvre n'était pas de lui faire prendre conscience de l'ampleur des forces adverses.

Max balaya le restaurant du regard. Avant l'Impulsion, il devait grouiller de monde à l'heure du déjeuner. Des tabourets rouges étaient disposés devant le comptoir en formica de la même couleur. Derrière, elle vit un grand miroir entouré d'étagères où reposaient encore des tasses à café, des verres et des bols. Une douzaine d'alcôves s'alignaient contre les murs ; leurs banquettes de moleskine étaient craquelées, mais néanmoins confortables.

Il était étrange de se retrouver dehors. A la fois réconfortant et un peu surréaliste. Clemente expliqua à Max que les militaires et la police avaient réquisitionné la cafétéria, devenue leur quartier général pendant le siège. Mais pour le moment, l'endroit semblait désert, à part une serveuse entre deux âges qui les observait, l'air anxieux. Elle s'approcha des clients, leur versa deux tasses de café et s'éloigna rapidement.

Le sourire de Max s'évanouit.

— En lieu sûr ? lança-t-elle froidement. Faites-les sortir.

— Hein ?

— Faites-les sortir, ou c'est moi qui m'en chargerai.

— De quoi parlez-vous ?

— Ne jouez pas à ça avec moi, Ramon. Il y a trois flics d'élite planqués derrière le comptoir. Je les vois dans le miroir.

Clemente obéit à contrecœur.

— Vous l'avez entendue ? lança-t-il en tournant la tête vers ses hommes.

Les flics sortirent de leur cachette, rouges comme des pivoines. Max se demanda depuis quand ils étaient entassés derrière le comptoir. Pour un peu, elle aurait éclaté de rire. Mais elle se retint : ils semblaient plus irrités que gênés, et elle ne voyait pas de raison de les énerver encore plus.

— Les deux qui sont dans les toilettes des hommes dégagent aussi, ajouta-t-elle.

Clemente écarquilla les yeux.

— Comment avez-vous su… ?

— Je l'ignorais. C'est vous qui venez de me l'apprendre.

L'inspecteur eut un sourire las.

— Johnson, Carlesimo, cria-t-il en renonçant à faire usage de son talkie-walkie. Sortez des chiottes !

Deux autres flics émergèrent des toilettes des hommes, armés jusqu'aux dents et l'air perplexe. Du pouce, Clemente désigna la porte.

— Fichez le camp, tous autant que vous êtes. Ne vous inquiétez pas pour moi.

Les flics gagnèrent la porte, et la serveuse s'empressa de les imiter.

— Comment avez-vous fait ça ? demanda Clemente.

— Trois types seulement tenaient derrière le comptoir, et les toilettes étaient le seul autre endroit où quelqu'un pouvait se cacher. Comme je risquais d'aller faire un tour dans celles des femmes à un moment ou à un autre, vos gars devaient être dans celles des hommes.

— Et vous avez deviné qu'ils étaient deux parce que… ?

— Ces gros bras ne savent pas pisser tout seuls. On les entraîne à bosser en équipe. Comme les pigeons : ils s'accouplent pour la vie.

Clemente hocha la tête, l'air chagriné.

— On dirait que je ne me suis pas montré plus digne de confiance que vous, reconnut-il.

— Moi, au moins, j'ai essayé, dit Max. Je n'ai pas dissimulé de tireurs dans l'immeuble où nous avons parlé la dernière fois. Et cette serveuse, elle était de la police, pas vrai ?

Le visage de Clemente se durcit.

— Peut-être… Mais vous avez aidé deux transgéniques à quitter Terminal City.

— C'est faux !

— Alors, d'où sortaient les deux qui ont attaqué une école ce matin ? Je ne vous ferai pas l'injure de vous raconter l'incident : vous regardez la télé.

— Je vous l'ai déjà dit, Ramon : tous les transgéniques de cette ville ne sont pas dans…

— Mais ces deux-là y étaient, coupa Clemente. Le personnel de l'école m'a fourni une description détaillée. Je les ai vus près de vous, le soir de la prise d'otages.

— Vous pourriez vous tromper.

— J'aurais envisagé cette possibilité, si nous ne les avions pas capturés et placés en garde à vue il y a quelques heures.

L'inspecteur jeta deux photos sur la table devant Max. Joshua et Alec. Allongés par terre, les yeux fermés, une expression paisible sur le visage.

— Ils sont morts ? demanda-t-elle en s'efforçant de maîtriser ses émotions.

— Non, mais c'est passé près.

— Que leur est-il arrivé ?

— Ils ont été attaqués par quelqu'un qui les a électrocutés.

— Comment ?

— Avec une matraque électrique.

— Où ça s'est passé ? Et quand ?

— Dans un immeuble abandonné de Queen Anne, sur Crockett.

Max tenta de reconstituer le puzzle, mais il lui manquait trop de morceaux, et ceux qu'elle avait refusaient obstinément de s'emboîter.

— Ils foutaient quoi là-bas ?

Clemente la dévisagea.

— C'est à moi que vous le demandez ?

— A qui d'autre ? Nous sommes seuls ici.

— Vous voulez dire que vous l'ignorez ?

— Ils ne m'ont pas demandé l'autorisation de sortir…

— Vous essayez de me faire croire que ça s'est passé avant que nous ayons conclu notre accord ?

— J'aimerais vous dire que oui, soupira Max, mais ça n'est pas le cas. Ils connaissaient la consigne.

Elle ne précisa pas qu'Alec et Joshua étaient ses amis les plus proches.

— Merde alors ! jura Clemente. J'espérais que vous sauriez quelque chose.

Max regarda autour d'elle.

— Cet endroit est-il vraiment sûr ?

— Oui. Nous l'avons fouillé de fond en comble ce matin. Il n'y a pas de micro, et White et ses sbires ne se sont pas encore manifestés.

— Ramon… Pourquoi espériez-vous que je saurais quelque chose ? C'est vous qui êtes dehors. Quel est votre problème ?

L'inspecteur saisit une mallette et en sortit d'autres photos, qu'il étala sur la table.

— La matraque que vous voyez sur ces clichés…

— Oui ?

— Elle appartenait à un des flics qui a été assassiné et écorché.

Max recula sur sa banquette comme si elle avait reçu un coup de poing.

— Alors, vous savez pourquoi vos amis sont allés dans cette école ? insista Clemente.

— Non. Je viens de vous le dire : ils ne m'ont pas prévenue qu'ils comptaient sortir de Terminal City. Sinon, j'aurais tenté de les en empêcher. (Elle se mordit les lèvres.) Pourriez-vous me conduire à eux ? J'aimerais les voir.

— C'est impossible. De toute façon, ils n'ont pas repris connaissance. Ils sont à l'hôpital, sous bonne garde. Mais ils s'en tireront.

— Vous devez me laisser enquêter sur cette histoire.

— Pas question. Si vous pouvez nous aider de l'intérieur, tant mieux. Sinon, c'est à la police de se charger de ça.

— Mes camarades n'ont tué personne.

Clemente tendit la main et la posa sur celle de Max. Son geste la surprit, mais la réconforta un peu.

— Je n'en doute pas. En réalité, je pense qu'ils sont tombés sur le véritable assassin. Ce qui confirme nos soupçons : qui que ce soit, ce type est extrêmement dangereux. Il a réussi à neutraliser deux transgéniques !

— Raison de plus pour me laisser le chercher.

— Non, dit Clemente. Max, vous devez retourner à Terminal City et être le chef dont les vôtres ont besoin en ce moment.

— Je sais… Les gens à qui je fais confiance n'arrêtent pas de me dire ça.

— Suis-je l'un d'eux ?

— Oui.

— Dans ce cas, j'espère que vous ne m'en voudrez pas de vous annoncer une mauvaise nouvelle.

— Quoi encore ?

— Il semble que quelqu'un ait tiré les bonnes ficelles… Le compte à rebours est lancé. Nous avons jusqu'à jeudi. Les Fédéraux ont été clairs : si nous n'arrivions pas à régler le problème de Terminal City d'ici là, ils débarqueraient pour nous relever de nos fonctions.

— Ames White, devina Max.

— C'est aussi ce que je pense. Bien que ça n'ait pas

vraiment d'importance. Tout ce qui compte, c'est que si nous ne trouvons pas de solution avant jeudi, des tanks de l'armée défonceront votre clôture.

Max n'émit aucun commentaire.

— Alors, qu'allons-nous faire ? demanda Clemente.

— Trouver le tueur en série.

— Ce serait un bon début. Tant que les médias feront du battage autour d'un Jack l'Eventreur transgénique, la population sera trop inquiète pour que les autorités envisagent de négocier avec vous.

— Où en êtes-vous de vos investigations ?

— Nous avons fouillé l'appartement où vos amis ont été découverts. Il était occupé par un squatter, donc personne n'a pu nous donner de nom. Le type a disparu en emportant ses affaires, et les voisins ont été incapables de nous donner une description. Ils ne se souviennent même pas de l'avoir vu. Nous avons récupéré des cellules de peau dans la douche, qui pourraient appartenir à l'assassin ou à une de ses victimes. Nous devons attendre les résultats du labo.

— Et la soi-disant preuve génétique fournie par Ames White ? demanda Max.

Clemente ouvrit la bouche pour dire quelque chose, puis il parut changer d'avis.

— Je ne vais pas vous raconter d'histoires. Comment avez-vous deviné qu'il s'agissait d'ADN ?

— Votre code n'était pas tout à fait à la hauteur d'Enigma…

— Sans doute, admit Clemente. Les gars de White ont prélevé des cellules de peau sur un appareil top secret que l'assassin a volé à sa première victime.

— Vous voulez parler du faux vendeur de chaussures ?

— En réalité, il travaillait pour la NSA, avoua Clemente.

Ainsi, Logan avait vu juste. Calvin D. Hankins bossait pour White.

— Pourquoi White a-t-il attendu autant pour vous donner cette preuve cruciale ? demanda Max.

Clemente la dévisagea, impressionné et plein de respect.

— Vous auriez fait un excellent flic, la félicita-t-il. C'est la première question que je lui ai posée.

— Et qu'a-t-il répondu ?

— Il a dit que le fameux appareil venait de refaire surface.

— De refaire surface ?

— Oui. Il s'est montré assez évasif sur les circonstances.

— Et vous l'avez cru ?

— Je n'ai pas eu le choix. Sous réserve que je ne fasse aucune déclaration à la presse, il a accepté de me confier son gadget pendant vingt-quatre heures. Le truc était tout cassé et couvert du sang de la victime. Le labo y a aussi découvert des cellules de peau de l'assassin, et ses tests confirment qu'il s'agit bien d'un transgénique.

— Selon des éléments fournis par Ames White, dit Max.

— Je ne pense pas qu'il les ait fabriqués. J'ai déjà vu des agents gouvernementaux essayer de maquiller des preuves ou de dissimuler des informations : ils sont nuls. Prenez l'exemple de votre petite communauté…

— Très juste ! Des empreintes ?

— Aucune. Ni sur les lieux des crimes, ni sur l'instrument ou les matraques, ni dans l'appartement.

— Comment est-ce possible ? demanda Max.

— Je n'en ai pas la moindre idée.

— Et si je vous disais que j'étais déjà au courant que la première victime bossait pour White ?

— Comment ?

— Je me suis basée sur ce que vous m'avez dit, et sur les recherches informatiques d'un ami. Je sais également que le « vendeur de chaussures » avait un jeune partenaire qui a quitté l'agence le jour de sa mort… Pour se mettre en invalidité totale.

Clemente griffonna dans son carnet de notes.

— Comment s'appelle-t-il ?

— Vous ne le trouverez pas. Il se planque.

— Dites-moi quand même son nom. J'ai un tas de ressources et de moyens pour retrouver les personnes disparues. Ce type est témoin dans une affaire d'homicide !

— Je vais vous le communiquer, parce que je tiens à conserver votre confiance. Dieu sait si nous allons en avoir besoin pendant les jours à venir. Pour dénouer la situation avant l'arrivée des tanks, nous devons promettre de nous dire la vérité, à partir de maintenant.

— Vous avez ma parole.

— Et vous la mienne. Mais si vous lancez une chasse à l'homme à grande échelle, Ames White l'apprendra. Il trouvera votre témoin, et ni vous ni moi n'aurons jamais l'occasion de lui parler.

— Je peux le protéger.

— La police ne peut protéger personne contre White !

Clemente plissa les yeux.

— Je n'ai pas parlé de la police.

— Très bien. Il s'appelle Sage Thompson.

Max donna à l'inspecteur la dernière adresse du jeune agent.

— Puisque vous n'êtes pas sortie de Terminal City, comment savez-vous qu'il n'est plus chez lui ? demanda Clemente en prenant des notes.

— Moi aussi, j'ai un tas de ressources, dit Max avec un sourire en coin. Dont une amie non-transgénique qui a rendu visite à Thompson. La maison est vide et en vente.

— Je le trouverai, promit Clemente. A présent, il vaudrait mieux que je vous ramène. Voilà mon numéro de portable. (Il lui tendit un morceau de papier.) Si vous trouvez quelque chose, prévenez-moi.

— Et vous en ferez autant ?

— Et j'en ferai autant.

Ils revinrent en silence vers l'entrée de Terminal City. La température avait baissé, et Max ne voyait aucune étoile dans le ciel nocturne. Il pleuvrait le lendemain. Parfois, la jeune femme se demandait pourquoi elle avait quitté Los Angeles. Tremblements de terre ou pas, elle en avait assez de se geler et d'être trempée. Dès que cette histoire serait finie, elle partirait dans un endroit chaud avec Logan.

Malgré elle, Max sourit.

— Quoi ? demanda Clemente alors qu'elle franchissait le portail.

— Vous avez déjà été en Floride, Ramon ?

— Pendant mon service militaire…

— Il fait bon, là-bas ?

— La plupart du temps.

— Revoir le soleil serait génial, murmura Max en s'éloignant.

Assis dans sa voiture, Otto Gottlieb observait le détroit de Puget. A cette heure, Discovery Park était désert. Seul le phare de West Point crevait les ténèbres.

L'agent White et l'inspecteur Clemente faisaient un concours de têtes de mule que White était évidemment déterminé à remporter. A cette fin, il avait recommandé à Otto de se montrer, avec les flics, le plus évasif possible sur l'imageur et sur la façon dont ils l'avaient eu.

Otto était à présent convaincu que White bossait pour

son propre compte. Il n'y avait pas d'autre explication possible à sa perfidie. Et cet enfoiré avait réussi à le mouiller jusqu'au cou.

Otto tapa du poing sur le volant. Trop occupé à sauver son cul, il avait oublié de le couvrir. Tôt ou tard, la vérité éclaterait sur les activités clandestines de White, et qui récolterait le blâme ? Lui.

Il devait y avoir quelqu'un qui pourrait l'aider. White était bien protégé. Il avait des amis au Congrès, et peut-être plus haut encore. Du coup, Otto n'osait faire confiance à personne au sein de la NSA.

Il passa en revue les autres agences fédérales. Il connaissait des gens au FBI et à la CIA, mais qui savait s'ils n'étaient pas aussi à la botte de White ? Quant aux autorités locales… White avait le gouverneur dans sa poche, alors…

Seul l'inspecteur Clemente s'était opposé à White. Otto doutait qu'un simple flic puisse faire autre chose qu'irriter son patron, mais les possibilités ne se bousculaient pas au portillon. Le problème, c'était qu'il ignorait comment convaincre Clemente. Il n'avait aucune preuve de la duplicité de White.

Alors qu'une corne de brume gémissait plaintivement au loin, Otto prit une profonde inspiration et tenta de se ficeler un argumentaire.

White avait utilisé le transgénique X5-494 pour débusquer ses semblables. Otto pensait que c'était une mauvaise idée, mais White n'avait pas tenu compte de ses objections, et ils avaient perdu 494. Otto était bien placé pour savoir qu'il ne restait aucune preuve de ce fiasco, puisqu'il les avait personnellement détruites. Les autres agents qui avaient participé à l'opération mangeaient dans la main de White. Ils ne corroboreraient pas son récit.

Evidemment, ils pensaient peut-être la même chose à son sujet…

Otto se remémora sa dernière conversation avec White. En début de soirée, il avait reconduit son patron chez lui. Il était énervé parce que Washington avait ordonné à son unité de ne pas s'impliquer dans le siège de Terminal City. La nouvelle l'avait mis dans une rage folle. Mais le temps de quitter le bureau, sa fureur était revenue au niveau de la simple colère.

Otto avait écrasé le champignon autant qu'il l'osait pour être plus vite débarrassé de White.

— Ils ne me font pas confiance, Otto, avait lâché White.

— Je suis sûr que si, monsieur. Ils n'ont pas besoin de nous retenir à Terminal City. Les troupes en place sont déjà assez nombreuses, voilà tout !

— Les transgéniques, c'est notre boulot, avait insisté White.

Ne sachant que répondre, Otto s'était abstenu. Tout au long de sa collaboration avec White, il avait acquis un entraînement très poussé en matière de silences éloquents.

— Ils vont tout faire foirer, et elle s'échappera, s'était lamenté son patron.

— « Elle » ?

— 452, celle qu'ils appellent Max. Elle est la clé, Otto. Les transgéniques se sont rassemblés autour d'elle. Aucun corps ne peut survivre quand on l'a décapité.

— C'est peut-être leur plan.

— Comment ça ? avait demandé White, surpris que son subordonné émette une opinion.

— Ils veulent sans doute la capturer pour priver les transgéniques de leur chef et mettre un terme à la rébellion.

— Elle est beaucoup plus que leur chef, Otto. Et si elle se fait capturer…

— Monsieur ?

White avait tourné la tête vers Otto, qui le regardait bizarrement. Il reconnut dans ses yeux l'étrange lueur qui précédait toujours ses décisions les plus incongrues.

— Tu as besoin de vacances, Otto. Prends toute la semaine, à partir de demain !

— Je n'ai plus de congés payés pour l'année en cours, monsieur.

— Je t'obtiendrai du rab.

— Mais, monsieur…

— Fais ce que je te dis ! Tu n'as pas l'accréditation nécessaire pour participer à la suite des événements. Dépose-moi à la maison, rentre chez toi et ne reviens pas au bureau avant une semaine. C'est compris ?

En voyant le regard fou de son patron, Otto avait craint de se retrouver avec une balle dans la nuque s'il insistait.

— Des vacances me feront du bien, avait-il répondu mécaniquement.

Après avoir ramené White, il avait erré sans but dans les rues de Seattle et fini par se garer à Discovery Park. Voilà plus de deux heures qu'il était là, et il n'osait pas rentrer chez lui. Il devait absolument parler à quelqu'un. Mais il ne savait pas à qui. Et il ne savait pas non plus quoi dire pour éviter que son interlocuteur le prenne pour un fou.

Clemente était un trop petit poisson pour livrer bataille à un requin comme Ames White. Soudain, Otto pensa à la seule personne que son patron semblait haïr autant que les transgéniques.

Le Veilleur.

Depuis des mois, l'unité de White cherchait à mettre la main sur le cyber-journaliste. Un jour, ils l'avaient manqué de peu. A présent, Otto avait besoin de son aide, et il ne voyait pas comment le contacter.

Devait-il laisser White faire ce qu'il voulait à Terminal City et se contenter de rester à l'écart ? Après tout, ce n'étaient que des transgéniques…

Que des transgéniques.

Cette phrase fit frémir Otto. Il se rappelait avoir vu des vidéos historiques où des racistes utilisaient ce genre d'argument pour justifier leur stupidité et leur cruauté. *Ce ne sont que des Nègres… Ce n'étaient que des Juifs…* Et voilà que cette idée répugnante jaillissait dans son esprit.

Face au détroit, Otto médita sur son existence et sur les raisons qui l'avaient poussé à entrer au service du gouvernement. Alors qu'il prenait sa décision, il s'entendit dire :

— Afin que tous aient droit à la liberté et à la justice.

Pour la première fois de sa vie d'adulte, il sut ce que ces mots signifiaient. Il rengaina le pistolet qu'il avait posé sur ses genoux et reprit le chemin de sa maison avec une nouvelle raison de vivre.

CHAPITRE IX

ATTERRISSAGE EN CATASTROPHE

Jam Pony, 08 h 02
Mercredi 12 mai 2021

Max manquait beaucoup à Original Cindy.

La vie avait repris son cours monotone à Jam Pony. Autant que puissent en juger ses employés, Normal était redevenu lui-même – autrement dit, il n'arrêtait pas de les harceler et de les rabaisser. Ses coursiers et lui ne semblaient pas enclins à discuter de ce qui s'était passé cinq jours avant. Comme si le silence pouvait les aider à oublier.

Mais leur regard inquiet démentait cet espoir.

Depuis qu'elles s'étaient quittées le samedi soir, Original Cindy n'avait pas parlé à Max, sa meilleure amie. Sa sœur. Bien qu'elle fît son travail normalement, elle était sur les nerfs. L'anxiété bouillonnait dans son estomac comme l'eau d'une casserole oubliée sur le feu.

Elle avait passé le dimanche après-midi à son appartement, cherchant refuge dans le sommeil. Mais tous les souvenirs qu'elle partageait avec Max avaient défilé dans sa tête. Où que se portât son regard, un objet déclenchait un nouveau torrent d'émotions. Le canapé où elles passaient des heures à bavarder, la table où elles mangeaient... Original Cindy avait l'impression de faire l'oraison funèbre de Max, et elle devait se raisonner pour ne pas penser à son amie au passé. Max n'était pas morte. *Pas encore*, ne pouvait-elle s'empêcher d'ajouter à chaque fois.

Quand elle avait enfin réussi à s'endormir, Terminal City avait hanté son sommeil. Dans des cauchemars de plus en plus sanglants, elle avait vu le siège se transformer en une bataille qui finissait toujours par la vision du corps sans vie de Max.

Elle avait presque été soulagée d'aller bosser le lundi. Jam Pony était plein de souvenirs de Max – bons ou mauvais –, mais elle préférait encore être avec Sketchy et les autres plutôt que toute seule dans son coin.

Des traces de balles grêlaient les murs extérieurs de l'entrepôt, et du ruban jaune et noir pendouillait à la poignée de la porte comme une décoration de bal de promo. Dedans, l'endroit où CiCi était morte avait été nettoyé, et il ne restait plus une seule goutte de sang.

Original Cindy gagna la salle de repos où Normal avait rassemblé les employés.

— Surtout ne te presse pas, lança son patron en la voyant arriver. Viens quand ça t'arrange. Après tout, nous n'avons pas d'horaires à respecter !

Quelques-uns des coursiers avaient investi les fauteuils défoncés. Comme il n'y avait pas assez de sièges pour tous, les autres étaient debout, leur regard passant de Normal à Original Cindy comme s'ils suivaient une partie de ping-pong.

Le ton de Normal ne reflétait pas le mordant de ses paroles, et Original Cindy fut un peu réconfortée de constater que son patron, qui se prenait pour un modèle de stoïcisme, ne s'était pas remis de ses émotions du vendredi. Elle se contenta de rejoindre Sketchy et de se planter à côté de lui, sans se donner la peine de chercher une réponse ironique, comme elle l'aurait fait en temps ordinaire.

— Comme je le disais, reprit Normal en serrant un bloc-notes contre sa poitrine, la police a fini ses investigations et nous a donné la permission de rouvrir. Aujourd'hui, nous prenons un nouveau départ.

Ses employés le dévisagèrent en silence. Normal n'avait jamais été très doué pour les discours de motivation.

— Nous sommes un peu à court de personnel en ce moment, continua-t-il en regardant ses feuilles de service. Ceux qui le désirent pourront faire des heures supplémentaires. Mais ça ne sera pas obligatoire.

Cette fois, les employés se regardèrent d'un air perplexe. Les mots « heures supplémentaires » et « obligatoires » étaient toujours sortis de la bouche de Normal d'une seule traite. Ils n'auraient pas été plus surpris d'entendre le pape annoncer qu'il était favorable à la contraception.

— Ça doit être son jumeau bienveillant, murmura Sketchy entre ses dents.

Original Cindy aurait éclaté de rire si elle n'avait pas envisagé que le vrai Normal ait pu être enlevé.

— Bref, reprit leur patron, le meilleur moyen de ne plus penser aux choses désagréables qui se sont passées est de vous lancer à corps perdu dans le travail. Si vous le faites, nous réussirons à surmonter le choc ensemble.

Sur cette remarque étonnamment humaine, les coursiers encore hébétés s'étaient dispersés.

Deux jours plus tard, la vie avait repris son cours à Jam Pony, comme si les événements du vendredi n'avaient été qu'un mauvais rêve. Seule dans les vestiaires, en pantalon noir moulant, col roulé gris et doudoune orange, Original Cindy fixait le casier de Max.

Elle avait l'impression d'avoir abandonné sa Boo…

Et que sa Boo aussi l'avait abandonnée. La jeune femme avait accepté de quitter Terminal City parce que Max lui avait dit qu'elle serait plus utile dehors. Mais depuis, elle ne l'avait pas contactée pour lui confier une mission.

Sketchy s'approcha d'elle, lui tendit un gobelet en carton et lui fit un sourire forcé. Il semblait égal à lui-même dans son uniforme habituel : un jean et un T-shirt aux couleurs criardes. Mais à y regarder de plus près, ses yeux étaient rouges et ses cheveux lui pendouillaient sur la figure comme s'il ne les avait pas peignés depuis une semaine.

— Tu as eu des nouvelles ? demanda-t-il tout bas.

Original Cindy secoua la tête.

— Et toi ?

Le rictus de Sketchy s'évanouit.

— Non.

La jeune femme leva son gobelet de café.

— Qu'est-ce que j'ai fait pour mériter ça ?

— Rien du tout. Tu avais juste l'air… un peu seule.

— Assez pour avoir besoin de la compagnie d'un abruti dans ton genre ?

— Ouais, fit Sketchy, après avoir réfléchi.

Original Cindy éclata de rire. Comme elle n'avait pas ri depuis trop longtemps, cela lui fit du bien.

— Moi aussi, elle me manque, avoua Sketchy. Je voudrais vraiment qu'elle nous contacte. On était censés l'aider, mais…

— Je sais. A mon avis, elle a raconté n'importe quoi pour nous convaincre de partir. On ne pouvait pas rester dans cette décharge toxique… Original Cindy ne voudrait pas qu'il lui pousse des yeux supplémentaires.

Sketchy gloussa doucement.

— Tu avais raison, tu sais.

— Comme d'habitude, dit la jeune femme, mais à quoi pensais-tu exactement ?

— A ce que tu as dit au *Crash*, le soir après que… que j'ai découvert la vérité sur Max. Tu as déclaré qu'elle était spéciale.

Original Cindy savait que Sketchy faisait allusion au jour où il l'avait surprise en train de voler les dossiers de Max et d'Alec dans les archives de Normal, pour éviter que des agents du gouvernement les localisent. Même si le jeune homme planait généralement à trois mille mètres d'altitude, l'évidence ne lui avait pas échappé. Il avait compris que Max et Alec étaient des transgéniques.

— Tu sais quoi ? Max est la personne la plus géniale que je connaisse, et la meilleure amie que j'aie jamais eue.

— Pareil pour Original Cindy.

— Je n'arrête pas de penser à toutes les pauses-déjeuner où on a mangé ensemble, toi, Max, Herbal et moi, et je… je voulais te dire que…

La jeune femme embrassa Sketchy sur la joue.

— Rassure-toi : tu l'as très bien dit.

Les joues de Sketchy prirent une ravissante couleur fuchsia.

Normal s'approcha d'eux.

— Tu quittes les sœurs de Sapho pour ce ver de terre, Cynthia ?

— Non, je n'ai pas l'intention de passer du Côté Obscur de la Force, le rassura la jeune femme. Mais si je devais le faire… (Elle passa les doigts dans les cheveux de Sketchy.) Mais mon frère Sketch ne serait pas un si mauvais choix.

Le coursier efflanqué sembla grandir de cinq bons centimètres.

— Merci de ne pas m'envoyer d'images mentales répugnantes ! lança Normal. Assez bavardé.

Il tendit une enveloppe à Original Cindy et un paquet à Sketchy.

— Bip, bip, bip.

Il leur fit un bref sourire, puis reprit son expression maussade et s'éloigna en quête de flemmards à insulter.

— Ou j'ai des hallucinations, ou Normal mollit en vieillissant, commenta Sketchy.

Original Cindy secoua la tête avec un claquement de langue désapprobateur.

— Ça fout la trouille, pas vrai ?

— C'est plus que mes nerfs fragiles ne peuvent en supporter. Bon, je ferais mieux d'y aller. Si tu as des nouvelles, tu me le diras, hein ?

— Je le jure sur ton cul blafard.

— Tu sais, tu ne me traitais pas tellement moins bien quand je te donnais envie de vomir, dit Sketchy.

— La différence est subtile, admit Original Cindy.

Le jeune homme sourit, secoua la tête et s'éloigna. Elle allait l'imiter quand elle aperçut, entre deux rangées de casiers, le type que personne ne remarquait jamais. Comment s'appelait-il, déjà ? Bobby Suzuki ? Tommy Nagasaki ? Il était plus transparent que les vitres de l'entrepôt.

Assis devant son casier, le coursier regarda autour de lui pour s'assurer qu'il était seul. Il ne repéra pas Original Cindy, car il sortit une bouteille, la déboucha et la secoua pour faire tomber quelque chose dans sa paume. La jeune femme s'approcha sur la pointe des pieds pour mieux voir. Ce flacon ressemblait beaucoup à celui qui contenait le tryptophane de Max. Elle le gardait dans son casier pour contrôler ses crises…

Le type reboucha la petite bouteille, la rangea dans la poche de son blouson et porta la main à sa bouche pour gober deux pilules qu'Original Cindy reconnut aussitôt.

— Hé, Tommy… Tu voles les médicaments de ma copine ? lança-t-elle en se plantant devant lui.

Le type secoua la tête.

— Non, non. Je ne ferais jamais de mal à Max. Et je m'appelle Bobby.

— Donc, si j'ouvre son casier, sa bouteille sera toujours là ?

— Bien sûr ! Tu peux y aller ! Je te jure que je ne lui ai rien pris !

Sans quitter l'homme du regard – était-il possible d'être plus fade et plus anodin ? –, la jeune femme avança vers le casier de Max et le déverrouilla. Le flacon était bien là, à sa place habituelle sur l'étagère du haut, et aux trois quarts plein.

— Désolée, Robby. On dirait que je me suis un peu emportée.

— C'est Bobby. Je peux y aller, alors ?

— Non. Pas avant de m'avoir dit pourquoi tu prends du tryptophane.

— Ça me détend. Et c'est en vente libre !

— Pas dans cette quantité. Ecoute, Timmy... Tu n'étais peut-être pas là pendant la petite fête de l'autre jour...

— La prise d'otages ? Si, j'y étais. Tu ne t'en souviens pas ?

Original Cindy eut un geste insouciant.

— Si tu le dis... Bref, si tu étais là, tu dois connaître ma position sur un sujet très controversé.

— Je sais. Tu es l'amie de Max.

— Et toi, tu es... ?

— C'est évident, non ? dit le type à voix basse.

Normal apparut au bout de la rangée de casiers.

— Vous êtes encore là, tous les deux ? On n'est pas au Club Med, les enfants ! Il y a du boulot. Remuez-vous.

Les deux jeunes gens sortirent ensemble et enfourchèrent leurs vélos.

Original Cindy dévisagea son compagnon. Pour une

raison qui lui échappait, elle avait l'impression de le voir pour la première fois. Il aurait aussi bien pu être un gamin de vingt ans qu'un homme de trente. Comme Max, il semblait issu d'un mélange de races, mais ses traits étaient beaucoup moins bien définis que ceux de la jeune femme. A y regarder de plus près, Original Cindy décida qu'il pouvait avoir du sang africain.

Ils s'éloignèrent en pédalant lentement : elle avec l'enveloppe dans son blouson, lui avec un paquet dans un sac qu'il portait en bandoulière.

— Je n'en ai jamais parlé à Max, mais je suis aussi un transgénique.

— Depuis quand te fais-tu passer pour un humain ? demanda Original Cindy.

Le type haussa son épaule libre.

— Depuis que Max nous a fait évader de Manticore.

— Ça ne fait pas si longtemps… Tu as l'air de bien t'adapter.

— Ce n'est pas un problème pour moi.

— Toi et Max, vous êtes amis ?

Original Cindy croyait pourtant connaître toutes les relations de Max à Jam Pony.

— Ouais. Sans elle, je croupirais toujours là-bas.

— A Manticore ? Mais le centre a brûlé.

— Je serais une poignée de cendres parmi tant d'autres.

— Franchement, tu m'épates. Tu as l'air si… ordinaire pour quelqu'un qui vit dehors depuis moins d'un an.

— Normal… Ça fait partie de mes pouvoirs.

— Tu sais que tu n'es pas en sécurité tout seul ?

— Sans déconner ? Mais les autres sont tous à Terminal City, et moi, je suis coincé là. Que veux-tu que je fasse : me pointer devant leur porte et leur demander de m'ouvrir ?

— Il y a d'autres moyens, dit Original Cindy.

— Tu crois ?

— Je suis là, pas vrai ?

— Oui, et alors ?

— Réfléchis un peu. Si tu étais là vendredi, tu m'as vue partir avec eux.

— Tu veux dire que tu es entrée dans Terminal City, et que tu en es ressortie ?

— Mais c'est qu'il pige vite, le petit…

— Attends un peu. Sketchy était avec toi, il me semble. Et aussi l'ami de Max, Logan.

— Tu connais Logan ? demanda Original Cindy.

— Je les ai déjà vus ensemble. Il passe parfois à Jam Pony pour la voir. Alors, vous avez tous filé en douce ?

— Sketchy était au boulot aujourd'hui, non ?

— Et Logan ?

— Pourquoi t'intéresses-tu à lui ?

— Je me demandais si c'était un transgénique. Parce que les humains ordinaires tombent malades quand ils restent trop longtemps à Terminal City.

— Tu as raison. C'est justement pour ça que Max nous a fait sortir tous les trois. Sketchy, Logan et moi.

— Donc, tu pourrais m'aider à rentrer par le même chemin ?

Quelque chose clochait, même si Original Cindy n'arrivait pas à mettre le doigt dessus. Pourquoi avait-il caché sa nature à Max – et comment avait-il pu le faire, puisqu'elle l'avait rencontré lors de l'évasion de Manticore ? Pourquoi s'inquiétait-il autant pour la santé d'un humain ordinaire ? Et pourquoi tenait-il à connaître le chemin d'accès secret à Terminal City ?

Ils s'arrêtèrent à un feu rouge.

— Ecoute, Teddy, dit Original Cindy, ce n'est pas que je n'aie pas confiance, mais il me faudrait une…

— … preuve ! Tu m'as toujours pris pour un humain

et je n'ai jamais exhibé le moindre pouvoir de transgénique. Soudain, je te bombarde de questions. Tu dois trouver ça louche.

La jeune femme approuva, heureuse qu'il lui épargne d'avoir à le dire elle-même.

— Bien vu, Barney. Vas-y, fais-moi une petite démonstration, et je te croirai peut-être.

— Je ne peux pas. La drogue que tu m'as vu prendre tout à l'heure, le tryptophane…

— Oui ?

— C'est un inhibiteur. Il empêche mes pouvoirs de se manifester au hasard.

— Ça ne fait pas cet effet-là à Max.

— Nous sommes tous différents. Tu sais ce qu'est un X5 ? Je n'en suis pas un. Je ressemble plutôt à Joshua.

— Tu n'as pas une tête de clebs…

— Non. Et je pourrai te montrer ce que je suis, plus tard… Quand mon organisme aura évacué la drogue. Mais pas maintenant.

— Ça me va. Ecoute, il vaudrait mieux que je me bouge, si je ne veux pas que Normal me vire.

— J'ai besoin de ton aide, insista le type.

— On pourrait se retrouver au *Crash*, tout à l'heure, Benny. On dégotera un coin peinard pour que tu me montres tes pouvoirs.

— D'accord.

La jeune femme lui fit un signe de tête et appuya sur les pédales pour s'éloigner de lui. Ce mec la mettait mal à l'aise. Il s'intéressait beaucoup trop à Max. Original Cindy avait l'impression d'avoir trahi son amie. Il n'était pas question qu'elle montre le tunnel d'accès à Johnny.

Quand elle eut mis deux blocs de distance entre le jeune homme et elle, Original Cindy ralentit. Elle glissa la main dans sa poche et sortit son téléphone portable.

Elle allait prévenir Max, puis Sketchy. Un excès de prudence n'a jamais tué personne.

Soudain, le type apparut devant elle. Surprise, Original Cindy lâcha son téléphone, dont la coque éclata en touchant le sol.

— Même sous médicaments, j'ai toujours ma vitesse de transgénique, dit-il calmement.

Bouche bée, Original Cindy vira vers la droite pour l'éviter, mais sa roue se coinça dans une fente de la chaussée. Elle bascula par-dessus son guidon, et sa tête heurta le bitume.

Alors que le monde tourbillonnait autour d'elle et qu'une douleur sourde pulsait sous son crâne, elle vit le visage mou du jeune homme la toiser.

— C'est Bobby, l'entendit-elle dire avant de perdre connaissance. Pour le moment, en tout cas.

Il restait moins de seize heures pour négocier un accord avant l'arrivée des tanks. Les transgéniques n'étaient toujours pas plus près de leur but que le vendredi précédent, quand la police les avait suivis dans le parking.

Au centre de communications, épuisée, Max se frotta le visage en se demandant ce que ses camarades et elle pouvaient faire pour éviter que l'armée leur tombe dessus.

Dix et son équipe étaient assis devant leurs moniteurs. Un silence funèbre régnait dans la pièce. Max se massa les tempes du bout des doigts. Elle n'avait pas eu de nouvelles de Joshua et d'Alec depuis son entrevue avec Clemente. Etaient-ils toujours en vie ? La dernière fois qu'elle avait été conduite à l'hôpital – elle s'était fait canarder en essayant de sauver un enfant –, une infirmière avait tenté de lui administrer du poison. Ames White avait-il déjà éliminé ses amis ?

Logan aurait pu découvrir dans quel établissement Joshua et Alec avaient été emmenés. Mais Max pourrait difficilement organiser une opération de sauvetage. Sans compter que les deux transgéniques étaient peut-être déjà morts, qu'elle risquait de tomber dans une embuscade, et qu'elle ne voulait pas manquer à la parole donnée à Clemente.

Si sa seule sécurité avait été en jeu, elle n'y aurait pas réfléchi à deux fois. Mais elle devait tenir compte des conséquences de ses actions sur les autres transgéniques. Etre chef, c'était comme porter une foutue paire de menottes.

Taupe entra, laissa tomber son fusil à pompe sur la table et alluma un cigare. Puis il s'assit face à Max.

— Tu vas bien, gamine ?

— Ça peut aller. Du nouveau, dehors ?

— Tu as déjà vu de vieux films de guerre ? Tout est calme. Beaucoup trop calme. (Taupe tira sur son cigare et souffla un nuage de fumée plus dense qu'une nappe de brume nauséabonde.) Les flics ne bougent pas. Ils attendent l'arrivée des vrais durs et de leurs tanks.

— Il n'y en a plus pour longtemps. Après-demain, c'est tout un cirque qui débarquera en ville.

— Comme si quelqu'un l'ignorait encore… Max, nos gars sont en train de paniquer.

Taupe désigna les moniteurs de surveillance, où on apercevait de petits groupes de transgéniques qui tenaient des messes basses.

— Que font-ils ?

— Ils dressent leurs plans de bataille. Au cas où nous n'en aurions pas.

— J'espère qu'on ne sera pas obligés d'en arriver là.

— Ouais, et moi, j'espère que je me réveillerai un matin avec un teint de rose, grogna l'homme-lézard en frottant sa joue écailleuse. Mais au cas où nos rêves ne se réaliseraient pas… Il vaudrait peut-être mieux prévoir une solution de rechange.

Avec la meilleure volonté du monde, Max ne voyait pas les transgéniques affronter l'armée américaine et la Garde Nationale.

— On verra ça demain.

Taupe s'assit sur un coin de table.

— Comme tu voudras, Scarlett O'Hara.

Max se leva.

— J'ai quelques trucs à vérifier. Je reviens.

Elle sortit et déambula au hasard quelques minutes. Quand elle dépassa un des groupes qu'elle avait vus sur les moniteurs, certains transgéniques tournèrent vers elle un regard interrogateur. Max leur sourit et tenta de leur communiquer une assurance qu'elle était loin de ressentir.

Un jeune homme – un X6 à en juger par ses traits – se sépara de ses compagnons. Les cheveux bruns rasés, à part quatre longues tresses qui partaient du sommet de son crâne, son jean et son T-shirt semblaient n'avoir pas vu de machine à laver depuis longtemps. Le visage mince, il avait des yeux bruns écartés, un petit nez droit et des lèvres pleines.

— Comment ça va ? demanda-t-il en emboîtant le pas à Max.

— Bien, et toi ?

— A vrai dire… Je suis un peu inquiet.

— C'est compréhensible…

— Il paraît que l'armée attaquera bientôt et qu'elle a reçu l'ordre de nous massacrer. J'ai même entendu dire qu'il pourrait y avoir une frappe aérienne.

— Ça m'étonnerait beaucoup. Les médias ne sont pas tous du côté de nos adversaires. Notre cause a aussi ses partisans.

— Vraiment ?

— Oui. Ils ont leurs propres slogans, du genre « Sauvez les transgéniques », « Halte aux expériences sur les animaux et les humains »… Ils ne sont pas majoritaires, mais les autorités devront en tenir compte. Comment t'appelles-tu ?

— Travis.

— Je crois qu'on va s'en sortir, Travis.

Le jeune homme fronça les sourcils.

— D'après toi, l'armée n'attaquera pas ?

— Je n'ai pas dit ça. Mais ce n'est pas pour aujourd'hui.

— Et quand elle viendra ?

— Nous serons prêts.

Travis sourit.

— Merci. Je peux l'annoncer aux autres ?

— Bien sûr. Dis-le-leur : quoi qu'il arrive, nous ferons face ensemble.

Le jeune homme se rembrunit.

— Franchement… Je crains que ça ne les réconforte pas.

Max s'immobilisa et le regarda dans les yeux.

— Ça devrait… La question n'est pas de savoir si nous allons gagner ou perdre, mais si nous serons capables de nous serrer les coudes jusqu'au bout. Après tout, si l'armée nous prenait un à un, nous aurions du mal à résister, pas vrai ? Alors que si nous sommes des centaines, voire des milliers…

— Tu as raison, dit Travis. Je ferai passer le mot.

Alors que Max le regardait s'éloigner, son téléphone portable sonna. Elle le sortit et prit la communication.

— Ici Max.

— Salut, toi.

Logan. La jeune femme sourit.

— Salut.

— Je voulais te dire que je vais m'absenter un moment.

— Jusqu'à quand ?

— La fin de journée, je pense. Je dois retrouver Asha au *Crash*. Je crois que nous tenons une piste, pour Sage Thompson. Et j'ai besoin qu'elle la vérifie.

— Logan, la situation est vraiment critique. Je viens de parler à un X6, un certain Travis. Il a peur que l'armée nous abatte comme des animaux.

— Tu ne peux pas l'en blâmer.

— Et d'abord, d'où il sort, ce nom ? grogna Max.

— Il y a très longtemps, un officier appelé Travis a livré une célèbre bataille au Texas, expliqua Logan.

— Quelle bataille ?

— … Celle d'Alamo.

— Je n'en suis pas encore arrivée là dans mes lectures. Comment ça finit ?

A l'autre bout de la ligne, il y eut une pause.

— Vachement bien. Tous les défenseurs sont devenus des héros.

— C'est toujours ça de pris. Sois prudent.

— Promis. Toi aussi.

Ils raccrochèrent.

Un long moment, Logan Cale resta immobile, le regard rivé sur son téléphone.

Max semblait épuisée et il aurait voulu faire plus pour l'aider. Mais s'il parvenait à résoudre le mystère de l'écorcheur, ça ferait toujours une histoire de moins dont les médias se serviraient pour exacerber la haine du public contre les transgéniques de Terminal City.

Logan repoussa sa chaise et se leva. Il prit son portable, ses clés, et gagna la porte. Sa voiture était garée près de la sortie du tunnel secret. Dix minutes plus tard, il roulait vers le *Crash*.

L'établissement était le repaire favori du gang de Jam Pony. A cette heure de la journée, il était presque désert. Des arches de brique délimitaient trois sections : le bar, la salle de jeux et le restaurant. Sur les murs, des écrans vidéo diffusaient des images de courses de voitures et d'autres sports violents. Pour une fois, le juke-box qui crachait d'habitude de la musique rock était miséricordieusement silencieux. On n'entendait que le bruit des billes de billard, au fond de la salle, et la voix d'un présentateur, sortie du petit poste de télévision placé au bout du comptoir.

D'ici une demi-heure, le *Crash* se remplirait de clients pour le déjeuner. Pour le moment, Asha était seule au bar. Logan descendit l'escalier et se hissa sur le tabouret voisin du sien.

— Salut, Asha.

La combattante de la liberté, une jolie blonde, lui rendit son sourire. Un café crème était posé devant elle. Si c'était son premier, Logan n'était pas trop en retard. Elle en avait bu seulement quelques gorgées, et le breuvage fumait encore.

Le barman, un type maigre et tatoué avec de longs cheveux noirs graisseux, s'arracha à la contemplation du poste de télé pour s'approcher d'eux. Il s'appelait Ricky. En général, il travaillait la nuit. A en juger par ses cernes et son expression maussade, le changement d'horaire ne lui convenait pas. Il apporta un café à Logan et s'éloigna en traînant les pieds.

— Il n'est pas très bavard, le matin…

— Le soir non plus, répliqua Asha. Alors, de quoi voulais-tu me parler ?

— De l'agent de la NSA que nous recherchons. Le Veilleur a remonté sa piste jusqu'à l'*Armbruster Hotel.*

— Je connais.

— Assez bien pour protéger mes arrières ?

— Oh que oui !

De la lumière déchira la pénombre du bar. Levant les yeux, Logan et Asha virent la silhouette d'un homme se découper sur le seuil. Aveuglés par le soleil, ils ne purent distinguer son visage, mais quelque chose en lui leur sembla familier. Les pans de son pardessus s'agitèrent quand la porte se referma derrière lui.

Logan cligna des yeux. Le type avait des cheveux noirs lissés en arrière, de petits yeux sombres et un teint olivâtre. Il portait un costume noir avec une chemise blanche et une cravate rayée.

Logan se tourna nonchalamment vers Asha, et lui souffla :

— File. C'est un des sbires de White.

La jeune femme se laissa glisser de son tabouret et marcha vers le fond de l'établissement. Le temps que le nouveau venu approche de Logan pour lui montrer son badge, elle avait disparu.

— Je suis l'agent spécial Otto Gottlieb. On peut discuter ?

Logan haussa les épaules.

— Ça vous dérange si je m'assois ? demanda Gottlieb en désignant un tabouret vacant.

— Nous sommes dans un pays libre.

— En théorie… Votre amie a détalé comme un lapin.

— Ce n'est pas mon amie. Je pense qu'elle cherchait un client, et qu'elle a pris peur en vous voyant. Elle a dû se dire que vous étiez flic.

— Une jeune femme très perspicace… Monsieur Cale, il faut que je vous parle.

Ainsi, il connaissait le nom de Logan.

— Je vous écoute…

— Pas ici. Je préférerais que nous allions ailleurs.

— Vous me pardonnerez de ne pas sauter sur l'occasion, mais ces jours-ci, les gens qui vont « ailleurs » avec des agents gouvernementaux ont une fâcheuse tendance à disparaître !

Son interlocuteur eut l'air ébranlé. Une goutte de sueur coula sur son visage, telle une larme égarée.

— Ecoutez, monsieur Cale… Vous travaillez pour le Veilleur.

— En réalité, je suis à mon compte.

— Je dois lui parler.

— Bien sûr. Pas de problème, fit Logan avec un large sourire. Voilà des années que les Fédéraux le traquent sans succès, et simplement parce que vous me le demandez, je vais vous conduire à lui. Et pour vos deux autres vœux, qu'est-ce que vous aimeriez ?

— Si je vous donnais la preuve que…, commença Gottlieb.

— Je ne travaille pas pour le Veilleur, coupa Logan. Je partage sa méfiance au sujet des autorités, mais ça s'arrête là. Vous feriez mieux de partir.

Gottlieb ne bougea pas, mais son attitude se modifia subtilement.

— Puisque vous ne connaissez pas le Veilleur, monsieur Cale, pouvez-vous me dire pourquoi nous avons retrouvé vos empreintes partout dans l'appartement d'où a été diffusée sa dernière émission pirate ?

Logan fit mine de se lever, mais Gottlieb lui posa une main sur le bras.

— Je ne suis pas ici pour vous arrêter. En fait, je vous ai apporté un cadeau. Un témoignage de ma bonne foi.

Il sortit une enveloppe brune de son pardessus et la posa sur le comptoir.

— Qu'est-ce que c'est ? demanda Logan.

— Le dossier sur vos empreintes, révéla Gottlieb. White ne l'a jamais vu.

Logan étudia le visage torturé du flic et crut lire de la sincérité dans ses yeux.

— Et les gens du labo de la NSA ?

— Ils ne vous causeront pas de problème. Ils ont fait leur boulot, m'ont remis leur rapport comme convenu, et basta ! L'agent White s'est désintéressé du Veilleur après la prise d'otages à Jam Pony.

— Et le fichier informatique ?

— Je l'ai effacé.

— Si vous le dites, je suis bien obligé de vous croire. Comment mettre en doute la parole de quelqu'un d'aussi intègre qu'un agent de la NSA ?

— Monsieur Cale, s'il vous plaît ! Si ce que je vous dis ne vous intéresse pas, vous serez libre de partir.

Ricky s'approcha d'eux. Gottlieb faisant un signe de dénégation, le barman se concentra sur le poste de télé.

Logan empocha l'enveloppe.

— D'accord. Je vous écoute.

— On ne pourrait pas aller ailleurs ?

— Non. Cet endroit est désert, et il n'y a pas de micros, à moins que vous n'en ayez mis vous-même. On parle ici ou pas du tout.

Gottlieb réfléchit un peu avant de se lancer.

— L'homme que j'ai mentionné un peu plus tôt… Mon patron. Vous le connaissez ?

— Malheureusement, oui.

— Je crains qu'il ne travaille pas vraiment pour le gouvernement.

— Pas étonnant que la NSA vous ait engagé. Rien ne vous échappe, mon vieux. Vous avez un autre scoop pour moi ? Quelque chose qui concernerait l'intégrité de Nixon, par exemple ?

Gottlieb s'empourpra.

— J'ai voulu lui accorder le bénéfice du doute. Après tout, nous sommes censés être dans le même camp, lui et moi.

— Si vous parlez du camp qui défend les intérêts de ce pays, Ames White n'en a jamais fait partie.

— Je viens de m'en apercevoir.

— Tant mieux pour vous, agent Gottlieb. Mais cette histoire ne concerne que vos supérieurs. Pourquoi n'iriez-vous pas leur en parler ?

Logan se leva, jeta un billet sur le comptoir et fit un pas vers la porte. Une fois de plus, Gottlieb le retint.

— Je ne peux pas parler à mes supérieurs, ni à personne d'autre au sein du gouvernement. White a des contacts partout.

— Je comprends. Mais pourquoi le Veilleur ?

— Quand on ne peut plus faire confiance à ses amis, il faut s'adresser à ses ennemis.

— D'accord, dit Logan en soupirant. Suivez-moi.

Il remonta l'escalier et sortit du *Crash*. Un instant, il s'autorisa à savourer la caresse du soleil sur son visage. Puis, alors que Gottlieb le rejoignait, il entendit le cliquetis d'un pistolet qu'on armait, et se demanda s'il était tombé dans une embuscade.

Mais quand il se tourna, il découvrit Asha debout derrière eux, un flingue pointé sur la tempe de Gottlieb.

— On devrait trouver un endroit plus intime, dit Logan en soulageant son compagnon de son arme.

Il s'éloigna de l'avenue trop fréquentée et, faisant signe aux deux autres de le suivre, s'engagea dans une ruelle qui sentait la pourriture. Quelque part, un chat miaula. Asha poussa Gottlieb derrière une benne à ordures, pour que personne ne puisse les voir de l'avenue.

— Dites-nous ce que vous savez, ordonna Logan.

Gottlieb obéit.

— Vous avez des preuves de tout ça ? demanda Logan, qui soupçonnait déjà la plus grande partie de ce que l'agent de la NSA venait de lui raconter.

— White n'en laisse jamais, soupira Gottlieb.
— Où pourrions-nous en avoir ?
— Si je le savais, je n'aurais pas besoin du Veilleur.
Logan décida de changer d'angle d'attaque.
— Où est Sage Thompson ?
Gottlieb hoqueta comme s'il venait de recevoir un coup de poing.
— Comment connaissez-vous son existence ?
— Le Veilleur a tout découvert au sujet de Calvin Hankins.
— Je n'arrive pas à y croire.
— Savez-vous où se cache Thompson ?
— Non. Mais si vous arriviez à le trouver, il pourrait corroborer une partie de mon histoire.
— Si vous voulez que je vous aide, il faudra faire exactement ce que je dirai.
— Je suis doué pour ça, souffla Gottlieb.
— Vous avez une voiture ?
— Oui. Elle est garée là-bas.
Ils se dirigèrent vers le véhicule. Asha prit le volant, Otto s'installa sur le siège du passager et Logan sur la banquette arrière.
— Passez-moi vos menottes, agent Gottlieb.
— Vous pouvez m'appeler Otto.
Il glissa une main derrière lui, sortit les menottes de son pantalon et les tendit à Logan par-dessus son épaule.
— Votre main droite, Otto !
— Je vous demande pardon ?
Asha enfonça le pistolet dans les côtes de Gottlieb, qui obéit.
— Maintenant, la gauche.
Logan attacha les mains de l'agent derrière le dossier de son fauteuil.
— Pourquoi faites-vous ça ? demanda Gottlieb.

Logan sortit de la voiture. Asha baissa la vitre du passager pour qu'il puisse se pencher dedans.

— Gage de bonne foi ou pas, je ne peux pas me fier à vous, Otto. Alors, c'est vous qui allez devoir me faire confiance. Asha vous conduira dans un lieu sûr, où je vous rejoindrai dès que possible. Si j'arrive à trouver Sage Thompson, nous pourrons peut-être vous aider. Si vous mentez… inutile de finir ma phrase. Sommes-nous d'accord ?

Gottlieb déglutit et hocha la tête.

— J'espère que vous m'avez dit la vérité. Beaucoup de gens dépendent de vous, et si nous ne trouvons pas l'agent Thompson, ils auront de sérieux problèmes.

A en juger par son expression, Otto Gottlieb semblait savoir ce que c'était que d'avoir de sérieux problèmes.

CHAPITRE X

NULLE PART AUSSI BIEN QUE CHEZ SOI

County General Hospital, 13 h 42
Mercredi 12 mai 2021

Alec ouvrit les yeux, fut aveuglé par une vive lumière et les referma aussitôt. Il tenta de lever un bras pour se protéger le visage, mais son membre refusa de bouger. Puis il essaya de remuer les jambes, sans plus de succès. Visiblement, il était attaché sur son lit.

— Tu n'iras nulle part, 494, dit une voix caustique et familière.

L'estomac d'Alec se contracta. *Ames White.*

Le X5 resta immobile, les yeux clos, comme s'il avait battu des paupières dans son sommeil. Une main se posa sur son visage : le pouce sous son menton, les doigts et la paume sur sa joue. Elle était aussi froide et lisse que l'estomac d'un serpent. Lentement, elle commença à serrer, et Alec se souvint que White avait assez de force pour broyer le crâne d'un homme, fût-il un transgénique comme lui.

— Ouvre les yeux, 494, ordonna White. Ou préfères-tu que je te les ferme à jamais ?

Alec obéit. L'agent de la NSA retira sa main, mais resta penché sur lui du côté droit de son lit, tel un vampire surpris au chevet de sa proie endormie. Vêtu de son sempiternel costume sombre, il avait le teint blafard d'un buveur de sang, et les néons fluorescents qui éclairaient la pièce accentuaient encore sa pâleur.

La tête d'Alec lui tourna.

— Je suis… en prison ?

— Ne fais pas l'imbécile, dit White, un sourire cruel sur ses lèvres fines. Tu es à l'hôpital et tu y reçois les meilleurs soins. Ton copain poilu aussi.

— Comment suis-je arrivé ici ?

— La police t'a amené. Le museau de ton copain a alerté le personnel, et un de mes contacts m'a averti que deux transgéniques avaient été capturés.

Alec se tordit le cou pour observer sa petite chambre. White et lui étaient seuls.

— Je ne vois pas de flics. Y en a-t-il un dans le couloir ?

— Tu voudrais peut-être un plan du bâtiment ? Quel autre service pourrais-je te rendre ? Il y a bien un garde, mais c'est un agent fédéral. Comme tu le sais, les transgéniques relèvent de la juridiction de la NSA.

— Et vous ne nous avez pas encore tués, parce que… ?

— Ton agressivité me blesse, 494. Les transgéniques sont des citoyens américains comme les autres !

— C'est drôle, je suis persuadé que vous avez dit au Congrès que nous étions des monstres sanguinaires.

— N'est-ce pas la vérité ? Ton copain et toi avez débarqué en plein tournage du remake du *Silence des agneaux*. Avec l'un de vous dans le rôle principal.

— Que voulez-vous ? Pourquoi suis-je toujours en vie ?

Le masque de White tomba, révélant le fils de pute sans cœur dans toute sa splendeur.

— Parce qu'il faut que nous parlions, 494.

Alec secoua la tête.

— Vous pourriez demander à une infirmière de me retourner, pour vous permettre de baiser mon cul de transgénique ?

— A toi de choisir, 494. Après tout, nous vivons dans un pays libre. Tu peux mourir vite et sans souffrance, ou très *très* lentement. Mais que tu le veuilles ou non, avant ça, nous parlerons. Je te tuerai quand nous aurons fait le tour des sujets qui m'intéressent.

Alec lui cracha à la figure. White s'essuya sans ciller.

— Et pendant que ton corps commencera à se putréfier, j'irai trouver Toutou dans la chambre d'à côté pour avoir la même conversation. Il devrait me donner moins de fil à retordre.

— Si Joshua vous met les pattes dessus, l'expression « jouet à mâcher » prendra un sens tout nouveau, promit Alec.

— Ça m'étonnerait ! Je pense plutôt qu'il hurlera à la lune. Ensuite, nous l'emmènerons à la fourrière pour le faire piquer. Dommage pour lui, tu ne trouves pas ?

Alec fit un rapide inventaire de ses membres et de ses organes vitaux. Il avait mal partout, mais il semblait intact. Le dialogue avec White avait au moins le mérite de lui permettre de reprendre ses esprits.

Apparemment, il ne portait qu'une chemise de nuit sans manches, et son épaule gauche était toujours bandée à l'endroit où il avait reçu une balle pendant la prise d'otages, à Jam Pony. Mais il était attaché à son lit par les poignets et les chevilles.

Alec se souvenait vaguement d'avoir vu une matraque électrique s'abattre sur lui. Après, plus rien.

Près de lui, White sortit un rasoir et fit jouer la lame pour qu'elle reflète la lumière.

— Un des points sur lesquels mes semblables sont

supérieurs aux transgéniques, dit-il, c'est qu'ils ne ressentent pas de douleur.

— Ça ne les empêche pas de saigner, répliqua Alec. Comme je me ferai une joie de vous le prouver.

Il banda ses muscles, mais les menottes refusèrent de céder. Le métal mordit dans sa chair, et la douleur l'aida à se concentrer.

— Par où allons-nous commencer ? lança White. Pourquoi pas par ton amie 452 ?

Alec ne répondit pas.

— Je veux que tu me dises comment l'atteindre.

— Il suffit d'escalader la clôture de Terminal City et de siffler, tête de nœud !

— Lassie et toi, vous êtes sortis, et personne ne vous a vus, dit White sans s'émouvoir. Or, tout le quartier est sous étroite surveillance. J'en déduis qu'il existe un accès secret.

— Essayez de claquer des talons en disant : « On n'est nulle part aussi bien que chez soi », fit Alec.

— De l'humour. J'aime ça, 494. Moi aussi, je peux en faire. Regarde.

White se pencha sur son prisonnier et, sans le quitter des yeux, lui entailla l'épaule droite. Le jeune homme serra les dents et ne dit rien.

— Je suis ravi que tu refuses de coopérer, affirma White. Malgré toutes mes qualités, j'ai une sacrée faiblesse : je hais les transgéniques.

Il prolongea l'entaille de deux ou trois centimètres. Alec sentit du sang couler sur son bras, mais la douleur renforça sa détermination à tenir tête à White.

— Alors, 494 : comment puis-je atteindre 452 ?

— Allez en enfer et prenez à gauche.

L'agent de la NSA contourna le lit.

— J'espère que tu t'amuses autant que moi.

Il appuya son rasoir sous le bandage d'Alec et lui fit

une coupure de la même taille que la première, mais un peu plus profonde.

— Je dois connaître le moyen d'entrer discrètement à Terminal City parce que je veux mettre la main sur 452 avant l'arrivée de l'armée.

Clignant des yeux pour chasser ses larmes, Alec ne put s'empêcher de souffler :

— Pourquoi ?

— Peut-être parce que je veux faire empailler sa tête et la mettre au-dessus de ma cheminée. En quoi ça importe à un homme qui va mourir ? Dis-moi la vérité, et je promets de t'achever très vite.

La porte s'ouvrit. White fit volte-face. Une jeune infirmière afro-américaine apparut sur le seuil. Elle hoqueta de stupéfaction et porta les deux mains à sa bouche.

— Que faites-vous ? s'écria-t-elle.

Son rasoir sanglant à la main, White marcha vers elle.

— Sortez d'ici ! Je suis un agent fédéral, en mission pour le gouvernement.

L'infirmière – qui devait trouver son comportement un peu suspect pour un représentant de l'ordre – hurla à tue-tête. Profitant de cette diversion, Alec mobilisa toutes ses forces pour tirer sur ses menottes, qui tinrent bon. Mais un barreau métallique du lit céda, lui libérant une main.

Alors que White se tournait vers lui en brandissant son rasoir, Alec lui lança son poing dans le sternum. L'agent de la NSA vola dans les airs et heurta violemment le mur. Sous le choc, son rasoir lui échappa des mains.

L'infirmière tourna les talons et s'enfuit en hurlant.

Alec savait qu'il n'avait que quelques secondes. Il arracha le barreau qui retenait son autre main. White avait glissé le long du mur et s'était écroulé sur le sol, le regard vitreux, la bouche grande ouverte et la respiration sifflante. Il ignorait la douleur, mais les coups qu'il encaissait le ralentissaient quand même.

Alec entendit des pas approcher dans le couloir. Négligeant le sang qui dégoulinait le long de ses bras, il s'assit sur son lit et arracha les barreaux où ses pieds étaient attachés.

White prit appui sur le mur pour se redresser. Sa main libre plongea dans sa veste, à la recherche de son pistolet. Alec bondit du lit et se jeta sur lui pour lui flanquer deux crochets. De nouveau, White heurta le mur et s'écroula en lâchant son flingue.

Tendant la jambe, il fit un croche-pied à Alec. Le jeune homme s'étala de tout son long quand deux types en noir firent irruption dans la pièce, l'arme au poing. La vue de leur chef sur le sol les fit hésiter un instant. Alec en profita pour plonger sous le lit. Il roula sur lui-même et se redressa de l'autre côté.

— Tuez ce petit con ! cria White.

Les deux hommes braquèrent leurs pistolets sur Alec, mais il était prêt. Il empoigna le lit et le fit basculer pour s'en faire un bouclier. Alors qu'il fonçait en avant, il sentit les balles traverser le matelas et ressortir, ralenties, de chaque côté de son corps. Deux nouvelles détonations retentirent quand il poussa le lit sur les deux agents et les renversa.

White se relevait. Alec plongea, leurs mains se refermant sur le pistolet en même temps. Pendant qu'ils se disputaient l'arme, les deux agents coincés sous le lit luttèrent pour se dégager et Alec entendit des cris dans le couloir.

Il flanqua un coup de tête à White, lui arracha son flingue et prit les clés des menottes dans la poche de sa veste. Puis il se tourna vers les deux agents qui s'étaient extraits de sous le lit et tâtonnaient en quête de leurs armes. D'un coup de pied à la tête, il expédia le premier au pays des rêves, puis abattit la crosse de son pistolet sur le menton de l'autre.

Alec sortit de la chambre. D'autres hommes en noir couraient vers lui. Il tira au-dessus de leur tête pour les effrayer. Manœuvre réussie : les agents battirent précipitamment en retraite.

Alec ouvrit la porte de la chambre située à droite de la sienne. Le lit était vide. Il courut vers celle de gauche, espérant que White n'avait pas menti et que Joshua était bien « à côté », parce qu'il n'avait pas le temps de fouiller le bâtiment et qu'il détesterait abandonner à son sort l'homme-chien.

Les rideaux étaient tirés, mais Alec distingua une silhouette allongée sur le lit.

— C'est toi, Joshua ?

— Alec ?

Bingo ! Ensemble, ils avaient une chance de s'en tirer.

Alec passa de nouveau la tête dans le couloir. Les hommes en noir n'étaient pas réapparus. Pour les encourager à rester planqués, il tira encore une fois dans les deux directions. Puis il s'approcha du lit, défit la menotte droite de Joshua et lui donna les clés.

— Tu vas bien ?

— Je crois. Pourquoi sommes-nous à l'hôpital ?

— Garde tes questions pour plus tard. Il faut filer. Ames White et ses chimpanzés sont après nous.

Alec recula vers la porte et regarda dans le couloir. Les agents étaient sortis de leur cachette et avançaient vers eux, accroupis derrière des chariots métalliques qu'ils utilisaient comme des boucliers. Alec vida son chargeur sur eux et se retourna vers Joshua.

— Tu as fini ?

L'homme-chien ouvrit sa dernière menotte et sauta à terre. Lui aussi portait une chemise de nuit qui lui donnait une apparence ridicule.

— On peut y aller, dit-il.

— Par la fenêtre, ordonna Alec.

Mais elle était fermée.

— Alec devrait reculer, fit Joshua.

Il saisit le poste de télévision fixé au mur, l'arracha de son support et le jeta dans la fenêtre. La vitre explosa. Quelques secondes plus tard, Alec entendit le poste s'écraser sur le bitume.

Joshua regarda par la fenêtre brisée.

— C'est haut.

— Il doit y avoir une corniche. Grimpe dessus. Dépêche-toi !

L'homme-chien obéit, évitant adroitement les échardes de verre qui jaillissaient encore du cadre de la fenêtre. Alec l'imita rapidement.

Ils étaient au sixième ou au septième étage du bâtiment, à l'aplomb d'un parking. Alec aperçut quelque chose sur sa droite. Une benne à ordures ?

Progressant le dos plaqué contre la façade, Joshua avançait déjà vers la chambre d'Alec. Le jeune homme regarda dans cette direction, et vit White se pencher par la fenêtre.

— Non ! lança-t-il.

L'agent de la NSA tendit un pistolet qu'il avait dû emprunter à un sous-fifre et visa Joshua, qui lui saisit le poignet et tira. Alors qu'il passait par la fenêtre ouverte, White appuya sur la détente, mais sa balle alla se perdre dans les airs.

Un instant, Alec fut aveuglé par le reflet du soleil sur la vitre. Puis il entendit le cri – de rage, pas de peur – que poussa White en dégringolant. Clignant des yeux, il vit l'homme en noir s'écraser les membres en croix dans la benne à ordures pleine de sacs-poubelles.

Il se tourna vers Joshua.

— Saute ! cria-t-il. Maintenant !

Ils se laissèrent tomber dans le vide à l'instant où des détonations retentissaient autour d'eux.

Le choc de la réception leur coupa le souffle. Alec mit quelques secondes à reprendre ses esprits alors qu'une odeur nauséabonde lui assaillait les narines. Depuis l'Impulsion, les exigences d'hygiène avaient beaucoup baissé, et les hôpitaux se débarrassaient de leurs détritus organiques le plus simplement possible. Alec réprima son envie de vomir.

Au-dessus, ils n'entendaient plus de coups de feu. Les agents devaient descendre pour les intercepter dans la rue.

— Joshua !

L'homme-chien émergea au milieu des sacs-poubelles, la tête d'Ames White coincée sous son bras.

— Il faut y aller, le pressa Alec. Tue-le ou lâche-le, ça m'est égal.

Joshua saisit White par les cheveux.

— Tu mériterais de mourir, grogna-t-il, son museau collé au visage hagard de l'humain. Mais d'après Max, si je te tue, c'est toi qui auras gagné en nous faisant passer pour des monstres. Alors que le seul véritable monstre, c'est toi.

White eut un rictus méprisant.

— Brave Toutou !

Joshua lui flanqua un coup de poing.

— Bientôt, dit-il, bientôt, tu paieras pour ce que tu as fait à Annie.

— Magne-toi ! insista Alec.

Ils se hissèrent sur le bord de la benne à ordures, se laissèrent tomber souplement à terre et s'enfuirent.

Alec savait que Joshua voulait la mort de White, qui avait tué Annie Fisher. Une aveugle qui se moquait de son apparence. La seule amie qu'il ait jamais eue chez les humains ordinaires. Malgré son vocabulaire limité et sa maladresse, Annie avait su « voir » en Joshua l'être sensible et intelligent qui commençait à s'épanouir après toute une vie de mauvais traitements infligés par Manticore.

Alec savait aussi que Joshua ne voulait pas décevoir Max. Une fois encore, à distance, la jeune femme l'avait empêché d'achever White.

Si Joshua s'apercevait qu'Alec l'avait manipulé pour le pousser à sortir de Terminal City – contrevenant ainsi aux ordres de Max –, il serait très en colère contre lui. Mais comme toujours, il finirait par lui pardonner.

Alors qu'ils couraient dans les rues, les pans de leur chemise de nuit volant derrière eux, Alec comprit qu'ils devaient regagner au plus vite Terminal City. Et dire à Max qu'ils connaissaient l'identité du tueur en série.

Mais ils en étaient très loin, sans moyen de transport et à demi nus. Avec son mètre quatre-vingt-dix, ses cent vingt kilos et son museau de chien, Joshua ne passait pas vraiment inaperçu. Et les bras d'Alec étaient couverts de sang.

Face à l'absurdité de leur situation, le jeune homme faillit éclater de rire. Leur entraînement les avait préparés à beaucoup de choses, mais pas à ça.

Le quartier qu'ils traversaient lui semblait vaguement familier. Quand Joshua tourna devant une épicerie, Alec comprit que son compagnon savait où ils étaient. L'hôpital devait être le County General, à moins de trois kilomètres de l'ancienne tanière de Joshua.

Ce manoir gothique avait autrefois appartenu à Sandeman, le « père » de tous les transgéniques, et la seule personne qui se soit montrée bienveillante avec eux au sein du projet Manticore. *La chance paye parfois plus que l'intelligence*, pensa Alec. Joshua et lui avaient vécu là-bas ensemble. Il devait y rester des vêtements et Logan avait sans doute fait rebrancher le téléphone.

Il n'y avait pas beaucoup de circulation dans le coin, et les trottoirs étaient presque déserts. Soudain, Alec vit une voiture sombre qui fonçait vers eux. Des agents du gouvernement pouvaient se cacher derrière ses vitres fumées.

— Joshua ! appela-t-il. La bagnole !

Mais l'homme-chien avait un temps d'avance sur lui. Il s'accroupit au milieu d'un carrefour, souleva une plaque d'égout et se laissa tomber par l'ouverture. Alec l'imita et remit la plaque en place quelques secondes avant qu'un véhicule roule dessus.

L'odeur des égouts n'était pas plus agréable que celle de la benne à ordures. De l'eau glacée montait jusqu'aux genoux d'Alec. Il frissonna, mais Joshua se lança dans un tunnel sans paraître incommodé par la température ou par la puanteur.

Après son évasion de Manticore, le transgénique à tête de chien utilisait les égouts pour se déplacer dans Seattle. Ainsi, il avait pu rester en contact avec Hampton, devina Alec.

Vingt minutes plus tard, les deux amis purent se sécher et enfiler des vêtements convenables dans la maison où Logan s'était installé après la destruction de son appartement. La garde-robe de Joshua se composait exclusivement de jeans et de T-shirts XXXL. Mais ce serait toujours moins voyant que de se balader en chemise de nuit…

Le jeune homme saisit le téléphone et composa le numéro du portable de Max. Avant que la première sonnerie retentisse, son ouïe de transgénique capta un bourdonnement à basse fréquence, et il comprit que quelqu'un – la NSA ? la Garde Nationale ? – essayait de repérer l'origine de l'appel.

Alec raccrocha.

Il aurait dû s'en douter. Max se servait trop de son portable et le gouvernement avait mis sa ligne sur écoute. Une raison de plus de retourner à Terminal City pour la mettre en garde.

Mais comment faire ? Même en passant par les égouts, il leur faudrait des heures pour atteindre le tunnel de Medtronics. Ils avaient besoin de quelqu'un de l'extérieur. Original Cindy et Sketchy n'avaient pas de voiture. Mais c'étaient les seules personnes à qui Alec pouvait faire confiance.

Il composa d'abord le numéro d'Original Cindy. La jeune femme ne répondit pas, ce qui l'inquiéta un peu. Comme il n'avait pas le temps de se poser de questions, il appela Sketchy.

— Une voiture ? répéta le coursier. Je pense que je pourrais en emprunter une.

— Il faudrait que tu passes nous prendre à la maison de Joshua.

— Qu'est-ce que vous fichez de ce côté de la barrière ?

— Je t'expliquerai en route. Contente-toi de ramener tes fesses le plus vite possible.

— Je serai là dans un quart d'heure, promit Sketchy. Une demi-heure au plus.

Quarante-cinq minutes plus tard, Alec et Joshua guettaient par la fenêtre quand une camionnette en piteux état se rangea devant la maison. Ils descendirent, montèrent à bord, et leur chauffeur redémarra.

Pendant qu'ils roulaient vers Terminal City, Alec raconta à Sketchy leurs aventures de la journée et lui dévoila l'identité du tueur.

— Bobby Kawasaki ? s'écria le jeune homme en pâlissant. Celui qui bosse à Jam Pony avec nous ?

— Ouais. C'est un transgénique qui se fait passer pour un humain. Quelque chose ne va pas ?

— Merde, merde, merde ! gémit Sketchy. Je crois que je l'ai vu ce matin avec Original Cindy. Je suis presque sûr qu'ils sont partis ensemble, et elle n'a pas reparu depuis. Lui non plus, d'ailleurs. Normal a même menacé de les virer.

Alec écarquilla les yeux.

— Tu ferais mieux d'appuyer sur le champignon.

Assis dans un fauteuil défoncé, Bobby Kawasaki regardait l'image brouillée d'un téléviseur qui avait dû être fabriqué dans un pays du tiers-monde avant l'Impulsion. La chambre de motel était poussiéreuse et sentait le renfermé, mais le réceptionniste, un petit Asiatique qui portait des lunettes en cul-de-bouteille, n'avait posé qu'une seule question :

— Vous payez en liquide ?

Son projet était pendu à l'abri dans l'armoire. Quant à Original Cindy, elle gisait inconsciente sur le lit, une compresse sur le front. Bobby avait seulement voulu lui faire peur. Il n'avait pas pensé qu'elle tomberait de son vélo et se cognerait la tête. Il la regarda et se demanda si elle se réveillerait un jour.

Après son accident, il avait chargé la jeune femme sur son propre vélo pour la ramener au motel. Assise sur ses genoux, la joue appuyée contre la sienne, elle avait l'air de prendre du bon temps avec son petit ami. Ce n'était pas le mode de transport le plus pratique, mais il avait eu le mérite de les conduire jusque-là.

Il était hors de question que Bobby emmène Original Cindy à l'hôpital. Sinon, il ne la contrôlerait plus, et il se retrouverait à son point de départ. La garder au motel était presque aussi risqué. Si elle mourait, elle ne pourrait pas l'aider. Et ce serait vraiment dommage, vu le mal qu'il s'était donné pour l'appâter. La laisser le surprendre en train d'avaler du tryptophane avait été un coup de génie.

Mais la situation lui avait échappé. Au début, elle semblait prête à l'aider de son plein gré. Puis il avait dû dire quelque chose qui lui avait mis la puce à l'oreille. Mais il avait beau se repasser leur conversation dans sa tête, il ne voyait pas quoi.

Non que ça ait la moindre importance ! Si elle mourait, il déposerait son corps quelque part. Sa peau n'avait ni la bonne couleur ni la bonne taille pour son projet. Si elle se réveillait, elle l'aiderait. Et si elle refusait, il la tuerait. Ce n'était pas plus compliqué que ça.

Bobby regarda l'opulente poitrine d'Original Cindy se soulever au rythme de sa respiration. Elle était toujours en vie, mais pour combien de temps encore ? Puis le journal télévisé de SNN commença, et il se concentra sur le poste, en quête de nouvelles sur Terminal City.

Au niveau national, les tremblements de terre et les autres catastrophes avaient relégué le siège à l'arrière-plan. Au niveau local, en revanche, il faisait toujours la une. Plusieurs groupes de manifestants pro-transgéniques avaient défilé, avec des slogans du genre « Non aux expériences génétiques ».

Original Cindy gémit. Bobby se leva pour la rejoindre. Très lentement, comme si chaque geste lui causait une douleur insupportable, la jeune femme porta une main au chiffon humide qui lui couvrait le front. Puis elle battit des paupières et ouvrit les yeux.

— B-Bobby, parvint-elle à articuler en découvrant le transgénique penché sur elle.

— Tu te souviens de mon nom. Je suis flatté.

— Que s'est-il passé ?

— Tu es tombée de ton vélo. Je t'ai amenée ici.

A son regard, il devina que ses souvenirs étaient confus, et qu'elle avait du mal à comprendre ce qu'il lui disait.

— Ici ? Où ?

— Dans un motel.

Original Cindy tenta de s'asseoir, mais y renonça très vite.

— Ça fait mal, grogna-t-elle.

— Tu dois avoir une commotion.

— Pourquoi m'as-tu amenée dans ta chambre ? Si tu penses à de l'action horizontale, tu te goures. Commotion ou pas, Original Cindy n'a pas changé de camp.

— Ce n'est pas ce que j'attends de toi. Je veux seulement rejoindre les autres.

La jeune femme fronça les sourcils.

— A Terminal City, précisa-t-il.

— Ah oui, lâcha-t-elle d'une voix pâteuse. C'est vrai : tu es un transgénique.

Bobby vit qu'elle luttait pour se souvenir. Si elle se rappelait ce qui l'avait alarmée le matin, il serait forcé de lui faire du mal pour qu'elle coopère. Dans le cas contraire, elle l'aiderait peut-être de son plein gré.

— Original Cindy devrait probablement traîner son joli petit cul jusqu'aux urgences…

De nouveau, la jeune femme essaya de s'asseoir. Sans plus de succès que la fois précédente. Bobby lui passa un bras dans le dos et ajusta les oreillers sous sa tête pour qu'elle puisse se redresser.

— Il n'y a pas de docteurs à Terminal City ? demanda-t-il innocemment.

Original Cindy plissa ses yeux voilés par la douleur.

— Tu rigoles ? Les gars de Manticore fabriquaient des machines à tuer, pas à préserver la vie.

— Mais beaucoup de X5 et de X6 ont eu une formation médicale.

— C'est possible. Encore faudrait-il pouvoir aller là-bas. Ça ne te dérange pas si je reste un peu ici, histoire de me reposer ?

Bobby n'aimait pas ça du tout. Mais comme elle ne semblait pas hostile, il opta pour un compromis.

— Pas trop longtemps, alors. Sauf si tu penses qu'on devrait attendre la nuit.

Original Cindy le dévisagea. Il savait à quoi elle pensait : si elle lui faisait confiance, et qu'il était un espion à la solde des fédéraux ou un truc dans le genre, elle mettrait en danger toute la population de Terminal City.

— Non, dit-elle enfin. Je peux nous faire entrer pendant la journée. Pas de problème.

— Génial. Maintenant, tu devrais dormir un peu, fit Bobby. Je suis pressé de retrouver mes frères et sœurs !

Original Cindy se laissa aller et ferma les yeux. Elle était encore très faible et sa tête lui faisait un mal de chien. Mais alors qu'elle s'assoupissait, elle se rappela soudain pourquoi elle était tombée.

C'était lui. Bobby Kawasaki l'avait effrayée.

Malgré sa fatigue, elle trouvait étrange qu'il soit si décidé à se fourrer dans un guêpier dont ses semblables s'efforçaient désespérément de sortir. Elle n'arrivait pas à mettre le doigt sur ce qui clochait chez ce type d'une fadeur absolue, mais ses tripes la mettaient en garde d'une façon très éloquente. Elle devait gagner le plus de temps possible pour trouver un moyen d'avertir Max.

Une heure plus tard – même s'il lui semblait que quelques secondes à peine étaient passées –, elle sentit une main la secouer par l'épaule.

— Réveille-toi, Cindy. Il est temps d'y aller.

Sonnée, la jeune femme parvint à s'asseoir. Mais une douleur lancinante pulsait d'un côté de sa tête, descendait le long de son cou et irradiait dans son bras. *Commotion de mes fesses !* enragea-t-elle.

— Il faut que je les appelle, pour les prévenir qu'on arrive.

— Non, non. Pas de téléphone. Lève-toi. Tu as besoin que je t'aide ?

— Ils… Ils ne nous laisseront pas entrer.

— S'ils n'observent pas un silence radio, ils devraient le faire, et ce n'est pas moi qui les inciterais à le rompre. On s'inquiétera de leur réaction une fois sur place. Viens.

— Comment y aller ? J'ai les jambes en coton et une putain de migraine… Je ne peux pas marcher.

— On prendra un taxi.

Bobby sortit une grosse valise, la posa sur le dessus de la commode et l'ouvrit. Original Cindy le vit tirer de la penderie une sorte de combinaison de cuir en patchwork, un vêtement grossier d'allure presque primitive. Mais entre la mauvaise qualité de l'éclairage et sa vision encore voilée par la douleur, elle ne put déterminer de quoi il s'agissait.

Bobby le plia soigneusement et le rangea dans sa valise. Puis il fourra une lampe torche dans sa poche, un couteau dans sa botte et une matraque électrique sous son bras. Des précautions raisonnables pour un transgénique, mais qui affolèrent les tripes intuitives d'Original Cindy.

Ses préparatifs achevés, Bobby l'entraîna dehors sans douceur. Dès qu'ils furent sortis du motel, la jeune femme reconnut le quartier pourri où ils étaient. L'avantage, c'était qu'il leur faudrait un bon moment pour trouver un taxi, même en plein jour.

Malheureusement pour elle, Bobby avait menti. Il fractura la portière de la première voiture qu'ils croisèrent, jeta Original Cindy sur le siège du passager, mit sa valise dans le coffre et démarra en trafiquant les fils du démarreur.

Alors qu'ils roulaient dans les rues de Seattle, la jeune femme chercha désespérément un moyen de prévenir sa meilleure amie.

Max se rongeait les sangs. Elle aurait donné n'importe quoi pour échanger son rôle de chef contre une bonne bagarre avec un méchant. Alec et Joshua manquaient toujours à l'appel. Logan non plus ne s'était pas manifesté, et chaque fois qu'elle tentait d'appeler Original Cindy, elle n'obtenait qu'un vague bourdonnement.

Agacée, elle jeta son portable sur une table.

— Il ne marche plus ? demanda Dix.

Max secoua la tête.

— Les nôtres non plus. On dirait que les fédéraux ont enlevé leurs gants de velours. Au lieu de se contenter d'épier nos transmissions, ils nous empêchent d'émettre. Ils ont coupé le courant dans le quartier il y a deux heures. Heureusement que nous avons notre générateur.

Luke entra, un verre vide à la main.

— Ils viennent de couper l'eau, annonça-t-il.

— Votre système d'alimentation est en place ? demanda Max.

— Pas encore, répondit Dix. Mais ça ne tardera plus. Une quinzaine d'heures, vingt tout au plus.

— J'espère que nous tiendrons jusque-là…

Max était coupée de ses amis les plus proches, mais elle pouvait encore parler à Clemente. Qui aurait cru qu'un flic deviendrait un jour son seul espoir ?

— Je reviens, dit-elle en sortant du centre de communications.

Elle gagna l'entrée de Terminal City. De l'autre côté

du portail, les gardes nationaux et les policiers se cachaient derrière leurs véhicules dans un silence tendu.

— Hé, les gars ! appela Max. Où est Clemente ?

Plusieurs types haussèrent les épaules, et un ou deux répondirent :

— Sais pas.

De l'autre côté de la rue, le colonel Nickerson sortit de la cafétéria. Max le regarda s'approcher d'une démarche raide.

— Colonel, je dois parler à Clemente.

Nickerson secoua la tête.

— L'inspecteur Clemente est en mission. On ne peut pas le joindre. Nous vous avons coupé l'eau et l'électricité, et vous ne pouvez plus communiquer avec l'extérieur. C'est la fin, 452.

Max pensa franchir la clôture d'un bond pour lui botter le cul. *Retiens-toi, ma fille. Tu es censée donner l'exemple.*

Sans un mot, elle se détourna et s'éloigna entre les bâtiments décrépits de Terminal City. Il était temps d'organiser une nouvelle réunion.

Une demi-heure plus tard, tous les transgéniques furent de nouveau rassemblés dans le parking souterrain.

— Il n'y a plus d'eau ! cria quelqu'un.

Dix fit un pas en avant.

— On s'en occupe. L'alimentation sera rétablie d'ici demain…

Des grognements mécontents montèrent de la foule.

— Nous avons des problèmes plus graves, annonça Max.

— L'armée va attaquer ? demanda un type.

D'autres voix lui firent écho – au sens littéral du terme, dans le parking caverneux.

— C'est de ça que je voulais vous parler.

Des cris contradictoires montèrent de tous les côtés.

— Il faut ficher le camp !

— Il faut nous battre !

— Nous battre avec quoi ?

Max leva les mains pour réclamer le silence. Sans succès. L'assemblée était à deux doigts de basculer dans le chaos.

Taupe leva son fusil à pompe en visant la rampe qui montait au niveau supérieur. Du regard, il demanda la permission de Max, qui hocha la tête. Le bruit serait étouffé et les flics ne penseraient pas qu'ils leur tiraient dessus.

Un silence presque surnaturel succéda au fracas de la détonation. Taupe avait réussi à mobiliser l'attention de la foule.

— Il y a une semaine, cria-t-il en tournant sur lui-même, je voulais m'enfuir.

— Et tu avais raison ! hurla une voix.

Taupe s'immobilisa face à son propriétaire et engagea une autre cartouche dans le canon.

— La ferme ! C'est mon tour de parler !

Personne ne le contredit.

— Je voulais m'enfuir, répéta-t-il, et Max a fait son petit discours pour dire que nous ne pouvions plus vivre constamment dans la peur. Un putain de bon discours que nous avons tous entendu et compris ! Pourtant, il y a encore ici des mauviettes prêtes à détaler comme des lapins à la première difficulté.

Il marqua une pause. Aucun transgénique n'en profita pour prendre la parole.

— Je ne suis pas de ceux-là, reprit Taupe en mâchouillant son cigare, et en balayant les transgéniques du regard comme s'il les mettait au défi de le contredire. Cet endroit est un trou à rats, mais c'est *notre* trou à rats. Quoi qu'il advienne, nous y sommes chez nous.

Quelques personnes approuvèrent.

— De tout temps, les pionniers ont colonisé des territoires hostiles. Terminal City est notre colonie. Aussi misérable que soit cet endroit, je suis prêt à me battre pour le protéger. Si nous arrivons à négocier un arrangement, tant mieux. Sinon, j'accueillerai à coups de chevrotine ceux qui tenteront de me chasser de chez moi !

Quelques cris isolés retentirent. Puis d'autres. Bientôt, toute la foule scanda :

— Ter-mi-nal City ! Ter-mi-nal City !

Max savoura l'enthousiasme et l'esprit de corps de ses camarades. Puis elle fit un pas en avant et leva le poing. La foule se tut.

— Nous ferons tout notre possible pour trouver un arrangement amiable avec les autorités. Mais Taupe a raison. Nous sommes ici chez nous, et nous ne fuirons pas.

Luke apporta le drapeau que Joshua avait fabriqué. Il le tendit à Max, qui l'agita au-dessus de sa tête sous les vivats de la foule.

Comme les bâtiments, c'était un drapeau plutôt miteux. Mais il leur appartenait, et ils se battraient jusqu'à la mort pour le défendre.

CHAPITRE XI

JE MOURAIS D'ENVIE DE TE RENCONTRER

Armbruster Hotel, 13 h 45
Mercredi 12 mai 2021

Après être resté coincé pendant ce qui lui avait semblé des heures dans les embouteillages de Seattle, Logan Cale se gara enfin devant l'*Armbruster Hotel*. Autrefois, c'était l'endroit où descendaient tous les visiteurs friqués de la Cité d'Emeraude. A présent, il en restait un bâtiment en brique de sept étages plutôt décrépit. La marquise, couleur sapin à l'origine, avait viré au vert pastel et s'était affaissée sur elle-même. Quant à l'immense hall d'entrée aux vitres ternies, il abritait désormais des ivrognes plutôt que des portiers en uniforme.

Logan composa un numéro sur son téléphone portable. Asha décrocha dès la première sonnerie.

— Oui ?

— C'est moi. Je suis enfin arrivé. Etonnant le nombre de bagnoles qui circulent encore malgré le prix de l'essence ! Comment va notre invité ?

— Il a été très sage.

— Je me demande s'il est sincère.

— S'il ne l'est pas…

— Je sais : tante Asha lui donnera une fessée. Tu peux lancer le compte à rebours. Si tu n'as eu aucune nouvelle de moi d'ici une demi-heure, tu sais ce que tu devras faire.

— Bien reçu.

Logan coupa la communication. En entrant dans l'hôtel, il fut accueilli par une odeur à mi-chemin entre la fumée des cigares de Taupe et le vestiaire d'une auberge de jeunesse. Un lustre de cristal sophistiqué, vestige d'une époque plus glorieuse, surplombait une moquette élimée et des meubles branlants.

Derrière le comptoir, qui ressemblait à un bar de western, le réceptionniste était perché sur un tabouret. Une soixantaine d'années, il était tellement livide que Logan aurait pu le prendre pour un albinos issu des expériences de Manticore si ses yeux n'avaient pas été aussi noirs. Penché sur un magazine intitulé *Adolescentes en chaleur* – qui ne traitait pas de météo et ne s'adressait visiblement pas à des jeunes filles de moins de dix-huit ans –, il ne leva même pas le nez quand Logan s'approcha.

— Excusez-moi…

L'employé s'arracha à la contemplation des photos d'un goût douteux et dévisagea Logan avec des yeux bovins.

— Vous avez un client appelé Thomas Wisdom. Pourriez-vous m'indiquer le numéro de sa chambre ?

— Non. Vous croyez que nous donnons cette information à n'importe qui ? Nos clients ont droit à leur intimité.

— Combien coûte un abonnement à ce délicieux journal ? demanda Logan en regardant le magazine.

Le réceptionniste plissa les yeux.

— C'est un mensuel. Huit dollars quatre-vingt-quinze le numéro.

— Mais on économise de l'argent en s'abonnant.

— Ouais… Ça doit quand même faire dans les cinquante dollars.

— Je vois. Et je suppose qu'il est expédié dans une enveloppe brune anodine ?

— Certainement. Quelque chose de discret.

Logan sortit de son portefeuille un billet de cinquante dollars.

— Dans quelle chambre avez-vous dit que loge mon ami M. Wisdom ?

— La 417, monsieur.

Logan fit glisser le billet sur le comptoir.

— Bonne lecture.

Un sourire jaunâtre éclaira le visage mou du réceptionniste.

— Vous savez ce que je déteste, quand je m'abonne à un magazine ? lança Logan sur un ton détaché.

— Non. Quoi ? demanda l'employé, les sourcils froncés.

— Qu'on m'appelle pour me demander de renouveler mon abonnement. Pendant que je suis à mon travail.

— Si vous voulez, je peux mettre tous les coups de téléphone de M. Wisdom en attente pendant que vous serez dans sa chambre.

— Vraiment ? Très aimable à vous…

L'ascenseur puait l'urine. Alors que les portes se refermaient sur lui, Logan se demanda s'il n'allait pas se jeter tête baissée dans un piège tendu par Ames White. Même s'il avait eu du mal à retrouver Thompson, l'agent de la NSA disposait d'un matériel aussi performant que le sien, et d'informaticiens aussi doués que lui. Il avait pu prévoir ses actions. Si Otto Gottlieb avait menti, Logan était cuit.

Quand les portes de l'ascenseur se rouvrirent au quatrième étage, Logan décida que le pistolet caché sous sa veste resterait où il était. S'il approchait avec un flingue à la main, Thompson risquait de mal réagir, et la situation dégénérerait. Inutile de céder à sa paranoïa. Même si c'était elle qui avait maintenu le Veilleur en vie si longtemps…

Tout était gris dans le couloir, de la moquette bon marché à la peinture des murs, en passant par les appliques couvertes de poussière. L'odeur d'urine fut remplacée par celle d'un désinfectant javellisé.

Logan approcha prudemment de la porte 417. Il se plaqua contre le mur et tendit le bras pour frapper.

Pas de réponse. De l'autre côté du battant, il n'entendit ni poste de radio, ni télé, ni bruit de chaise qu'on pousse en se levant. Pourtant, l'instinct du jeune homme lui soufflait que Thompson était là. Il devait y être, puisqu'il se planquait.

Logan frappa de nouveau, sans résultat. Son instinct se trompait peut-être. Frustré, il se demanda si le réceptionniste avait vu sortir Thompson. C'était peut-être pour ça qu'il s'était laissé convaincre si facilement de donner le numéro de sa chambre.

— Monsieur Wisdom ! appela-t-il. Monsieur Wisdom, je dois vous parler.

N'ayant toujours pas de réponse, il cria :

— Monsieur Thompson !

La porte s'ouvrit à la volée. Logan se retrouva face au museau gris d'un Glock.

— Ne hurlez pas si fort ! Vous voulez que je me fasse tuer ?

S'arrachant à la contemplation du canon qui le menaçait, Logan leva les yeux vers son interlocuteur. Maigre et pâle, il était un peu plus jeune que lui, avec des cheveux noirs en broussaille, une barbe de plusieurs jours et un regard hagard.

— Au contraire, monsieur Thompson : je veux vous aider à rester en vie…

La main qui tenait le pistolet tremblait. Un instant, Logan craignit que l'homme ne le tue par nervosité.

— Il y a trois mois, monsieur Thompson, dit-il, vous travailliez pour la NSA, sous les ordres d'un pourri nommé Ames White.

L'homme arma son flingue.

— Qui êtes-vous ?

— Logan Cale. Je suis journaliste. C'est le Veilleur qui m'envoie. Vous avez sûrement entendu parler de…

Du canon de son arme, Thompson lui fit signe d'entrer.

Un fabuleux désordre régnait dans la chambre. Le lit était défait ; des cartons de pizzas et des emballages de hamburgers jonchaient le sol. Une odeur de sueur rance flottait dans l'air. La petite télé portable était allumée, mais Thompson avait coupé le son. Un fauteuil usé occupait un coin de la pièce. Près du lit, une lampe de chevet fournissait une chiche lumière : bien qu'on fût en milieu d'après-midi, les rideaux étaient tirés, et aucune clarté ne filtrait de dehors.

Thompson referma et verrouilla la porte derrière Logan. Il portait un maillot de corps blanc, un pantalon de costume noir, des chaussettes grises et pas de chaussures. Logan se demanda s'il avait récemment mis le nez hors de sa chambre.

Sans lâcher son Glock, l'ancien agent de la NSA regarda par l'œilleton. Ne voyant personne dans le couloir, il se retourna vers Logan.

— Croisez les mains sur votre tête.

Il le fouilla rapidement et le délesta de son flingue.

— Depuis quand les journalistes se baladent-ils armés ?

— Depuis qu'ils travaillent pour le Veilleur, dit Logan

sans se démonter. Les autorités nous considèrent comme des terroristes. Vous êtes bien placé pour le savoir puisque vous bossiez pour la NSA.

Thompson éjecta le chargeur du pistolet de Logan et la balle engagée dans le canon. Il coinça l'arme dans sa ceinture et mit les munitions dans sa poche. Puis il colla le Glock sur la tempe de son visiteur.

— Comment être sûr que ce n'est pas White qui vous envoie ? demanda-t-il, les yeux écarquillés de frayeur.

— Si c'était le cas, vous seriez déjà mort.

— Pourquoi dites-vous ça ?

— White veut votre peau, n'est-ce pas ? D'après Otto Gottlieb…

Le canon du Glock appuya un peu plus fort sur la tempe de Logan.

— Otto est avec White ! cracha Thompson.

— Faux. Lui aussi s'est retourné contre la NSA. Et même avant, il n'était pas dans la confidence. White ne lui a jamais révélé ses plans. Comme vous, il faisait son boulot. Je peux baisser les bras ?

— Non. Mais continuez à parler.

— Gottlieb pense que ce qui est arrivé à votre partenaire et à vous est de la faute de son patron. Comme un tas d'autres choses plutôt louches.

— C'est un transgénique qui a tué Hankins.

— Il paraît, oui. Quoi qu'il en soit, Gottlieb a enfin compris que White ne faisait pas partie des justiciers. En ce moment, il essaye de faire du mal à des amis à moi…

Thompson avait du mal à suivre.

— Comment m'avez-vous trouvé ?

Logan sentit la pression du Glock se relâcher.

— Les gens qui se cachent sous un pseudonyme utilisent souvent une variante de leur nom réel. Ça leur permet de s'accrocher à leur identité.

— Et merde ! grogna Thompson.

— J'ai commencé par le nom de jeune fille de votre mère, et par ceux de tous les membres de votre famille. Puis j'ai dressé la liste de tous les anagrammes de Thompson. Comme ça ne donnait rien, j'ai cherché des synonymes de « Sage » dans toutes les langues et envisagé des variantes de Thompson : « Tom… » « Thomas »…

Même les hôtels comme l'*Armbruster* étaient reliés aux bases de données gouvernementales, à cause de la loi sur la Sécurité des déplacements. Entrée en vigueur avant l'Impulsion, elle était censée faciliter l'identification et la recherche de terroristes.

— Et merde ! répéta Thompson, furieux d'avoir commis une erreur aussi idiote.

— Maintenant, dit Logan sans baisser les bras, j'ai une question. Pourquoi ne pas vous être enfui ?

— Au début, je ne savais pas.

— Qu'on vous avait tendu une embuscade ?

— Ouais. Je me doutais que j'allais me faire éjecter de la NSA, mais j'avais un bras cassé et…

— D'après votre dossier, vous vous êtes mis en invalidité totale.

— On m'a mis en invalidité totale, rectifia Thompson. Et très franchement, ça a aggravé mes soupçons. C'était comme si…

— On achetait votre silence, acheva Logan.

— Oui. Mais j'ai fini par comprendre que White ne s'arrêterait pas là. J'ai mis ma famille en sécurité. Je pensais qu'il croirait que je m'étais enfui aussi, alors je suis resté.

Un raisonnement un peu tiré par les cheveux.

— Je peux baisser les bras ? demanda Logan. Je commence à fatiguer.

— D'accord, fit Thompson en écartant son arme.

— Et si on s'asseyait pour parler de tout ça ?

Logan prit place dans le fauteuil tandis que son hôte se laissait tomber sur le lit, le Glock coincé entre les genoux. Il avait l'air d'un type qui se demande s'il ne ferait pas mieux de se mettre une balle dans la tête.

— Pourquoi êtes-vous venu ici, Cale ?

— Vous avez sûrement entendu parler du siège de Terminal City ?

— Et comment, fit Thompson. Je passe mes journées à regarder la télé. En quoi cela me concerne-t-il ?

— Les transgéniques sont les amis dont je vous parlais tout à l'heure. J'essaye de les aider. White fait pression sur le gouvernement fédéral pour qu'il envahisse Terminal City et massacre tous ses occupants. Un véritable génocide.

— Vous espérez que je pleure sur leur sort ? Après ce qu'un de ces monstres a fait à mon partenaire, je me réjouirai de les savoir morts.

— Etes-vous sûr que le tueur est un transgénique ?

— Absolument certain. Avant d'entrer à la NSA, j'ai fait mon service militaire et j'ai été flic à Los Angeles. Croyez-moi, j'ai vu toutes les choses horribles que les humains peuvent s'infliger les uns aux autres. Mais rien qui ressemble à ce qui est arrivé à Hankins. Celui qui a fait ça est un monstre conçu pour commettre des atrocités, entraîné à tuer…

— … conçu par le gouvernement, coupa Logan. Entraîné par des gens comme White.

— Peu importe. Les transgéniques doivent être tués. Que ce soit pour venger leurs victimes ou mettre un terme à leurs propres souffrances, je m'en moque. Du moment qu'ils ne sont plus une menace…

— Et pourtant… Vous savez que White vous a tendu une embuscade.

Les épaules de Thompson s'affaissèrent.

— Il nous a envoyés au combat avec des balles en caoutchouc, dit-il. Hankins était un fils de pute, mais un sacré bon agent. Nous utilisions les nouveaux imageurs thermiques portables…

Logan leva une main pour l'interrompre.

— C'est quoi, un imageur thermique ?

Thompson lui expliqua à quoi ça servait et comment ça fonctionnait.

— Cette nuit de mars, quand nous étions dans l'entrepôt, le mien ne marchait pas bien. C'est comme ça que je me suis fait casser le bras. Au début, il m'a signalé quelque chose, puis plus rien. Du coup, un SDF m'est tombé dessus dans une pièce que je croyais vide. Quant à Hankins, son imageur aurait dû lui montrer le transgénique avant qu'il se fasse attaquer.

— Je suis désolé, dit Logan.

Thompson haussa les épaules.

— Merci. Le pire, c'est que je n'appréciais pas du tout ce type. Un vrai trou-du-cul. Mais personne ne mérite de mourir ainsi. Personne, à part peut-être Ames White.

— Vous avez toujours votre imageur ?

— Non. Il appartenait à l'agence, comme mon flingue et mon badge. Votre copain Gottlieb me les a repris avant de me conduire à l'hosto.

— Que s'est-il passé ensuite ?

— L'agent White était furieux que l'imageur de Hankins soit tombé entre les mains d'un transgénique. Selon lui, si une de ces créatures réussissait à comprendre son fonctionnement, elle risquait de trouver un moyen d'échapper à la détection. Il s'attendait à ce qu'on protège ces trucs au prix de notre vie. J'ai vite compris que ma carrière était finie.

— Comment White a-t-il réussi à vous obtenir une invalidité totale pour un bras cassé ? demanda Logan.

— Il ne s'agit pas d'une invalidité physique, mais mentale, expliqua Thompson. Ça n'était pas mentionné dans mon dossier ? Sous prétexte que j'avais vu le cadavre de mon partenaire et abattu un civil, White m'a envoyé voir un psy, qui a décrété que mon équilibre psychique était compromis, et que je n'étais plus apte à exercer mes fonctions.

— Vous vous en tiriez plutôt pas mal, non ? Une retraite anticipée à votre âge… Vous auriez pu mener la belle vie. Pourquoi vous cachez-vous ?

— A l'hôpital, pendant que j'attendais qu'on me plâtre le bras, j'ai commencé à penser aux imageurs. Plus j'y réfléchissais, plus j'étais persuadé qu'ils n'avaient pas fonctionné correctement. Ils étaient défectueux, donc dangereux, et ils pouvaient causer des ennuis à d'autres agents. Gottlieb était reparti…

— Donc, vous avez appelé White, devina Logan.

— Deux ou trois jours plus tard, oui. Il m'a demandé si j'avais parlé de ce problème avec quelqu'un d'autre. J'ai répondu que non. Alors, il a dit qu'il passerait chez moi dans la soirée pour en parler. Le ton de sa voix m'a donné la chair de poule.

— Au lieu de l'attendre, vous vous êtes enfui.

Thompson frissonna.

— Si vous l'aviez entendu, vous en auriez fait autant. Si je ne fichais pas le camp avec ma famille, me soufflait mon instinct, nous y laisserions tous notre peau.

— Et vous avez tout plaqué pour obéir à votre instinct ?

— Pas seulement. J'étais persuadé – et je le suis encore – que si les imageurs ne fonctionnaient pas, c'était parce que White en personne les avait sabotés. Il nous a envoyés dans cet entrepôt pour mourir.

— Pourquoi ? demanda Logan, stupéfait.

— Je l'ignore. Mais j'ai bossé avec lui assez longtemps pour savoir que les gens qui l'entourent ont la fâcheuse habitude de disparaître dès qu'ils commencent à le gêner. Et je ne voulais pas prendre de risques.

— Quand comptez-vous rejoindre votre famille ?

Thompson hésita.

— Quand j'aurai fini ce que j'ai à faire.

Alors, Logan comprit.

— Vous vous planquez en attendant que White lâche l'affaire. Et quand il se sera désintéressé de vous...

— Je tuerai cette enflure, grogna Thompson.

Logan pouvait comprendre qu'il en ait envie.

— Votre plan n'a qu'un seul défaut, dit-il.

— « Thomas Wisdom » ! Si vous avez pu me retrouver, il y arrivera aussi.

— Non, un défaut pire que ça. White ne bosse pas vraiment pour la NSA. Je n'ai pas le temps de vous expliquer, mais il est de mèche avec un groupe subversif encore plus influent et dangereux que le gouvernement.

— Cale, je ne partage pas votre sympathie pour les transgéniques, et je ne crois pas à la théorie de la conspiration du Veilleur. Je suis un flic... enfin, je l'étais. Je m'en tiens aux faits. Et Ames White m'a envoyé dans cet entrepôt pour mourir. L'assassin de mon partenaire n'en reste pas moins un monstre.

— Le monstre, c'est White, insista Logan. Vous devez bien le sentir...

Thompson secoua la tête.

— Je ne vous aiderai pas, Cale. Nous voulons tous les deux éliminer White, mais en ce qui me concerne, les transgéniques peuvent aller au...

— Oubliez ça ! coupa Logan. Pensez plutôt à votre famille. Le groupe de White a des agents partout. Ils retrouveront votre femme et votre fille, même si elles se cachent à l'étranger.

— Vous ne me faites pas peur. Je sais qu'elles sont en sécurité.

— Pour l'instant, peut-être. Mais White finira par les localiser. Et Kleena Kleene, en Colombie-Britannique, est une si petite bourgade qu'il n'aura pas de mal à leur mettre la main dessus.

Thompson hoqueta de stupeur.

— Comment… ?

— Grâce à un des anagrammes que mon ordinateur a composé à partir du nom de jeune fille de votre femme. Elle est partie la nuit de la mort de Hankins, pour rejoindre Bella Coola en avion, puis elle a loué une voiture et roulé jusqu'à Kleena Kleene.

— Doux Jésus, souffla Thompson, livide.

— Vous comprenez, à présent ? Si j'ai pu retrouver votre famille, White y arrivera aussi. Mais avec votre accord, je peux envoyer quelqu'un chercher votre femme et votre fille et les conduire ailleurs, dans un endroit où elles seront vraiment en sécurité. Le Veilleur dispose d'un réseau que White n'a jamais pu infiltrer.

— Que… Que me proposez-vous ?

— De fournir de nouvelles identités à votre famille, vous compris. Et de vous aider à rejoindre votre femme et votre fille.

— Mais White…, fit Thompson.

— Une balle n'est qu'un moyen parmi d'autres de l'arrêter. Le Veilleur en a de meilleurs à sa disposition. Tout ce que nous vous demanderons en échange, c'est de dire la vérité sur White.

Des larmes roulèrent sur les joues blafardes de Thompson et se perdirent dans sa barbe.

— Que dois-je faire ? murmura-t-il d'une voix brisée.

— Pour commencer, rassemblez vos affaires. On fiche le camp d'ici.

Cinq minutes plus tard, ils entrèrent dans la voiture de Logan et foncèrent vers Terminal City.

En conduisant, le jeune homme appela Asha.

— Tout va bien de ton côté ?

— Ouais.

— Tant mieux. J'ai l'autre colis.

— Il a décidé de coopérer ?

— Avec beaucoup d'empressement. Retrouve-moi où tu sais.

— Dans une demi-heure ! lança la jeune femme avant de raccrocher.

Bobby gara la voiture volée près de l'immeuble abandonné qui servait d'accès au tunnel. Original Cindy le guida vers le passage principal. Les ténèbres les entouraient. Seul le faisceau lumineux de la lampe du transgénique déchirait l'obscurité. La jeune femme pensa à s'enfuir, mais elle était trop mal en point, et elle ne doutait pas que Bobby soit plus rapide qu'elle.

A l'intersection, elle prit automatiquement vers la droite.

— Il y a quoi de ce côté ? demanda Bobby.

Original Cindy se retourna.

— Terminal City. C'est là que tu voulais aller, non ?

Le transgénique éclaira le passage de gauche, celui qui menait au nouveau repaire de Logan.

— Et par là ?

— Qu'est-ce que j'en sais ? Tu me prends pour un putain de guide ? Je croyais que tu étais impatient de rejoindre tes frères et sœurs ?

En route, elle avait décidé que le plus simple était d'exaucer le vœu de Bobby, de le remettre aux mains de Max et de laisser son amie lui botter le cul.

— Je crois que tu mens, dit le transgénique. Tu sais très bien ce qu'il y a de ce côté.

Original Cindy lui agita son majeur sous le nez.

— Et moi, je crois que tu devrais t'asseoir là-dessus.

Bobby prit sa matraque.

— Tu veux t'asseoir *là-dessus* ? demanda-t-il sur un ton menaçant.

Bien que conçue pour assommer, ces armes pouvaient entraîner la mort en cas d'application prolongée. Original Cindy l'avait entendu dire, et elle n'avait pas envie de le vérifier.

— D'accord. Ça mène à l'appartement de Logan, grogna-t-elle.

Un sourire d'enfant illumina le visage terne de Bobby. Original Cindy comprit qu'elle venait de lui donner l'information qu'il voulait le plus au monde. Elle devait se débarrasser de ce malade et avertir Max que Logan était peut-être en danger.

Elle se lança vers la droite, dans l'obscurité du tunnel.

Elle n'avait pas fait dix mètres quand un violent accès de migraine lui fit perdre l'équilibre. Elle chancela. L'instant d'après, elle aperçut du coin de l'œil une étincelle bleue et s'écroula..

Elle ne pouvait plus parler ou bouger. Agitée de convulsions plus violentes que celles d'un épileptique, elle espéra que la mort viendrait très vite.

Quand les ténèbres l'engloutirent, elle pensa que son vœu avait été exaucé.

Quand Original Cindy reprit connaissance, elle était ligotée à une chaise dans l'appartement de Logan. Bobby lui avait attaché les mains et les pieds et collé un morceau de chatterton sur la bouche. Elle essaya de crier, mais ne réussit à produire qu'un « Mmmh ! » étouffé.

Bobby l'avait placée face à la porte qui donnait sur l'escalier. Elle eut beau se tordre le cou, elle ne vit pas le transgénique. Il était parti ou se tenait derrière elle. Elle tendit l'oreille, mais n'entendit que les battements affolés de son propre cœur.

Tirer sur ses liens était inutile, comme elle ne mit pas longtemps à s'en apercevoir. Alors, elle fixa la porte et attendit.

Peu après, la poignée tourna lentement. Original Cindy fut ébahie de voir le battant s'ouvrir sur un des agents fédéraux qu'elle avait aperçus la semaine précédente, pendant la prise d'otages. Comment s'appelait-il, déjà ? Gott-quelque chose. Quel que fût son nom, il était sur le seuil, les mains liées dans le dos. Ses yeux s'écarquillèrent quand il vit la prisonnière se balancer désespérément sur sa chaise.

Par-dessus son épaule, Original Cindy aperçut la blonde Asha. L'amie de Logan entra en poussant Gott-truc devant elle.

Le soulagement d'Original Cindy fut de courte durée. Bobby s'écarta du mur dans lequel il s'était fondu et se jeta sur Asha. La jeune femme lui tournait le dos et n'eut pas le temps de réagir. La matraque l'atteignit dans les reins et elle s'écroula en lâchant son flingue.

L'agent fédéral se retourna et voulut flanquer un coup de pied à Bobby. Mais il réussit seulement à lui offrir une cible plus facile. La matraque s'abattit sur sa jambe. Il rejoignit Asha sur le sol pour une partie de Spasme Dance.

Bobby referma la porte et traîna ses deux victimes un peu plus loin.

Cinq minutes après, la porte se rouvrit. Cette fois, c'était Logan, avec un barbu à l'air hagard. Tous les deux se pétrifièrent en apercevant Original Cindy…

De nouveau, Bobby en profita pour frapper. Le barbu

se retrouva à terre avant de comprendre ce qui lui arrivait.

Logan parvint à esquiver la matraque et recula dans la pièce, tentant de mettre un peu de distance entre son agresseur et lui.

— C'est quoi, ton problème ? demanda-t-il sans perdre son calme.

— Il faut que je te remplace, dit Bobby, le regard mort.

— Me remplacer ? Qui es-tu ? Et qu'est-ce que je t'ai fait ?

Ils tournaient autour des meubles comme s'ils jouaient au chat et à la souris.

— Je suis Bobby Kawasaki. Tu as déjà dû me voir à Jam Pony… A moins que tu ne m'aies pas remarqué.

— Ton nom ne me dit rien. Désolé.

— A Manticore, tout le monde m'appelait Kelpy.

— Un transgénique ? s'étonna Logan.

Bobby en profita pour plonger sur lui. Mais le jeune homme fit un bond sur le côté, la matraque heurtant seulement le bord d'une table.

— Bobby, j'essaye d'aider les transgéniques.

— Moi, tu ne m'aides pas.

— Ah bon ?

— Tu te dresses entre Max et moi.

A force de s'agiter, Original Cindy avait réussi à renverser sa chaise et elle luttait pour défaire ses liens. Logan écarquilla les yeux.

— Entre Max et toi ? répéta-t-il sans comprendre.

— J'ai besoin de ton visage.

— De mon… ?

Bobby plongea de nouveau. Cette fois, Logan se prit les pieds dans un tapis et tomba, mais la matraque le manqua quand même.

— Logan ! cria quelqu'un.

Original Cindy tourna la tête vers la porte. Joshua venait d'entrer dans la pièce, Alec et Sketchy sur les talons. L'espoir renaquit dans le cœur de la jeune femme. Ensemble, ils avaient une chance de s'en sortir.

Bobby se retourna et jeta sa matraque à la tête des nouveaux venus. Joshua fit un écart sur la droite, Alec sur la gauche, et Sketchy resta planté au milieu. Mais pas très longtemps : quand la matraque l'atteignit à la poitrine, il s'écroula.

Alec ramassa l'arme par la poignée et se tourna vers Bobby, qui avait profité de la confusion pour ceinturer Logan et lui appuyer son couteau sur la gorge.

— Si vous bougez, je l'égorge, menaça-t-il d'une voix rauque d'émotion.

— Reste calme, lui dit Alec.

— Va te faire foutre ! répliqua Bobby. On se casse. Si vous essayez de m'arrêter, je le tue.

Immobile sur le sol, Original Cindy le regarda pousser Logan vers la porte. Il se passait quelque chose de très étrange. Le visage du transgénique se métamorphosait, mais de manière si subtile et si progressive qu'il fallait vraiment faire attention pour le remarquer.

Tremblant de tous ses membres, Sketchy s'assit sur le sol. Entre les jambes de Logan et de Bobby, Original Cindy le vit lever discrètement son appareil photo.

— Pourquoi fais-tu ça, Bobby ? demanda Alec. Nous sommes tous frères. Je ne sais pas quel est ton problème, mais nous pouvons sûrement t'aider…

Dos à la porte, Bobby resserra son étreinte sur Logan. Un minuscule filet de sang coula dans le cou du jeune homme à l'endroit où la pointe du couteau lui piquait la gorge. Par-dessus son épaule, Original Cindy dévisageait le transgénique en ouvrant des yeux ronds. Ce type qu'elle avait cru d'origine africaine était maintenant plus blanc qu'Hitler. Ses cheveux noirs et frisés étaient devenus blonds et raides.

On aurait dit le frère de Logan. Pas tout à fait son jumeau, mais pas loin.

— Kelpy, ne fais pas ça ! le supplia Joshua. Max ne voudrait pas que…

— Max m'aimera, coupa Bobby. Tu verras.

L'homme-chien fit un pas vers lui.

— Kelpy…

— Ne me suivez pas. Si je vois un de vous dans ce tunnel, Logan mourra.

Et merde ! pensa Original Cindy. *S'il nous échappe, qui sauvera Logan ?*

Pendant ce temps, à Terminal City, Max était en plein conseil de guerre.

Depuis des heures, ses lieutenants et elle tentaient d'élaborer un plan qui leur permette de retourner la situation en leur faveur. Leur idée était très simple. Quand les militaires enfonceraient le portail de Terminal City et commenceraient à fouiller les bâtiments, Max et quelques autres les retiendraient pendant que le reste des transgéniques s'enfuiraient par le tunnel et les égouts. Puis ils ressortiraient hors du périmètre de sécurité pour prendre à revers l'armée et la Garde Nationale. Une fois encerclés, les militaires accepteraient peut-être de négocier.

— Ça pourrait marcher, concéda Taupe en soufflant un rond de fumée, après qu'ils eurent passé les détails de l'évacuation en revue pour la dixième fois.

— J'espère bien, parce que je ne vois pas ce qu'on pourrait faire d'autre, dit Max. Puisque nous avons fini, je vais retrouver Logan. Il s'est absenté dans la journée, mais il doit être de retour.

— Profites-en pour lui demander s'il a pensé à mes

cigares. Il avait oublié la dernière fois, et ma réserve est presque épuisée.

— Promis.

Alors que Max traversait Terminal City, elle sentit des regards l'observer derrière les vitres brisées et les portes arrachées des immeubles. L'atmosphère était de plus en plus tendue dans leur petite communauté. Malgré son envie de courir rejoindre son bien-aimé, elle se força à adopter une démarche nonchalante avec l'espoir que son calme déteigne sur ses camarades. Mais dès qu'elle fut entrée dans le tunnel, elle pressa le pas.

Max n'était plus qu'à une vingtaine de mètres de l'appartement de Logan quand elle entendit des voix devant elle. Alec, Joshua, et un troisième homme qu'elle ne parvint pas à identifier.

— Ne me suivez pas, ordonna l'inconnu. Si je vois un seul d'entre vous dans ce tunnel, Logan mourra.

Max approcha sur la pointe des pieds. Au sommet de l'escalier, elle aperçut deux Logan, dont l'un avait un bras passé autour de la gorge de l'autre. Cinq mètres la séparaient d'eux, et ils lui tournaient quasiment le dos.

La vision aiguisée de la jeune femme lui désigna l'imposteur. En temps normal, elle n'aurait eu aucun mal à venir à bout de lui. Mais si elle effleurait Logan en tentant de le libérer, elle aurait fait le sale boulot de son agresseur. Au lieu de finir égorgé, son bien-aimé mourrait de sa propre main.

Max n'avait pas droit à l'erreur.

Elle monta l'escalier en retenant son souffle.

Alors qu'elle tendait la main pour saisir le coude droit de l'imposteur, un flash déchira l'obscurité. L'agresseur cria et, instinctivement, lâcha Logan pour se couvrir le visage. Déséquilibré, il trébucha, se sentit basculer en arrière et voulut se retenir à Logan.

Une horrible seconde, Max imagina que les deux

hommes allaient s'écrouler sur elle. Ils rouleraient ensemble au bas des marches et elle s'immobiliserait là où elle voulait être plus que n'importe où ailleurs : dans les bras de Logan. Mais cette étreinte tant désirée serait aussi la dernière…

Quand la main de Max se referma sur le bras de l'imposteur, Alec bondit en avant, ceintura Logan et l'arracha à son agresseur. Tous deux s'étalèrent de tout leur long sur le seuil de l'appartement tandis que Max et sa proie dégringolaient dans l'escalier et atterrissaient rudement dans le tunnel obscur.

Ils se relevèrent aussitôt. Le type n'avait pas lâché son couteau. Max commença à lui tourner autour, cherchant une ouverture. Au-dessus, quelqu'un actionna un interrupteur, et les néons du tunnel s'allumèrent. L'imposteur cligna des yeux.

Max attendait cette occasion. D'un coup de pied, elle lui fit sauter son couteau de la main, puis se retourna et lui flanqua un second coup de pied dans l'estomac. Le type s'écroula dans l'escalier.

Alors, Max put le dévisager pour la première fois.

Le sosie presque parfait de Logan… Mais ce ne fut pas cette étrange ressemblance qui fit frémir Max. L'imposteur transpirait abondamment ; des cloques rouges et purulentes recouvraient sa figure et ses bras, et il leva vers elle un regard terrifié.

— Max, souffla-t-il. Max, que m'arrive-t-il ?

La jeune femme porta une main à sa bouche.

Le virus !

Qui que soit ce type, il n'avait pas seulement hérité de l'apparence de Logan Cale.

CHAPITRE XII

LE RETOUR DU VEILLEUR

Appartement de Logan Cale, 19 h 00
Mercredi 12 mai 2021

Quelques minutes plus tard, ils se réunirent dans l'appartement de Logan, autour de la table où l'aspirant assassin de leur hôte était étendu.

— Alec, Logan, remplissez la baignoire d'eau froide et de glace, ordonna Max.

— Qui est ce type ? demanda Otto Gottlieb alors qu'un des jeunes gens avançait vers la salle de bains et l'autre vers le frigo.

— Il s'appelle Kelpy, dit Joshua. C'est l'un des nôtres.

— Vous voulez dire, un transgénique ? reformula Gottlieb.

Joshua hocha la tête.

— Ouais, et c'est pas une bonne nouvelle, fit Alec, qui remplissait un seau en plastique de glaçons. Parce que c'est aussi notre tueur en série. Alors, ne pleurez pas trop sur son sort.

— L'écorcheur ? lança Thompson en écarquillant les yeux. Ce type est le fils de pute qui a buté mon partenaire ?

Max s'interposa entre Kelpy et l'ex-agent de la NSA.

— Il va mourir lui aussi. Ça ne vous suffit pas ? cracha-t-elle.

Puis elle tourna le dos au flic pour envelopper d'une couverture le transgénique qui leva vers elle un regard plein d'adoration. Un flacon de verre tomba de sa poche et s'ouvrit en heurtant le sol.

— Son tryptophane, dit Original Cindy.

Max se pencha pour ramasser une des pilules.

— Ça m'étonnerait.

— Je te jure que ce sont ses médicaments. Je l'ai vu en prendre à Jam Pony, insista Original Cindy.

Max se releva.

— Peut-être, mais les cachets ne sont pas de la bonne couleur. (Elle renifla la pilule.) Et ils ne sentent pas pareil. Logan ?

Le jeune homme sortit de la salle de bains après avoir ouvert à fond le robinet d'eau froide de la baignoire.

— Tu as besoin de quelque chose ?

— Tu as l'équipement pour faire une analyse chimique ? demanda Max.

— Pas encore.

Devant le frigo, Alec s'arrêta.

— Dix a monté un labo. On dirait l'antre du docteur Frankenstein. Peut-être que c'est une distillerie clandestine, mais…

— Dix fait des expériences sur les substances toxiques répandues dans Terminal City, corrigea Joshua. Je crois qu'il cherche des antigènes.

— D'accord, fit Max. Il faut que quelqu'un lui apporte ces pilules et revienne au plus vite avec l'analyse.

Alec tendit son seau de glace à Logan et prit le flacon.

— Bien reçu.

Max se tourna vers Joshua.

— Tu peux porter Kelpy dans la baignoire ? Il faut absolument faire tomber sa température.

— Moi, je dis qu'il vaudrait mieux le laisser souffrir, grogna Thompson.

Max le foudroya du regard.

— Vous êtes Sage Thompson ? Puisque vous nous aimez tant, expliquez-moi ce que vous faites ici.

— Il déteste Ames White encore plus que les transgéniques, dit Logan. Et la plupart des alliances reposent sur un ennemi commun.

Pendant que Joshua soulevait son vieil ami Kelpy aussi tendrement que s'il eût été un bébé, Logan exposa à Max la situation de l'ex-agent de la NSA. La jeune femme se tourna vers Asha.

— Il me semble que des membres de ton groupe ont atterri en Colombie-Britannique, non ? Tu crois qu'ils pourraient aller chercher sa famille ?

— Pas de problème, fit la blonde. Je les contacte tout de suite.

— Vous… Vous allez m'aider ? balbutia Thompson.

— Monsieur Thompson, soupira Max, vous êtes un crétin bourré de préjugés. Mais vous êtes aussi la victime d'Ames White. Comme moi, vous voulez l'arrêter. C'est une raison suffisante pour vous pardonner votre intolérance.

Logan se pencha vers Sketchy.

— Hé, Jimmy Olsen, tu as tout noté, j'espère ?

Le regard du jeune homme s'éclaira.

— Tu crois que je pourrais prendre des photos ?

— Ouais, mais évite de cadrer Cindy. Ou M. Thompson et Gottlieb, que nous essayons de protéger.

— Bah, de toute façon, ma carrière est foutue, dit Otto.

— La mienne aussi, renchérit Thompson. Et montrer notre visage au public aidera peut-être à nous maintenir en vie. Si Ames White nous tuait après ça, il validerait nos accusations, n'est-ce pas ?

Sketchy n'eut pas besoin qu'on le lui dise deux fois. Il mitrailla joyeusement tous les occupants de la pièce, sauf Original Cindy.

— Logan, tu as de quoi enregistrer leurs témoignages ? demanda Max.

Le jeune homme hocha la tête et alla chercher un petit magnétophone dans son bureau.

— Tu as parlé à Clemente récemment ? Il y a du nouveau ?

— Non, soupira Max. Quelqu'un – probablement White – essaie de le tenir à l'écart. Et les fédéraux brouillent les communications dans Terminal City. Donc, je n'ai pas pu l'appeler.

— Tu es dehors maintenant, dit Logan. Et si Alec a raison, tu tiens l'écorcheur.

— Euh, fit Original Cindy, l'air vaguement nauséeux, à bien y réfléchir, je crois avoir vu une preuve de la culpabilité de Bobby.

Elle décrivit l'étrange costume en patchwork. Joshua, qui sortait de la salle de bains, rapporta qu'il l'avait vu dans le studio de Bobby, sur un mannequin, avec une photo de Logan à la place de la tête.

— Et où est ce… cette chose ? grogna Max.

— Dans le coffre de la voiture qu'il a volée pour venir ici, dit Original Cindy. Je veux bien aller le chercher, mais pas toute seule. Je refuse d'y toucher.

— Je vous accompagne, proposa Gottlieb.

Max leur donna son accord.

Ils sortirent aussitôt.

Thompson tendit son portable à la jeune femme.

— Si vous avez besoin de contacter quelqu'un… Je suis sûr que ma ligne n'est pas sur écoute.

Max le remercia d'un signe de tête et composa le

numéro de Clemente. L'inspecteur était dans sa voiture. Il l'écouta lui résumer la situation.

— Vous retenez ce Bobby Kawasaki hors de Terminal City ? Max, qu'avez-vous fait de notre accord ?

— Je l'ai passé par la fenêtre quand les fédéraux vous ont retiré l'affaire. Vous voulez boucler votre enquête et devenir un héros pour les deux camps ? Alors, faites-moi confiance, et ramenez-vous.

Clemente arriva un quart d'heure plus tard. Max le conduisit dans la salle de bains où Kelpy souffrait le martyre. Joshua l'avait déshabillé et on voyait que son corps était couvert de cloques rouges purulentes. Quant à sa température, elle continuait à monter, mais un peu plus doucement.

— Pourquoi avez-vous fait ça ? demanda Clemente après lui avoir lu ses droits.

— Pour être… avec Max, haleta Kelpy. Elle est amoureuse d'un humain ordinaire. Alors… J'ai pensé que je devais devenir Logan.

L'inspecteur se tourna vers la jeune femme, qui luttait pour contenir ses larmes. Il secoua la tête.

— Ça ne vous attirera pas les faveurs du public, soupira-t-il. Un transgénique qui tue des gens pour se faire un costume de peau humaine, afin de séduire une autre transgénique… Ça ne serait pas pire si Ames White lui-même avait inventé cette histoire.

— C'est peut-être ce qu'il a fait…, dit une voix derrière eux.

En se retournant, Max et Clemente virent Alec planté sur le seuil de la pièce.

— Dix a fini d'analyser les pilules de Kelpy. Elles contiennent bien du tryptophane. Mais leur composant principal est une drogue que Dix ne connaissait pas. Du coup, il a piraté le système informatique de l'Oncle

Sam pour en savoir plus. Apparemment, la molécule active porte le nom de Cullinasec.

— C'est une information secrète ! lança Gottlieb dans le salon.

Max et Clemente passèrent dans la pièce voisine. L'ancien subordonné de White et Original Cindy venaient de revenir. La jeune Noire était assise à la table, l'air choqué.

— J'ai chargé le costume de peau dans le coffre de ma voiture, annonça Gottlieb. Elle a une alarme très performante, et j'ai pensé qu'il valait mieux le mettre en sécurité. Mais je le tiens à votre disposition, inspecteur.

Clemente le remercia d'un hochement de tête.

— Qu'est-ce que vous venez de dire, à propos du Cullinasec ? demanda Max.

— C'est un psychotrope que la NSA a développé pour le service d'espionnage, révéla Gottlieb à contrecœur.

— Comment se fait-il qu'un type étranger à l'agence ait pu s'en procurer ? lança Clemente.

— Je doute que ce soit la bonne question, dit Max.

Leurs regards se croisèrent.

— White ! cracha Clemente.

Max repassa dans la salle de bains et s'assit au bord de la baignoire.

— Où te procurais-tu tes médicaments ? demanda-t-elle gentiment à Kelpy.

Le transgénique avait de plus en plus de mal à parler.

— Une… infirmière appelée Betty… Du Harbor Lights Hospital…

— Je vois. Mais un jour, elle a disparu.

— Comment le sais-tu ?

— C'est une très longue histoire, et je n'ai pas le temps de te la raconter. (Max se tourna vers Logan, qui était derrière elle.) Tu peux m'imprimer une photo d'Ames White ?

— Tout de suite.

Le jeune homme sortit.

Max se tourna vers Kelpy.

— Après, qui t'a fourni en pilules ?

— Un type… qui avait repris la clientèle de Betty.

Logan revint avec une photo dont l'encre était encore fraîche. Max la montra à Kelpy.

— C'est lui ?

— Oui.

— Qu'est-ce qui se passe ici ? demanda Clemente.

— Le tueur en série agonisant vient d'identifier l'agent spécial Ames White. C'est la personne qui lui fournissait la drogue qui l'a rendu psychotique.

— Mais pourquoi… ? (Une pause.) Bien sûr ! La guerre médiatique. Il voulait livrer un croquemitaine transgénique au public.

— Cette affaire a été montée de toutes pièces par l'agent White ! cria Gottlieb. Il a envoyé Thompson et Hankins dans cet entrepôt avec des imageurs foireux pour fournir deux victimes à un transgénique drogué.

— Mais comment pouvait-il connaître d'avance la réaction de Kelpy ? demanda Clemente.

— Il ne pouvait pas, dit Gottlieb. Mais il se doutait que ça ne serait pas positif. L'histoire du costume de peau est née dans l'imagination torturée de Kelpy… Où elle serait restée, si White n'avait pas joué avec son équilibre mental déjà fragile.

Clemente secoua la tête, l'air incrédule.

— Tout ça pour mettre les médias de son côté…

— Pas seulement, dit Gottlieb. Ames White déteste les transgéniques, et tout particulièrement 452. (Il désigna Max.) Il veut sa mort.

— Pourquoi ?

— C'est à lui qu'il faudrait le demander. Mais je sais que c'est à cause d'elle qu'il a fait intervenir des tireurs pour déclencher une fusillade à Jam Pony.

— Les flics du Groupe d'Intervention étaient des agents fédéraux ?

— Sûrement pas. Mais j'ignore d'où White les a sortis. Je n'ai rien trouvé dans les archives : aucun ordre, aucune trace de coup de fil à part celui qu'il a passé au gouverneur.

— Donc, vous n'avez pas de preuve formelle ?

— Hélas, non.

Clemente regagna le salon. Les autres le suivirent, après que Max eut demandé à Joshua de veiller sur Kelpy.

L'inspecteur se laissa tomber sur une chaise.

— Nous avons de quoi monter un dossier solide contre White ?

— Je crains que non, dit Max. Et le temps presse. Les militaires arriveront dans quelques heures.

— Et merde ! grogna Clemente. Il faut absolument révéler la vérité au public. Mais où est ce foutu Veilleur quand on a besoin de lui ?

Plusieurs paires d'yeux se tournèrent vers Logan. Ce qui n'échappa pas à l'inspecteur.

— Quelque chose que vous auriez oublié de mentionner, mon jeune ami ?

— Eh bien, euh… Je suis plus ou moins en contact avec le Veilleur…

— Vous pouvez le joindre ? Vous croyez qu'il nous aidera ?

— Je vais voir ce que je peux faire. Max, tu viens avec moi une seconde ?

Les deux jeunes gens battirent en retraite dans un coin de l'appartement pour parler à voix basse. Leur décision prise, ils commencèrent à distribuer des ordres à leurs troupes.

Quelques minutes plus tard, Sketchy s'installa derrière l'objectif d'une caméra vidéo montée sur un trépied, dans la chambre à coucher où s'entassaient Clemente, Gottlieb et Thompson. Alec s'occupait d'une autre caméra, placée dans la salle de bains et braquée sur Kelpy.

Max et Logan prirent place devant la console du Veilleur.

Pour l'inspecteur et les anciens agents de la NSA, tout ce qui serait filmé dans l'appartement serait transmis au Veilleur afin qu'il le diffuse. Les trois flics devaient ignorer que Logan se chargerait de tout à quelques mètres d'eux.

Ainsi naquit la première émission de « Télé-Nation des Monstres ».

Partout dans la ville, les images des postes de télévision se brouillèrent.

Sur les écrans, la neige céda la place à deux yeux clairs encadrés de bandes horizontales bleue et rouge sur lesquelles défilaient en lettres blanches les mots EMISSION PIRATE DE LA LIBERTÉ.

Une voix familière déclara :

— Inutile de régler votre poste. Ceci est une émission pirate de la liberté. Elle durera peut-être plus de soixante secondes. Mais on ne pourra toujours pas remonter jusqu'à sa source ni l'interrompre, et elle restera la seule voix libre de cette ville.

Dans les maisons, les bars, les commissariats et les casernes de pompiers – bref, partout où il y avait la télévision –, toutes les têtes se tournèrent vers la voix. Voilà des mois que le cyber-journaliste n'avait pas émis, et une grande excitation se répandit dans tout Seattle.

— Les informations qui vous ont été livrées sur le siège de Terminal City sont toutes partiales et inexactes. De la même façon, ce que vous avez entendu sur le tueur en série qui écorche des officiers de police est seulement le sommet de l'iceberg. Ce soir, nous allons vous révéler la vérité.

Dans le salon de sa confortable maison de banlieue, Ames White explosa de fureur. Mettre à sac l'appartement de ce maudit Veilleur n'avait pas suffi à le faire taire ! Au contraire, ça avait renforcé sa détermination à foutre la merde…

Sur l'écran, les yeux clairs furent remplacés par l'image d'un jeune homme blafard plongé dans une baignoire pleine de glace. Son corps nu était couvert de cloques rouges. A voir son visage, il était évident qu'il ne passerait pas la nuit.

— Je m'appelle Bobby Kawasaki, dit-il d'une voix rauque. Je suis un transgénique. J'ai tué trois humains, et je reconnais que c'était un acte terrible. Mais je l'ai fait sous l'influence d'une drogue que j'avais absorbée sans le savoir.

Alors apparut une photo d'Ames White…

Qui fit un bond dans son fauteuil.

— Et voilà l'homme qui m'a fourni ce que je prenais pour des médicaments, continua Bobby hors écran. L'homme qui m'a changé en monstre.

White se pétrifia comme si c'était lui qui baignait dans l'eau glacée.

Le pire était encore à venir. A la photo d'Ames White succéda le visage filmé en direct de cet abruti d'Otto Gottlieb. Quand il commença à raconter ce qu'il savait, les épaules de White s'affaissèrent. Sa carrière à la NSA était finie. L'énergie qu'il avait déployée pour préserver sa couverture après le fiasco de Jam Pony avait été dépensée en pure perte.

Son téléphone sonna.

— Agent White ? Veuillez vous présenter au bureau de toute urgence, ordonna une voix glaciale.

White raccrocha. Il monta à l'étage et fit sa valise. Le conclave entendrait forcément parler de cette histoire. Cette fois, il doutait fort de s'en tirer avec une réprimande.

Quand le téléphone sonna de nouveau, il ne répondit pas.

Sur l'écran, l'inspecteur Ramon Clemente succéda à Sage Thompson.

— J'aimerais remercier les transgéniques de Terminal City, et tout particulièrement Max Guevara qui m'a beaucoup aidé dans cette affaire. Grâce à elle, beaucoup de vies ont pu être sauvées. Quand elle a découvert que l'écorcheur était un transgénique, Mlle Guevara n'a pas essayé de le protéger : bien au contraire, elle m'a immédiatement appelé.

« Je demande à l'armée de renoncer à envahir Terminal City. Ses occupants, que certains qualifient de monstres, n'ont rien fait d'autre que de se défendre contre des accusations mensongères. Alors qu'ils étaient dans une situation critique, ils ont aidé les forces de l'ordre à capturer un tueur en série. Ils ont aussi permis d'identifier la personne qui manipulait ce tueur afin de faire passer tous les transgéniques pour des animaux assoiffés de sang. Voilà ce que j'appelle une tentative éhontée de manipulation des médias et du public !

Il veut se présenter aux prochaines présidentielles, ou quoi ? pensa Ames White en redescendant avec sa valise bourrée à craquer. De rage, il saisit la télécommande et la lança sur le poste.

Une minute plus tard, sur l'autoroute, il laissa derrière lui l'imposture de son existence précédente et fonça vers un futur qui s'annonçait plus qu'incertain.

Partout dans la ville, le logo familier du Veilleur réapparut sur les écrans, alors que sa voix déformée et pourtant étrangement apaisante déclarait :

— Parfois, il suffit d'un seul homme animé par la haine pour faire pencher la balance de la justice. Nous espérons que ceux qui prennent les décisions nous ont écoutés. Et que contrairement à Ames White, ils ne resteront pas sourds aux cris de ceux dont le seul « tort » est d'être différents. Il est temps de mettre un terme à cette folie.

A la fin de l'émission, Max et les autres se rassemblèrent dans le salon sans Joshua, toujours occupé à veiller Kelpy.

Un silence anxieux régna alors qu'ils se demandaient si leurs efforts allaient servir à quelque chose. Seul Sketchy bondissait dans tous les sens, excité par son nouveau rôle de cameraman.

Après quelques minutes interminables, le portable de Clemente sonna. L'inspecteur répondit avec une rapidité presque comique.

— Oui ? (...) Vraiment ? (...) Vous en êtes sûr ? demanda-t-il. D'accord. Merci beaucoup.

Il coupa la communication et soupira.

— C'était le colonel Nickerson, de la Garde Nationale. L'ordre d'attaquer a été annulé !

Des cris de joie et des applaudissements éclatèrent.

— Finalement, Ramon, je crois que je peux vous faire confiance, dit Max.

— C'est passé près, hein ? lança l'inspecteur. (Il se tourna vers Gottlieb et Thompson.) D'après Nickerson, les fédéraux sont impatients de vous reprendre dans leurs rangs... Si vous le désirez, bien sûr. Ils ont envoyé des agents chez White. Vous serez ravis d'apprendre qu'il est recherché pour trahison.

Les deux agents de la NSA se regardèrent avec un grand sourire.

Mais Max ne partageait pas leur optimisme.

— Ils ne le trouveront pas, affirma-t-elle. Je le connais. Il aura déjà pris la tangente…

La jeune femme gagna la salle de bains. Joshua se leva et s'écarta pour lui laisser la place de s'asseoir au bord de la baignoire.

— Tu sais, dit-elle en prenant la main de Kelpy, seul Logan était censé attraper ce virus.

— Peut-être que… d'une certaine façon… je suis vraiment devenu lui, haleta le transgénique. Max… J'ai très mal.

— Je suis désolée…

— Ce n'est pas seulement mon corps… Mon esprit aussi. Tout est si clair à présent… J'ai commis des actes horribles, n'est-ce pas ?

— Oui. Mais tu as aussi fait des choses merveilleuses. Ce soir, tu as sauvé des milliers de vies. Celles des transgéniques de Terminal City, plus celles de beaucoup de policiers et de militaires. Celles de Joshua, d'Alec… Et la mienne.

Un sourire flotta sur les lèvres de Kelpy. Son visage ressemblait tellement à celui de Logan que le cœur de Max se serra.

— Pour ça, je t'aimerai toujours, dit-elle en portant la main du jeune homme à ses lèvres pour y poser un baiser.

Une rougeur qui n'avait rien à voir avec le virus colora les pommettes livides de Kelpy.

— Tu es… amoureuse de Logan, pas vrai ?

— Oui, dit Max. Mais ça ne m'empêche pas de t'aimer aussi.

— Il est humain, lui…

Une larme roula sur la joue de Kelpy. Brusquement,

il se redressa, ses yeux écarquillés – ceux de Logan ! – brillant sur son visage atrocement pâle.

— Et moi, Max ? Est-ce que je suis humain ? demanda-t-il.

Sa main dans celle de la jeune femme, il mourut avant qu'elle puisse lui répondre.

Achevé d'imprimer sur les presses de

BUSSIÈRE

GROUPE CPI

à Saint-Amand-Montrond (Cher)
en mars 2003

FLEUVE NOIR
12, avenue d'Italie
75627 Paris Cedex 13
Tél. : 01-44-16-05-00

— N° d'imp. : 31346. —
Dépôt légal : mars 2003.

Imprimé en France